I0642499

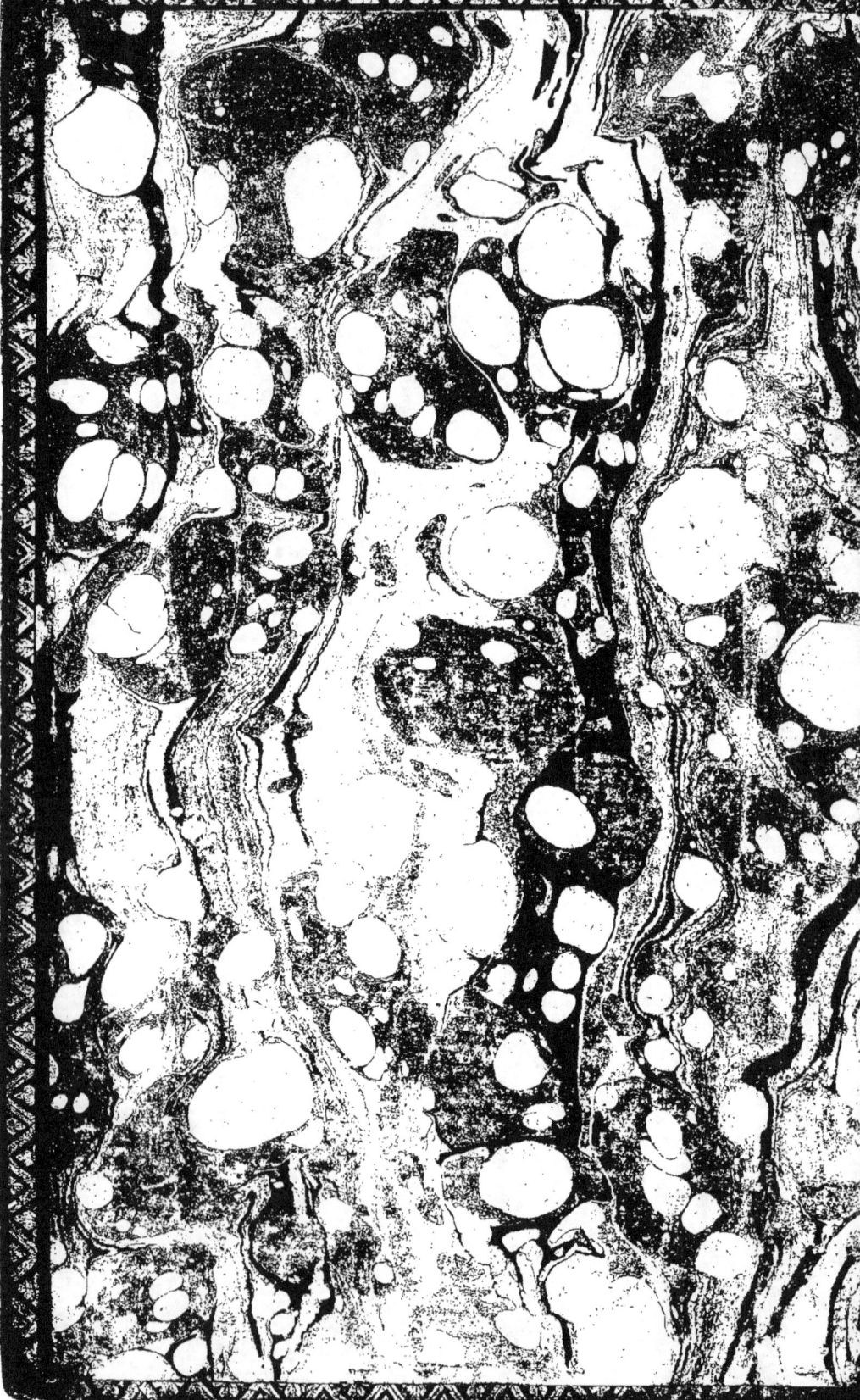

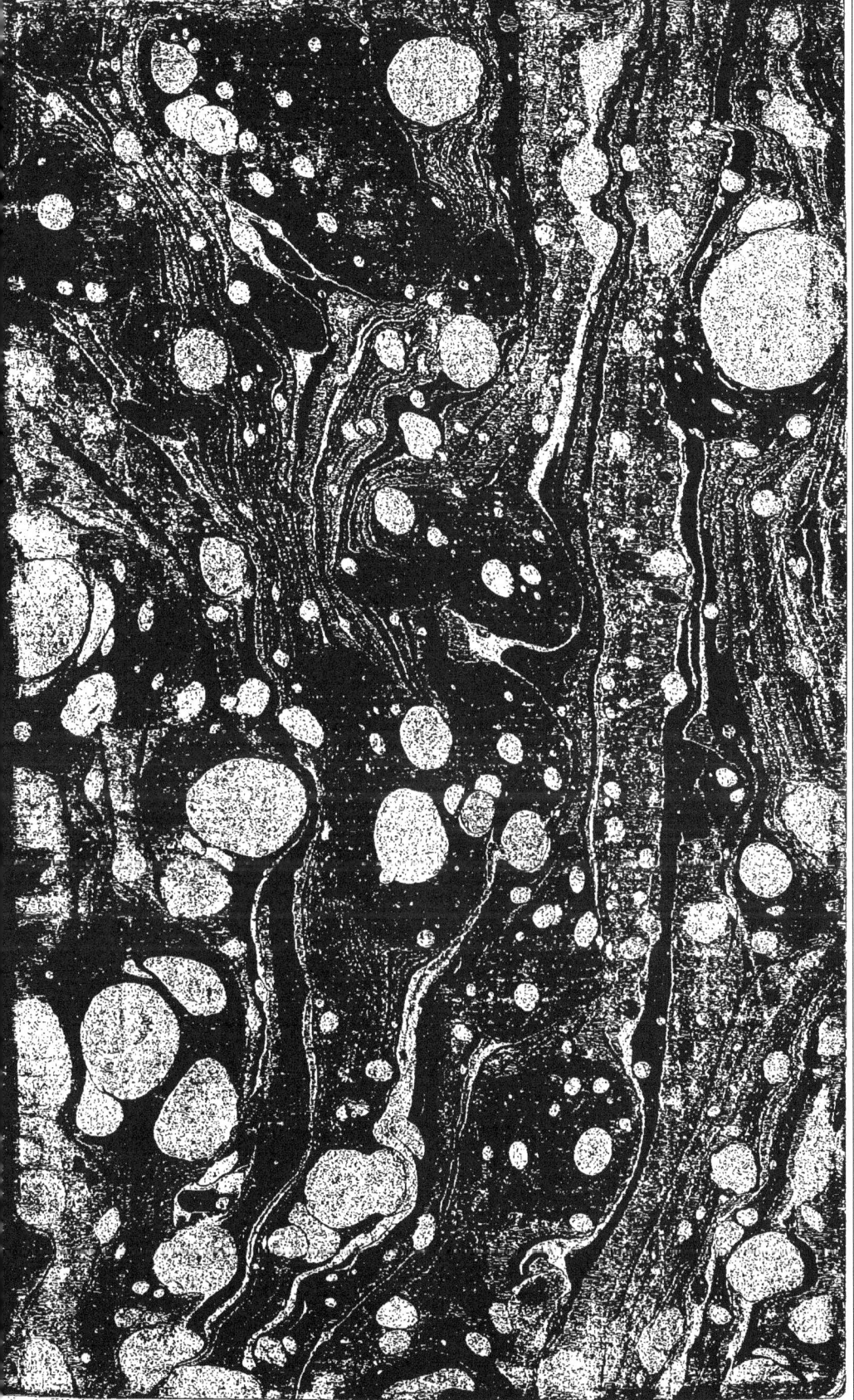

*E. 8
c1

[Dupin (claude.)]

Observations sur un livre intitulé
l'Esprit des loix. Paris, 1757-58,
3 vol. in 8°

502.

OBSERVATIONS

SUR

UN LIVRE INTITULÉ:

D E

L'ESPRIT DES LOIX;

DIVISÉES EN TROIS PARTIES.

PREMIERE PARTIE.

AVERTISSEMENT.

DÈS que le Livre de l'Esprit des Loix a paru, deux de mes amis & moi, nous nous sommes empressés de le lire, animés par le desir de nous instruire, & de voir comment un homme seul, fort répandu & fort souhaité dans le monde, avoit pû fournir une aussi vaste carrière ; comment il avoit pû même en former le projet. Mais quel a été notre étonnement, en considérant toute l'étendue des matières qu'il embrasse ! Loin de se borner à donner les Loix & l'Esprit des Loix des Gouvernemens anciens, modernes & présens, il compose un ample formulaire de Loix pour

I. Partie.   *a*

tous les Gouvernemens même fu-
turs. (*a*) Il remonte jufqu'aux E-
tres & aux Loix poffibles, par conféquent au-delà des termes de la
création de l'Univers & de la formation des Sociétés; & fe livrant
enfuite à la confidération de tout
ce qui a été fait par le Créateur
& par les créatures, il parcourt
avec rapidité les efpaces immen-
fes qui conduifent de la naiffance du Monde à l'état actuel des
chofes. Il rapporte les divers événemens qui ont attiré l'attention
des hommes. Il pénétre dans les
fecrets de la nature ; il n'y a rien
de caché pour lui dans le *Monde
intelligent & dans le Monde Phy-*

(*a*) Ce Formulaire contient dix-neuf
Chapitres depuis la page 387. jufqu'à la page 412. du Tom. II.

fique. On diroit qu'il lit à fon gré dans les Faftes de l'Univers.

Mais il femble que les forces de la nature humaine ne s'é-tendent pas fi loin. Nos con-noiffances toujours bornées nous tiennent toujours dans une ef-pèce d'enfance ; nos foins, nos études, nos réflexions ne fçau-roient atteindre qu'à un petit nombre d'objets, au-delà def-quels les idées s'embrouillent, fe confondent, & vont fe per-dre dans les abîmes du néant.

L'Auteur *a bien des fois com-mencé & bien des fois abandonné fon Ouvrage; il a mille fois en-voyé aux vents les feuilles qu'il avoit écrites ; il fentoit tous les jours fes mains paternelles tom-ber; il fuivoit fon objet fans for-*

*mer de deffein; il ne connoiffoit ni
les règles, ni les exceptions; il ne
trouvoit la vérité que pour la perdre.* (*a*) C'eft de lui-même que
nous tenons cet aveu d'autant
plus glorieux que l'amour-propre
le permet rarement; mais très-
capable d'effrayer tous ceux qui
ofent entrer dans la carrière des
fciences, fans avoir les mêmes
talens que l'Auteur, quoiqu'également zélés pour la vérité.

*Ses Principes pofés, il a vû
les cas particuliers s'y plier comme d'eux-mêmes, & les Hiftoriens de toutes les Nations n'en
être que les fuites.* (*b*) Tel
eft l'effet heureux que l'on doit
attendre des véritables Princi-

(*a*) Préface de l'Efprit des Loix.
(*b*) *ibid.*

pes, mais quels font ceux que l'on nous préfente ? C'eft l'influence du Climat : c'eft elle, felon l'Auteur, qui régit fouverainement toute la Nature ; elle qui a établi & qui entretient la forme des Gouvernemens politiques ; elle qui règle les mœurs, qui eft la fource des Loix, des Religions, des vices & des vertus, de l'efclavage & de la liberté ; c'eft elle qui porte les hommes à la vie active ou contemplative, qui détermine leur vocation pour les différens états qu'ils embraffent, &c. (*a*)

Qui nous répondra de l'exiftence & de l'infaillibilité de ces principes ? Qui nous répondra

(*a*) L'Efprit des Loix, Tom. I. p. 370.

que tout ce qui leur eſt attribué
par l'Auteur en dérive naturellement & ſans violence ? A peine
les plus profonds Juriſconſultes
du monde ont-ils pû , dans l'eſpace de treize cens ans, donner
de bonnes Loix à un ſeul peuple;
croirons-nous qu'un ſeul homme en ait pû donner de meilleures à tout l'Univers , quand même il y auroit employé vingt ans,
comme il le dit ? (*a*)

On trouve dans l'Eſprit des
Loix juſqu'à ſix cens Chapitres ,
c'eſt beaucoup pour deux Volumes *in-*4°. Mais eſt ce aſſez pour
le Code univerſel de la Nature ?
Et avant que d'accorder des élo-
ges à la hardieſſe de cette entre-
priſe , a-t-il dû nous être dé-

(*a*) Préface de l'Eſprit des Loix.

fendu d'examiner jufqu'à quel
point ils pouvoient être mé-
rités ?

Si nous n'avons porté nos recherches que fur une partie de
l'Ouvrage; ce n'eft pas la matière
qui nous a manqué. Des onze
cens pages comprifes dans les
deux Volumes de l'Efprit des
Loix, il n'y en a guères plus de
foixante & dix à quatre-vingt
rappellées dans les trois Volumes de nos Obfervations;& dans
le peu que nous avons pû faire ,
nous nous fommes contentés de
ce que le hafard, plutôt que le
choix, a fait tomber fous nos
mains. L'ouverture fortuite du
Livre a prefque toujours décidé de notre travail.

Quoique nous ne foyons pas

a iiij

perpétuellement d'accord avec l'Auteur, nous n'en ſommes pas moins empreſſés à rendre hommage à la ſupériorité de ſes talens;& quand il auroit oublié de dire qu'il n'a pas manqué de génie,& qu'il n'eſt pas moins grand que les grands hommes qui ont écrit avant lui , (*a*) nous ne l'aurions point oublié nous-mêmes ; mais nous aurions dit auſſi avec la même franchiſe que , ſelon nos foibles lumières , ce Livre peut être attaqué avec eſpoir de ſuccès dans preſque toutes ſes parties , toutes les fois qu'il ſe trouvera quelqu'un qui aura les qualités néceſſaires pour l'entreprendre.

(*a*) Préface de l'Eprit des Loix, vers la fin.

C'eſt des erreurs, que nous a-
vons cru reconnoître dans ce qui
a fait la matière de nos Obſervations, que nous cherchons à dé-
ſabuſer ceux qui pourroient les
avoir reçuës comme des vérités ;
nous ſentons qu'il ſera difficile
d'y réüſſir. Il s'agit d'un procès
dans lequel pluſieurs ont déja pris
parti ; mais l'applaudiſſement de
la multitude n'eſt pas toujours un
arrêt irrévocable.

Les uns ſe ſont laiſſés éblouir
par l'éclat de l'Ouvrage, les autres par le mérite de l'Auteur ;
un très-petit nombre de gens ont
réſervé leur jugement pour les
choſes mêmes. C'eſt à ceux-là
ſeulement que nous avons à parler ; nous nous bornerons pour
tous les autres aux deux obſerva-

tions fuivantes. La première eft
que le mérite perfonnel ne ga-
rantit point un Auteur de faire
des fautes , & rend celles qu'il
fait beaucoup plus dangereufes.
Sur la feconde , Bacon parlera
pour nous.

    » Il y a, dit ce grand homme,
» un genre d'écrire contre lequel
» on doit être en garde : il con-
» fifte en pointes , en périodes
» concifes, & en un difcours plus
» ramaffé qu'étendu ; d'où vient
» que les chofes qui font traitées
» en cette forte , femblent plus
» gentilles qu'elles ne le font en
» effet. Sénèque en a toujours ufé:
» Tacite & Pline le fecond s'en
» font fervis avec plus de modé-
» ration ; mais aujourd'hui il n'eft
» pas agréable : ceux qui font mé-

» diocrement doctes, l'estiment,
» & par ainsi il fait quelque hon-
» neur aux sciences ; mais ceux
» qui jugent le mieux & le plus
» délicatement , y prennent du
» dégout avec raison ; en sorte
» qu'on peut le mettre au nombre
» des intempéramens des scien-
» ces , puisqu'il est une cajolerie
» qui tend à attraper ceux qui s'y
» plaisent. » (a)

L'Auteur remarque que *pour
peu qu'on voye les choses avec une
certaine étendue , les saillies s'é-
vanouissent, & qu'elles ne naissent ordinairement que parce que
l'esprit se jette tout d'un côté, &*

(a) De la dignité & de l'accroissement des sciences , *par François Bacon, Traduction de Golefer.*

abandonne tous les autres. (a)

On pourroit dire que cette réflexion véritable pour le commun des Ecrivains, cesse de l'être pour celui de l'Esprit des Loix. Assez heureux pour ne pas connoître cette disette & cette diversion littéraire, il fait également face de toutes parts. Le jeu multiplié des antithèses ne prend rien sur le fond des choses ; *les traits saillans* n'y brillent point d'un éclat emprunté ; la plupart des phrases isolées & indépendantes les unes des autres, ne tirent que d'elles-mêmes leur force & leur énergie; en sorte que plusieurs parties de cet Ouvrage pourroient être coupées, sépa-

(a) Voyez la Préface de l'Esprit des Loix.

rées, divifées, déplacées, tranf-
portées même à d'autres fujets,
fans rien perdre de leur beauté :
femblables à ces plantes anima-
les dont les membres difperfés
forment autant de corps parfaits.
Mais plus l'artifte eft habile, plus
fon ftyle eft brillant, élégant,
fleuri, nouveau, fingulier ; plus
le Lecteur doit être attentif à ne
pas fe laiffer enlever un fuffrage
qu'il ne doit accorder qu'à l'examen & à la réflexion.

Ce que permettent la raifon &
l'engagement que tout Auteur
contracte avec le Public, l'amour-
propre ne le tolère prefque jamais. Il ne veut que lui pour Juge dans fa propre caufe, & il regarde un avis oppofé au fien
comme une injure perfonnelle.

Heureuſement la ſaine philoſophie que l'on remarque dans l'Eſprit des Loix, nous met à couvert de cette crainte.

On nous reprochera peut-être de n'avoir pas ſuivi l'Auteur dans la route qu'il s'eſt tracée : on auroit un bien plus grand reproche à nous faire, ſi nous étions entrés dans ce labyrinthe. Sa marche eſt ſi incertaine, ſi rapide, ſi bondiſſante, qu'on en perd la trace à chaque inſtant, & que l'on ſe trouve tout-à-coup tranſporté d'un pays connu dans les régions les plus étrangères. Il a donné peu d'étendue à ſes ſujets : il les a découpés par un grand nombre de Chapitres. Nous avons cru qu'il feroit mieux de réunir chaque matière ſous un ſeul titre, en

obfervant cependant que ces Titres fuffent les mêmes que les
fiens, afin que le Lecteur pût fe
retrouver plus aifément dans les
confrontations qu'il pourroit a-
voir envie de faire. (*a*)

Nous avons évité de toucher
ce qui pourroit avoir rapport à
la Religion, parce que nos connoiffances fur cette partie ne s'é-
tendent pas au-delà des bornes
de notre refpect & de notre foumiffion pour ce qu'elle exige.
Nous avons évité d'entrer dans l'e-
xamen de plufieurs maximes politiques & morales qui ne paroiffent pas fe préfenter favorable-
ment au premier coup d'œil, par-

_____

(*a*) En ce cas il faudra fe fervir de la première Edition de l'Efprit des **Loix.** *Genè-
ve. in-*4°.

ce que nous avons cru qu'on devoit plutôt les juger par l'intention de l'Auteur, que par ce qui
eſt écrit, ou, comme il le dit
lui-même en d'autres termes,
plutôt comme il les a enviſagées,
que comme il les a traitées. (a)

Enfin nous avons évité les diſcuſſions métaphyſiques autant
que nous avons cru pouvoir le
faire, parce qu'il nous a paru
qu'il valoit mieux appuyer nos
Obſervations ſur des faits que
ſur des raiſonnemens. L'eſprit
quelquefois livré aux plus fauſ-
ſes opinions eſt toujours ra-
mené à la vérité par l'évidence des faits, au lieu que la ſub-
tilité des raiſonnemens n'offre
ſouvent que des ténèbres, lorſ-

(a) Eſprit des Loix. Tom. II. p. 414.

qu'on

qu'on n'eſt pas auſſi familiariſé
que l'Auteur avec les idées abſ-
traites.

Il y a ordinairement une fati-
gue à eſſuyer, en liſant les Ouvrages de la nature de celui que
nous donnons, c'eſt d'avoir ſans
ceſſe devant ſoi la totalité du
texte critiqué, pour bien ſaiſir
la Critique. Nous croyons avoir
paré à cet inconvénient, en co-
piant fidélement, & en diſtin-
guant par des caractères Italiques,
les endroits qui font la matière
de nos Obſervations. Si cette méthode ne nuit point au texte de
l'Auteur, nous avons lieu d'ap-
préhender qu'elle n'ajoute de
nouveaux défauts à ceux que le
manque de talent & d'habitude
à manier la plume, aura ſans

doute abondamment répandus dans notre Ecrit. Nous craignons que ce texte ainſi entremêlé avec nos Obſervations, ne produiſe un mauvais effet, en coupant alternativement le diſcours de l'Auteur & le nôtre ; cependant pour peu que le lecteur veuille ſe prêter à cette manière, nous eſpérons qu'il ne perdra rien de ce que nous avons eu intention de lui faire entendre ; & nous ne ferons point humiliés du jugement qu'il portera ſur la comparaiſon des ſtyles, ſi la vérité gagne à celle des raiſonnemens.

Nous ignorons l'art d'écrire ; nous n'avons point pénétré dans les myſtères de la Littérature, & il ſeroit facile de le reconnoître, ſans que nous priſſions la peine de le dire. Pourquoi donc faire imprimer un Livre, répondra-t-on ? Ce n'eſt pas pour le Public. Notre confiance ne va pas juſques-là. C'eſt pour un certain nombre de perſonnes dont l'amitié nous eſt chère ; c'eſt pour leur communiquer notre ſentiment & ſçavoir le leur ; & c'eſt par ces raiſons que nous avons borné notre édition à un petit nombre d'exemplaires : des mains plus exercées feront pour la gloire & pour le Public, ce que l'amour de la vérité nous a fait faire pour quelques particuliers.

Nous ne nous flattons point d'être à l'abri nous-mêmes de tous les reproches que nous avons cru être en droit de faire à l'Auteur de l'Eſprit des Loix. Le

ſeul dont nous ne ſerons que trop
ſûrement exempts , ſera d'avoir
abuſé des graces d'une plume élé-
gante, & d'avoir prodigué les ornemens. Peut-être ſerons-nous
tombés dans l'extrémité oppoſée:
mais nous avons écrit comme nous
l'avons pû, & non comme nous
l'aurions voulu ; d'ailleurs notre
intention étoit d'inſtruire & non
d'éblouir. Le ſeul amour de la
vérité nous a fait prendre la plume ; nous l'avons cherchée, cette
vérité, avec ſoin : ſi nous l'avons
trouvée, il importe peu de quelle
manière nous l'ayons dite.

TABLE

des Titres des trois Parties des Obſervations ſur l'Eſprit des Loix.

CAPITRE III.

CHAPITRE IV.

CHAPITRE V.

CHAPITRE VI.

b iiij

TABLE. xxv

TABLE.   xxix

BIBLIOTHÈQUE IMPÉRIALE IMPR.

OBSERVATION

OBSERVATIONS
SUR QUELQUES PARTIES

D'UN LIVRE INTITULE' :

DE L'ESPRIT DES LOIX.

CHAPITRE PREMIER.

*Des Loix dans le rapport qu'elles ont
avec les divers Etres , & avec la
nature du Gouvernement.*

QUOIQUE nos Observations n'ayent pour objet que quelques parties du livre de l'Esprit des Loix, & que par cette raison rien ne nous oblige à entamer l'Ouvrage par l'endroit même où l'Au-

I. Partie.   **A**

teur l'a commencé ; cependant c'eſt
un uſage que nous abandonnons à
regret : mais, retenus par la crainte
de nous perdre dans des idées ab-
ſtraites, nous n'avons oſé y pénétrer ;
ainſi nous paſſerons de la première
page à la cinquième ; peut-être même aurions-nous bien fait de paſſer
encore au-delà , pour éviter toute
diſcuſſion métaphyſique ; car ce qui
eſt élevé au-deſſus des Etres ſenſi-
bles s'explique & ſe conçoit toujours
difficilement. Venons au texte de
l'Auteur.

Comme Etre intelligent , l'homme
To. 1. *viole ſans ceſſe les loix que Dieu a éta-*
pag. 5, *blies , & change celles qu'il a établies*
lui-même. Il faut , dit-il , qu'il ſe con-
duiſe, & cependant il eſt un Etre borné ;
il eſt ſujet à l'ignorance & à l'erreur ,
comme toutes les intelligences finies ; les
foibles connoiſſances qu'il a , il les perd
encore.

On ne conçoit point, que parce
que l'homme a été doué d'intelligence, il doive *violer ſans ceſſe les loix que*

Dieu a établies ; cette intelligence feroit un funefte préfent que le Créateur lui auroit fait ; mais on conçoit
qu'un Etre libre peut avoir affez de
foibleffe , pour s'abandonner au mal ,
comme il peut avoir affez de force
pour y réfifter ; ce qui eft fort éloigné
d'une détermination abfolue à la violation de la loi & d'une pratique continuelle de cette violation.

Lorfque *l'homme change les loix qu'il
a établies lui-même* , ou ce changement produit de nouveaux avantages
à la fociété, ou il lui eft nuifible ;
dans le premier cas, l'homme agit fuivant les lumières les plus pures de la
raifon qui lui a été donnée ; dans le
fecond, il agit comme un Etre imparfait, capable d'égarement & d'erreur ; & dans l'un & l'autre il agit en
homme.

*Il faut qu'il fe conduife, & cependant
il eft borné.* L'homme fe conduit fuivant les lumières qui appartiennent à
fon état, elles font proportionnées à
fes befoins : il peut comparer le bien

avec le mal, les avantages qu'il efs
père, avec les maux qu'il craint; il a
le pouvoir de choifir après avoir tout
examiné; aucune force ne l'entraîne
& ne l'attache invinciblement à un
parti plutôt qu'à un autre.

Au refte, quand nous parlons des
lumières de l'homme, nous nous
bornons à l'état purement naturel,
& nous n'excluons ni les avantages
d'un état élevé par la grace, ni les
biens qui en font l'apanage & la récompenfe. Nous fuivons l'Auteur
de l'Efprit des Loix, & nous nous
renfermons dans la fphère où il prétend fe renfermer lui-même,

pag. I.
To. 5.
   Comme créature fenfible, il (l'hom-
me) *devient fujet à mille paffions.*

Si l'homme n'étoit pas fenfible,
il ne feroit pas homme. C'eft une
qualité effentielle à fa condition. A
quoi cette réflexion pourroit-elle
conduire? Seroit-ce à nous perfuader
que nous fommes affez malheureux
pour être néceffairement entraînés
par la violence des paffions? Si d'un

côté nous fentons leur impulfion , de l'autre nous fentons que l'Auteur de notre Etre a placé en nous un Juge intérieur, qui condamne ou approuve nos actions, qui nous porte à notre devoir par fes commandemens, & nous détourne du mal par fes défenfes , & ce Juge eft la raifon. * Notre réfiftance à fes avis peut fufpendre les effets de fon pouvoir ; mais elle ne le détruit pas, & cette raifon n'en eft pas moins difpofée à reprendre à la première occafion fes utiles fonctions.

Un tel Etre pouvoit à tous les inftans Ibid. *oublier fon Créateur. Dieu l'a rappellé par les loix de la Religion.*

Si l'homme pouvoit à tous les inftans oublier fon Créateur, il pouvoit auffi à tous les inftans s'humilier devant lui. L'homme n'eft point un être purement phyfique, affujetti à des re-

* *Eft quidem vera lex recta ratio naturæ congruens diffufa in omnes , conftans , fempiterna , quæ vocet ad officium , jubendo ; vetando , à fraude deterreat.* Cic. de Rep. Lib. 3. apud Lactant. Inftit. Divin. Lib. 6. C. 8.

gles & à des loix selon lesquelles il
doive suivre indispensablement des
routes déterminées. La Religion, en
lui donnant des préceptes, ne l'a pas
privé de sa liberté : elle l'a plûtôt supposée ; & en travaillant à perfection-
ner la nature, elle n'a pas travaillé à
la détruire.

*Un tel Etre pouvoit à tous les instans
s'oublier lui-même. Les Philosophes l'ont
averti par les loix de la morale.*

Quels sont ces Philosophes ? Sont-
ils d'une autre espèce que les autres
hommes ? Non sans doute : or comme
les hommes ont reçû avec la naissance les principes de la morale nécessaires à leur conduite morale, il faut
donc conclure d'après l'Auteur, que
ce sont les hommes qui se sont aver-
tis eux-mêmes qu'ils s'oublioient eux-
mêmes.

*Fait pour vivre dans la société, il
pouvoit oublier les autres. Les Législateurs l'ont rendu à ses devoirs, par les
loix politiques & civiles.*

Si un tel Etre a été destiné par le

To. I
pag. 5.

Ibid

Créateur pour vivre dans la société, il en a dû recevoir les qualités sociables, & en même tems les lumières & les dons nécessaires pour composer des Loix politiques & civiles, sans quoi on ne pourroit pas dire qu'il eût été fait pour la société : les Législateurs & les Philosophes sont au nombre des hommes; ils ne forment point un ordre différent & supérieur. Il faut donc encore conclure que les hommes pouvant oublier les autres hommes, ils se sont rendus eux-mêmes à leurs devoirs, par les devoirs qu'ils se sont imposés eux-mêmes.

Les facultés de l'ame sont communes à tous en général, & elles s'exercent différemment, à raison de la différence des tempéramens, de l'éducation & des exemples ; mais la masse totale des hommes porte en soi l'esprit législatif & tout ce qui est nécessaire à la formation & à la conservation de la société.

L'homme considéré comme un Etre capable de connoître & d'aimer, doit à l'Etre suprême l'hommage de son esprit & de son cœur ; comme Etre intelligent il doit veiller à sa propre conservation & à son bonheur ; comme faisant partie de la société, il doit des égards à ses semblables. Tels sont les trois états de l'homme, pour l'accompliffement desquels tout eft en lui, tout lui a été donné, tout eft à la difpofition de sa volonté.

L'Auteur, *Ch. 2. page 6.* prétend que *dans l'état de nature chacun* fe fent inférieur ; qu'à peine chacun fe fent-il égal ; qu'on ne cherche point à s'attaquer ; que *la paix eft la premiere loi naturelle :* & pour le prouver, il rapporte l'expérience *du fauvage trouvé dans les forêts d'Hanovre, fous le règne de George I. que tout faifoit trembler, que tout faifoit fuir.*

La force de l'homme confifte en deux chofes ; dans celle du corps, confidéré feulement comme animal ; & dans celle de l'efprit, confidéré comme animal raifonnable. De cette dernière, réfulte le courage, l'audace , la rufe & un fentiment relatif à toutes ces chofes.

Les hommes ne font point nés égaux , foit pour les qualités du corps , foit pour celles de l'efprit ; fupérieurs ou inférieurs refpeƈivement les uns aux autres, ils fentent & calculent leur foibleffe ou leur force & agiffent conféquemment. Une des regles générales de la nature, eft que le plus foible obéiffe au plus fort; comme il l'eft que le plus léger cede au plus péfant.

La preuve que l'Auteur prétend tirer de la comparaifon du Sauvage d'Hanovre, ne conclut rien : il étoit foible à l'égard de chacun des autres hommes , & bien plus foible encore à l'égard de ces hommes réunis ; tout le faifoit trembler, tout le faifoit fuir, parce qu'il fe voyoit feul contre tous ; obfervé dans toutes fes démarches , gêné dans toutes fes aƈions , pendant que les autres étoient en liberté.

La principale condition de toute comparaifon eft un jufte rapport entre les objets mis en parallèle; il

falloit donc préſenter un homme
ſauvage à un autre homme ſauvage,
qui ne connuſſent l'un & l'autre que
la ſimple nature, & non un ſauvage
devant une multitude d'hommes policés, dont le nombre, le langage,
l'habillement & les agitations curieu-
ſes ne pouvoient manquer d'étonner,
de ſurprendre, d'inquiéter & d'épou-
vanter un homme de cette eſpèce.

To. 1.
pag. 7.
L'Auteur donne à l'homme pour
ſeconde *Loi naturelle* le ſentiment de
ſes beſoins, qui lui inſpire de chercher à ſe nourrir ; & pour *troiſième, le*
penchant à l'union des deux ſexes.

L'expérience journalière n'eſt pas
d'accord avec cette diſtribution, &
nous fait croire qu'il ſeroit bien plus
ſelon l'ordre naturel de dire que,
comme tout animal répugne à ſa deſtruction, & tend à ſa conſervation,
la première Loi naturelle eſt de
chercher à ſe nourrir ; que, comme il
eſt porté à la propagation de ſon eſpèce par un penchant impérieux, ce
penchant peut être conſidéré com-

me la seconde loi; & que l'état de guerre sera comme le résultat des deux autres, & la troisiéme loi.

L'Auteur dit que, dans l'état de nature où il vient de peindre les hommes, *la crainte les porteroit à se fuir,* Ibid. *mais que les marques d'une crainte réciproque les engageroient bientôt à se rapprocher.*

Il comprend ici la crainte au nombre des loix de la nature; & c'est en cette qualité qu'il l'employe dans ce Chapitre qui a pour titre : *des Loix de la Nature.* Mais comme toutes les passions & toutes les foiblesses de l'homme sont prises dans la nature, toutes les passions & toutes les foiblesses de l'homme seront donc autant de loix de la nature; alors il est inutile de se mettre en frais pour assigner des rangs aux loix de la nature, puisqu'étant sorties au même instant du sein de la nature, on ne peut admettre entre-elles des degrés de priorité.

En supposant que la crainte por-

tât les hommes à se fuir ; il sera difficile de concevoir comment les marques d'une crainte réciproque les engageroient à se rapprocher. La crainte est un mouvement qui nous porte
à fuir le mal avec précipitation. Or
rien n'est moins propre à rapprocher
qu'un pareil sentiment.

Mais si ce n'est pas crainte , dira-
t-on, comment appellerez-vous donc
ce mouvement que feroient paroître
deux hommes qui n'en auroient jamais vû d'autres ? On l'appellera sur-
prise , étonnement, trouble qui cesse
aussi-tôt par l'effet de la raison & de
la réflexion. On s'examine , on se regarde, on fait un pas , on en fait un
second, on reconnoît son semblable,
on espère des avantages respectifs ; la
société se forme , & les circonstances qui surviennent la confirment &
la perpétuent. Ces effets pourroient-
ils être produits par la crainte qui
trouble la raison , qui effraye, qui
consterne , qui affoiblit l'ame , qui
anéantit le courage par les dangers

qu'elle lui préfente, qu'elle agrandit, qu'elle multiplie , qu'elle invente ?

L'Auteur nous a dit que la paix étoit la première loi naturelle. Mais cette paix eft fondée fur la crainte, ou n'y eft pas fondée. Si elle eft fondée fur la crainte, c'eft la crainte qui eft la première loi naturelle, & non la paix. Si au contraire la paix eft par elle-même la première loi naturelle, la crainte ne doit pas porter les hommes à fe fuir ; car on ne fuit point ceux avec lefquels on eft en paix.

Le defir que Hobbes donne d'abord To. 1. *aux hommes de fe fubjuguer les uns les* pag. 6. *autres , n'eft pas raifonnable ; l'idée de l'empire & de la domination eft fi compofée , & dépend de tant d'autres idées , que ce n'eft pas celle qu'il auroit d'abord.*

Hobbes dit que le premier principe de la loi naturelle eft la confervation propre de l'animal ; & par conféquent la défiance & la précaution mutuelle, d'où naît l'occafion de guerre & la guerre même. Ce qui s'accorde avec ce que nous avons dit ci-devant.

Si par l'empire & la domination
l'Auteur entend le commandement
& l'exercice de la fouveraine puiffance fur un grand peuple & fur une
vafte étendue de pays, l'idée en fera
effectivement fort compofée, parce
qu'il faudra l'union & le concours
d'une infinité de circonftances pour
former cet empire & le fyftême politique de fon gouvernement ; mais ce
n'eft pas là de quoi il doit être queftion dans ces foibles commencemens
du monde : il s'agit feulement de la
fupériorité que chaque homme cherche à prendre fur fon égal ; & loin
*que cette idée foit compofée & liée à
tant d'autres idées ;* elle eft au contraire fimple, naturelle, née avec
tous les hommes ; & peut-être pourroit-on en déduire tous les autres fentimens, comme fubordonnés à celui-ci : du moins eft-il certain que cet
efprit de domination particulière a
donné naiffance aux dominations générales.

En effet les hommes vécurent

d'abord fous le gouvernement paternel & domeſtique ; mais les familles
devenues trop nombreuſes, ayant été
obligées de ſe partager, auſſi-tôt l'eſprit de domination particulière dans
les chefs menaça l'ordre public &
la tranquillité commune ; ce qui parut le plus capable d'arrêter le progrès des troubles & de la diviſion
naiſſante, fut deréunir la puiſſance &
l'autorité ; on fit des loix pour retenir
par la crainte ceux qui ſeroient ten-
tés de s'écarter des ſentiers de la raiſon : telle eſt la ſource de ce pouvoir
ſouverain que les Princes de la terre
ſe font ſucceſſivement tranſmis ; telle
eſt l'origine des ſociétés civiles for-
mées pour maintenir au-dedans l'u-
nion & la concorde, & pour défendre contre les attaques du dehors
la vie, les biens & la liberté des citoyens. Mais l'Auteur eſt d'un avis
oppoſé ; il fait naître l'état de guerre
de l'union, de la puiſſance & de la
formation des ſociétés.

Si-tôt que les hommes ſont en ſociété ,

dit-il, *ils perdent le sentiment de leur*

To. 1.
pag. 7.

foiblesse ; l'égalité qui étoit entre-eux cesse, & l'état de guerre commence . chaque société particulière vient à sentir sa force, ce qui produit un état de guerre de nation à nation : les particuliers dans chaque société commencent à sentir leur force ; ils cherchent à tourner en leur faveur les principaux avantages de cette société, ce qui fait entre-eux un état de guerre.

On pourroit donc conclure d'après l'Auteur, que les hommes, dans l'établissement des sociétés, ont eu pour objet de multiplier les états de guerre entre-eux ; car en suivant son texte il paroît qu'il n'y auroit eu entre-eux d'autre guerre que celle de particulier à particulier. Il laisse subsister cet état dans son entier, & y ajoute celui de nation à nation.

Mais n'est-il pas connu au contraire, qu'à l'égard des particuliers, aussi tôt que les hommes sont en société, ils ne peuvent plus faire usage de leurs forces particulières, parce qu'ils s'en

for

font dépouillés & en ont revêtu le Souverain ? N'eſt-il pas connu que c'eſt préciſément dans ce moment que l'égalité commence entre eux, parce que les Loix ſur leſquelles cette ſociété eſt établie, ſont pour le plus foible contre le plus fort? L'ordre de la ſociété ne veut-il pas que ſous la protection des Loix tout ſoit tranquille, le Laboureur dans les campagnes, les Artiſans dans les villes, les Nobles dans leurs Terres, les Magiſtrats dans leurs fonctions, les Rois dans l'exercice de leur pouvoir? Car qu'eſt-ce que la Société Civile ? l'union d'une multitude d'hommes qui ſe mettent enſemble ſous la dépendance d'un Souverain pour trouver ſous ſa protection & par ſes ſoins le bonheur auquel ils aſpirent naturellement. *

A l'égard de la guerre de Nation à Nation, ce n'eſt point un état, mais un droit de Nation fondé ſur une juſte & légitime défenſe ; & l'exercice de ce droit ne doit com-

* Voyez Principes du Droit Politique, T. 1. p. 9.

I. Partie.   B

mencer que là où manque la justice ;
la guerre n'est juste que lorsqu'il s'a-
git de repousser une injure faite contre le droit des gens, ou contre le
droit de nature, qui est la même
chose. La guerre pour la guerre même, est une fureur ; la guerre par
esprit de conquête, est un brigandage ; enfin la guerre ne doit s'entreprendre que pour avoir la paix.

En partant de ces principes, qui
font ceux de Grotius & ceux de toutes les Nations, la formation des
sociétés doit donc être appellée un
état de paix, & non un état de guerre, tant pour les Particuliers que pour
les Nations ; puisque les Loix des sociétés font faites pour l'union entre
les premiers, & que le but des fe-
conds est de se mettre à l'abri des attaques injustes de leurs voisins, &
de donner la paix après la répara-
tion des injures qui pourroient leur
avoir été faites.

T. I.   *Le Droit des gens est naturellement*
page 8. *fondé sur ce principe : que les diverses*

Nations doivent se faire dans la paix le plus de bien , & dans la guerre le moins de mal qu'il est possible , sans nuire à leurs véritables intérêts.

Comme tout le genre humain compose une société universelle partagée en diverses Nations , qui n'ont pas le pouvoir de s'imposer des Loix les unes aux autres , il a été nécessaire,pour entretenir la communication entre elles , d'établir certaines conventions qui servissent de Loix réciproques. Telles sont les suspensions d'armes, les traités de paix , les ambassades , &c.

Cette Loi n'est autre chose que la Loi naturelle ; Hobbes la divise en Loi naturelle de l'homme & en Loi naturelle des Etats ; & c'est cette dernière qu'on appelle le Droit des gens , droit établi sur l'usage constant des Nations, pour leur bien , leur utilité & leur conservation respectives.*

Hob. de Cive, C. 14.§. 4.

* Grotius, Vandermeulen, Volfius , Principes du Droit politique.

B ij

En difant que les Nations doivent fe faire dans la paix le plus de bien, & dans la guerre le moins de mal qu'il eft poffible, & en ajoutant cette reftriction, *fans nuire à leurs véritables interêts*, c'eft détruire ces deux propofitions affirmatives, parce que, foit en paix, foit en guerre, leurs intérêts fe trouvent toujours en jeu.

Ne peut-il pas fe faire, & n'eft-ce pas en effet ce qui arrive fouvent, qu'une nation qui redoute la puiffance & l'accroiffement d'une autre nation, croye qu'en paix elle doit, relativement à fon véritable intérêt politique, faire tout ce qu'elle croira capable d'empêcher l'augmentation des richeffes, des forces, du crédit & de l'influence de cette autre nation tant au dedans qu'au dehors, &c.

Il en eft de même dans la guerre, la Politique eft le guide de la conduite des Souverains : fi une nation puiffante & orgueilleufe eft humiliée par des évenemens malheureux, & que le vainqueur fe foit rendu affés redou-

table pour ne pas craindre la mauvaife fortune à fon tour, il croira peut-
être qu'il eft de fon véritable intérêt
de dévafter le pays, de tranfplanter
les fujets & de les réduire en fervitude ; c'eft ainfi qu'en ont ufé plufieurs
grands Conquerans de l'Europe &
de l'Afie. La condition des *véritables
intérêts* ne peut donc s'allier avec les
deux propofitions affirmatives de
l'Auteur.

Principe général, dit Fra-Paolo
dans fes Confeils Politiques ; un
Prince puiffant qui veut être libre
par lui-même, ne trouve jamais fon
avantage dans l'agrandiffement d'un
autre, à moins qu'il n'en réfulte l'af-
foibliffement d'un tiers plus puiffant
que tous les deux ; & fi le Prince
dont il favorife l'agrandiffement eft
fon voifin, plus celui-ci croîtra en
puiffance, plus l'autre aura raifon de
craindre fes progrès. *

Tels font les funeftes effets de la
Politique, lorfqu'elle s'éloigne du

* Le Prince de Fra-Paolo ou Confeils Politiques.

B iij

principe général du droit des Gens
qui n'eſt autre choſe que la Loi générale de la ſociabilité : » Ne faites à
» autrui que ce que vous voudriez
» qui vous fût fait ; » tout le droit des
gens eſt compris dans cette maxime.
Les Tartares conquerans très cruels paſ-
Tom. *ſent au fil de l'epée les habitans des Vil-*
I. pag. *les qu'ils prennent . . . . . ils ont dé-*
462. *truit l'Aſie depuis les Indes juſqu'à la*
Méditerranée. Voilà ce que l'Au-
teur appelle le droit des gens. N'eſt-
ce pas proſtituer ce nom reſpectable,
que de le donner au vol, au pillage, au brigandage, à la cruauté, à la
ferocité, à l'inhumanité, à la barbarie ?

Tom. *Quelques-uns ont penſé que la Nature*
I. p. 9. *ayant établi le pouvoir paternel, le Gou-*
vernement d'un ſeul étoit le plus confor-
me à la nature ; mais l'exemple du pou-
voir paternel ne prouve rien : car ſi le
pouvoir du pere a du raport au Gouver-
nement d'un ſeul, après la mort du pe-
re, le pouvoir des freres, ou après la
mort des freres, celui des couſins ger-

mains ont du rapport au *Gouvernement de plusieurs.*

L'exemple du pouvoir paternel prouve qu'il est le plus ancien ; car les peres ont été avant les freres, & avant les cousins germains : il prouve que ce pouvoir est le premier qui ait été montré aux hommes : il prouve que ces hommes accoutumés à une puissance naturelle & respectée, ont dû suivre une route chérie & connuë, plutôt que d'en prendre une incertaine, peut-être dangereuse, de laquelle d'ailleurs ils n'avoient aucune idée. Il étoit naturel que les familles guidées par l'habitude & le respect pour leurs chefs, continuassent même après leur multiplication à leur obéir, suivant la forme que l'usage avoit établie.

En effet elles furent toujours soumises aux Patriarches jusqu'à la formation des Royaumes connus, qui tous commencèrent par le Gouvernement d'un seul ; comme on le voit par ceux d'Assyrie ou de Babylone, d'Argos, de Sicyone, d'Athènes, de Lacédémone, de Thèbes, de Tyr, de Troye, des Latins, qui font les premiers dont la Chronologie faſſe mention ; les autres eſpéces de Gouvernements n'ayant eu lieu que long-tems après par le concours des évenemens.

L'Auteur nous apprend lui-même que ces premiers habitans du monde n'auroient pû choiſir un autre modèle, puiſque malgré les milliers d'années qui ſe ſont écoulées, malgré les exemples dont l'Univers eſt rempli, malgré la multitude de Voyageurs qui ont parcouru l'Inde, *le Roi de* Tom. *Pegu penſa étouffer de rire ſur ce qu'un* 1. pag. *nommé Balbi Venitien lui dit qu'il n'y* 481. *avoit point de Roi à Veniſe.* Ce Prince & ſes pareils auroient-ils imaginé un Gouvernement Démocratique ou Ariſtocratique, eux qui en regardoient la ſeule idée, comme le comble du ridicule ?

Le Gouvernement d'un ſeul a dû ſe préſenter naturellement à toutes les nations, parce que c'est la forme la plus simple de toutes les formes politiques. C'est ce que l'Auteur confirmera lui-même en parlant du Gouvernement qu'il appelle Despotique. *Le Gouvernement Despotique, dit-il, saute, pour ainsi dire, aux yeux; tout le monde est bon pour l'établir.* Or ce prétendu Gouvernement Despotique n'est autre chose que la Monarchie simple, aussi connuë des Auteurs politiques, que le Gouvernement Despotique leur est inconnu. Tom. 1. pag. 100.

La Loi en général est la raison humaine, en tant qu'elle gouverne tous les peuples de la Terre; & les Loix Politiques & Civiles de chaque Nation ne doivent être que les cas particuliers où s'applique cette raison humaine. Tom. 1. p. 9.

Et quelques lignes plus bas on trouve *que les Loix Politiques & Civiles doivent être relatives au Physique du Pays, au climat glacé, brulant ou temperé, à la qualité du Terrain, à sa situation, à sa grandeur & autres circonstances.* Tom. 1. page 10.

Comme l'Auteur ne s'en tiendra pas dans la suite à ces généralités, sur l'influence & le pouvoir des climats & sur les autres circonstances dont il parle ici, nous attendrons pour ne point couper les sujets, que les Chapitres qu'il y a particuliérement destinés; nous fournissent l'occasion d'un plus ample examen.

Les Loix doivent être tellement propres au peuple pour lequel elles sont faites, que c'est un très grand hazard, si celles d'une Nation peuvent convenir à une autre.

Tome I. page 10.

Il n'y a presqu'aucune Nation en Europe qui n'ait vécu sous des Gouvernemens très différens de ceux que nous voyons établis aujourd'hui, & ceux d'aujourd'hui subiront à leur tour de nouveaux changemens. L'esprit des Nations change & doit nécessairement changer à la longue par les différentes formes sous lesquelles on le fait plier; mais cela même prouve que toutes sortes de Gouvernemens peuvent convenir à toutes sortes de Nations.

· Il y a une étenduë immenfe de Pays depuis le 10e. jufqu'au 75e. dégré de longitude, & depuis le 25e. jufqu'au 55e. de latitude Septentrionale. Avant que ces Pays euffent été fubjugués par les Romains, ils étoient occupés par une multitude innombrable de Nations différentes qui avoient chacune leurs Loix & leur forme de Gouvernement. Les Romains, après les avoir foumifes à leur Empire, les foumirent à leurs Loix. Quelques-unes de ces Nations les ont confervées jufqu'à aujourd'hui; d'autres s'en font fait de nouvelles : les Barbares qui démembrèrent l'Empire portèrent leurs Loix dans leurs conquêtes; les pays de ces conquêtes fubfiftent, & leurs Loix ne fubfiftent plus.

L'Auteur, en terminant ce chapitre, fe propofe d'examiner foigneufement les rapports que les Loix ont avec la Nature & le principe de chaque Gouvernement; & il dit, que comme *ce principe a fur les Loix une*

*suprême influence, il s'attachera à le
bien connoître; & que s'il peut une fois
l'établir, on en verra couler les Loix,
comme de leur source.*

Il auroit donc été nécessaire de
commencer par bien expliquer la
nature & le principe de chaque Gouvernement, puisque ces deux choses
ont une suprême influence sur les
Loix : mais au contraire l'Auteur
commence par expliquer les Loix
qui dérivent de la nature du Gouvernement, avant que d'expliquer la nature du Gouvernement, c'est-à-dire
qu'il explique l'effet avant que d'expliquer la cause. Voyons cette nouvelle méthode.

CHAPITRE II.

Des Loix qui dérivent directement
de la nature du Gouvernement.

Tome
I. p. 12.

*Il y a trois espèces de Gouvernements,
le Republicain, le Monarchique, &
le Despotique...... Voila ce que j'ap-*

pelle la nature de chaque Gouvernement.
.... Il faut voir quelles font les Loix
qui fuivent directement de cette nature ,
& qui par conféquent font les premières
Loix fondamentales.

Nous venons de le dire, il auroit
été néceffaire de bien expliquer la nature de ces différens Gouvernements,
avant que d'en faire dériver les Loix ;
car s'il arrive que la nature de ces
Gouvernements ne foit pas telle que
l'Auteur la fuppofe, les loix qu'il donnera comme un effet de la nature des
Gouvernements s'évanouiront avec
leur caufe.

Dans la Démocratie , le peuple eft à | Tome
certains égards le Monarque ; à certains 1. page
autres , il eft le fujet. 13.

Grotius dit que la Démocratie eft
un Gouvernement populaire où la
fouveraineté réfide dans le peuple,
& eft adminiftrée par le peuple ; cela
s'entend.

Un Monarque gouverne feul fans
partage ni mélange d'autorité ; le peuple gouverne conjointement & par

indivis : ces deux hypothèses sont op-
posées, & ne peuvent s'expliquer l'u-
ne par l'autre.

Ainsi on ne peut jamais dire que
dans la Democratie, le peuple soit Monarque ni à certains égards, ni de quelqu'autre maniere que ce soit ; parce
qu'encore une fois la Monarchie est le
Gouvernement d'un seul absolument
étranger à la Démocratie & incompa-
tible avec elle. Attacher une autre
idée au nom de Monarque, ce seroit
abuser des termes, & dépouiller de
leur sens naturel les expressions dont
on est demeuré d'accord pour s'entendre.

Tome *Il ne peut être Monarque que par les*
1. p. 13. suffrages qui sont ses volontés ; la volon-
té du Souverain est le Souverain lui-mê-
me. Les Loix qui établissent le droit de
suffrage sont donc les Loix fondamenta-
les de ce Gouvernement.

Grotius n'appelle point Monarque
le peuple d'une Démocratie : il dit
tout simplement que la Démocratie
est un Gouvernement populaire où la

Souveraineté réfide dans le peuple,
& eft adminiftrée par le peuple. Au
moyen de cette définition, toutes les
fois que l'on parle d'un Gouvernement Démocratique, on entend que
le peuple eft & doit être le Légiflateur, le Souverain, le Maître abfolu ; que non-feulement il a droit de
fuffrage, mais encore que fon fuffrage eft indifpenfablement néceffaire
dans tout ce qui concerne l'exercice
de la fouveraineté.

Le droit de Suffrage dans le peuple
eft la conftitution même du Gouvernement Démocratique, & non une
Loi de ce Gouvernement. La Loi eft
une convention commune de l'Etat,
dans laquelle on fait entrer les difpofitions qui conviennent le mieux au
bonheur & à la profpérité de l'Etat, &
qu'on change fi elles ceffent de répondre à l'objet de leur inftitution ;
mais dans la conftitution d'une chofe
tout eft de rigueur & abfolu.

Comme il feroit inutile qu'il y eût
une Loi pour établir que deux & deux

font quatre , & que le tout eſt plus grand que la partie , de même il eſt inutile qu'il y ait une Loi pour établir que, dans le Gouvernement Démocratique, le peuple a droit de ſuffrage, c'eſt-à-dire droit d'exercer la ſouveraineté; parce que ſans cet exercice il n'y auroit point de Démocratie : c'eſt ſon état, ſa nature, ſon être, la conſtitution.

Tome I. P. 13. *Libanius dit qu'à Athènes un étranger qui ſe mêloit dans l'aſſemblée du peuple étoit puni de mort ; c'eſt, dit l'Auteur, parce qu'un tel homme uſurpoit le droit de Souveraineté.*

Point du tout. Libanius donne luimême la raiſon de cette Loi dans la déclamation 28ᵉ. citée par l'Auteur. C'étoit, dit-il, pour empêcher que les ſécrets de la République ne fuſſent divulgués. Et cette raiſon eſt ſimple & naturelle ; s'il n'y avoit pas eu des peines capitales contre les étrangers, qui , à la faveur de la multitude & des ténèbres*, ſe ſeroient gliſ-

* Pluſieurs Républiques de la Grèce ne tenoient leurs aſſemblées que la nuit.

ſés

fés dans les affemblées de la Nation,
ils auroient pû fans rifque apprendre
le fecret des délibérations & en faire
un ufage dangereux. C'eft là ce que
Libanius a eu intention de dire, &
qu'il explique fort bien. Il étoit trop
inftruit * pour confondre un efpion a-
vec un ufurpateur de la fouveraineté.

L'Auteur après avoir expliqué la
manière dont on formoit les Claffes
du peuple dans la République de
Rome, paffe à celle d'Athènes, & dit
que Solon laiffa à chaque citoyen le
droit d'élection, & qu'il voulut qu'on
pût élire des Juges dans chacune des
quatre Claffes qu'il avoit établies ; &
au mot, *il voulut*, il y a un renvoy qui
conduit à cette note marginale: *Denys*
d'Halicarnaffe, Eloge d'Ifocrate, page
97. *Tome* 2. *Edit. de Wechelius.*

Nous avons actuellement cette é-
dition fous les yeux, ouverte à la même page 97. & nous n'y trouvons

Tom.i.
pag.17.

---

* Libanius Sophifte célèbre. Sa fcience le rendit cher à l'Empereur Julien : il fut précepteur de
Saint Bafile & de Saint Jean Chryfoftome.

I. Partie.   C

point ce que dit l'Auteur, mais feulement qu'Ifocrate dans fa Harangue
rappelle l'inftitution de Solon & de
Cliftène, « par laquelle ils n'avoient
» donné aucune puiffance aux fcélé-
» rats, mais la magiftrature aux gens
« de mérite : » ce qui ne veut aucunement dire qu'on pouvoit élire des Juges dans chacune des quatre claffes
que Solon avoit établies.

Comme la divifion de ceux qui ont
droit de fuffrage, eft dans la République
une Loi fondamentale ; la maniere de la
donner eft une autre Loi fondamentale:le
fuffrage par le fort eft de la nature de la
Démocratie ; le fuffrage par le choix eft
de la nature de l'Ariftocratie.

Tome
I. p. 17.

Dans prefque tous les Gouvernemens Démocratiques qui exiftent
actuellement, on ne connoît pas les
fuffrages par le fort ; dans les Républiques Ariftocratiques, on fe détermine tantôt par le fort, tantôt par les
fuffrages, fuivant les régles de leur
Gouvernement. A cet égard il n'y en
a point qui fe reffemblent ; ce font

des Loix arbitraires, que la fouveraineté de l'Etat change fuivant l'éxi-
gence des cas, & non des Loix fondamentales.

A Gènes, la boëte que l'on appelle du Séminaire, d'où l'on tire les Sénateurs & les Procurateurs, eft compofée de cent vingt noms, dont on en
tire cinq tous les fix mois.* A Venife,
c'eft le grand Confeil qui élit les Sénateurs & autres Magiftrats par Bal-
lotations. A Gènes le corps que l'on
appelle le Sénat eft compofé feulement de douze fujets. A Venife il eft
de près de trois cens. A Gènes il ne
connoît que des caufes civiles & criminelles par appel ou évocation. A
Venife il connoît de toutes les affaires
Politiques. Ainfi mettre en principe
que le fuffrage par le fort eft de la nature de la Démocratie, & que le fuffrage par le choix eft de celle de l'A-

* Vid. Cap. 7. Leg. Gen. 1616. de compofitio-
ne urnæ pro Seminario Majorum Magiftratuum,
*ex quâ nomina extrahenda funt, à puero annorum
ad fummum decem impenfis publicis veftito.* Ceci
établit bien clairement la voie du fort.

riftocratie, c'eſt faire des Loix générales & fondamentales de ce qui n'e-
xiſte que dans quelques Gouvernemens, & même dans des parties uniques de l'adminiſtration de ces Gouvernemens.

Où l'Auteur a-t-il puiſé ces préten-
duës Loix? quel Philoſophe, quel Légiſlateur a-t-il conſulté? ſeroit-ce A-
riſtote, parce que ce Philoſophe di
qu'il ſemble que le ſort ſoit propre à
la Démocratie, & que le choix convienne à l'Oligarchie? * Mais il y a
bien de la différence entre une propoſition avancée comme un doute,
& une propoſition donnée comme
affirmative, & même comme u
Loi fondamentale.

*Lorſque les Nobles ſont en grand nom-
bre, il faut un Sénat qui régle les affaires que le corps des Nobles ne ſçauroit décider, & qui prépare celles dont il décide*

Tom.I.
p. 20.

*Dans ce cas on peut dire que l'A-
riſtocratie eſt en quelque ſorte dans l*

* Videtur Democratiæ eſſe proprium magiſtra-
tus ſortitò capi; electione verò creari Oligarchi
convenire. *Ariſt. de Rep. cap. 9.*

Sénat, *la Démocratie dans le corps des Nobles*, *& que le peuple n'est rien*.

L'Aristocratie ne peut être que dans le Corps des Nobles ou des principaux, puisque c'est ce Corps, qui représente le Souverain, & qu'il a le pouvoir législatif; au lieu que le Sénat ne l'a ni ne le peut avoir.

Le Sénat n'est point le tout; il n'est que la partie : comme Sénat, il est sujet du Corps des Nobles ; comme faisant partie du Corps des Nobles, il est Souverain : & il en est de même des autres Magistratures qui composent l'administration politique de la République. S'il arrivoit, comme l'Auteur semble le supposer, que l'Aristocratie (qui est la même chose que la souveraineté) résidât dans quelques-uns de ces Corps particuliers de Magistratures, alors ce ne feroit plus une Aristocratie, mais une vraie * Oligar-

---

* L'Oligarchie est une sorte de Gouvernement où peu de gens ont part. C'est l'Aristocratie corrompue & un acheminement à la Monarchie : *Paucorum Dominatio Regiæ libidini propior est.* Tacite Ann. 5.

chie, qui annonceroit la ruine pro-
chaine de l'Aristocratie.

Dans la Démocratie la souveraineté réside exclusivement & individuellement dans le Corps du peuple:
dans l'Aristocratie elle réside exclusivement & individuellement dans
le Corps des Nobles. La Démocratie ne peut donc être confonduë avec
l'Aristocratie. Ce font deux idées incompatibles & insociables.

A l'égard *du peuple qui n'est rien*, si
par cette manière de s'exprimer,
l'Auteur entend que le peuple n'a aucune part à l'administration politique,
nous en conviendrons ; s'il entend
qu'il est comme nul dans l'Etat, nous
dirons qu'il en est la force & le sou-
tien, & que c'est être quelque chose.

Tome
3. p.20.

*Ce sera une chose très-heureuse dans
l'Aristocratie, si par quelque voie indirecte, on fait sortir le peuple de son a-
néantissement. Ainsi à Genes, la Banque de Saint George qui est dirigée par
le peuple, lui donne une certaine influen-*

ce dans le Gouvernement , qui en fait
toute la profperité.

Il fembleroit par là que le Souverain de Gènes, pour faire fortir le peuple de fon anéantiffement , lui auroit
abandonné la direction de la Banque
de Saint George , au moyen de laquelle il jouit d'une certaine influence dans le Gouvernement, qui le con-
fole , & fait toute la profpérité de
l'Etat.

Cependant , fuivant le rapport de
plufieurs des principaux Nobles de
cette République , qui font actuellement à Paris , & dont quelques-uns
ont été dans les Magiftratures de la
Banque , le peuple n'a aucune part
ni aucune influence dans le gouvernement de la Banque : » Elle eft ,
» difent-ils , gouvernée par fix diffé-
» rentes fortes de claffes de Nobles ,
» appellées Magiftratures. La pre-
» mière eft celle des Protecteurs , la
» feconde celle de la Douane , la
» troifième celle du Sel ou de la Ga-
» belle, la quatrième celle des Procu-

» reurs, la cinquième celle de l'Office
» dit de 1444. parce qu'elle a été éta-
» blie dans cette année, & la fixiè-
» me celle des Revifeurs.

Tom. I.
pag. 23.

*La meilleure Ariftocratie eft celle où
la partie du peuple qui n'a point de part
à la puiffance, eft fi petite & fi pauvre,
que la partie dominante n'a aucun intérêt
à l'opprimer.*

La première partie de ce paragraphe fuppofe que, dans le Gouvernement Ariftocratique, il y a une portion du peuple, qui a part à la puiffance ; fuppofition contraire à fa forme, le peuple étant fujet dans l'Ariftocratie, de la même manière qu'il
l'eft dans la Monarchie, où il eft bien
conftant qu'il n'a aucune part au
Gouvernement ; & en cela l'Auteur

Tome
I. page
20.

paroît aller contre le fait, & contre
ce qu'il a dit deux pages auparavant,
*que dans l'Ariftocratie, le peuple eft
comme les fujets d'une Monarchie font
à l'égard du Monarque.*

Dans la feconde propofition, il
réduit la partie du peuple qui n'a

point de part au Gouvernement à
un si petit nombre, & à une si grande pauvreté, que la partie dominante n'ait aucun intérêt à l'opprimer.
Il s'ensuivra donc en se conformant
à cette politique nouvelle, que les
sujets de l'Aristocratie, ne consiste-
ront qu'en une poignée de miséra-
bles, qui dèshonoreront l'état par
leur indigence, & le laisseront en-
vahir par leur foiblesse.

Et comment d'ailleurs cela s'ac-
cordera-t-il avec ce qu'on vient de
nous dire il n'y a qu'un moment,
que ce sera une chose très-heureuse dans l'Aristocratie, si par quelque
voie indirecte on fait sortir le peuple de son anéantissement en lui
donnant, comme à Gènes, une certaine influence dans le Gouvernement, qui fait toute la prospérité de
l'Etat ? S'il étoit possible que dans
l'Aristocratie le peuple eût part au
Gouvernement, sans changer la nature de l'Aristocratie, conviendroit-
il de confier l'administration des

affaires publiques, à des hommes accablés fous le poids de la mifère? & fi pour les faire participer au Gouvernement on les faifoit fortir de cette mifère, l'Ariftocratie ne deviendroit-elle pas mauvaife, puifque ces hommes ne feroient plus réduits à cette extrême pauvreté à laquelle, felon l'Auteur, la perfection de l'Ariftocratie eft attachée ?

Tome I. p. 23.

Ainfi quand Antipater établit à Athènes que ceux qui n'auroient pas 2000 drachmes feroient exclus du droit de fuffrage, il forma la meilleure Ariftocratie qui fût poffible, parce que le cens étoit fi petit qu'il n'excluoit que peu de gens, & perfonne qui eût quelque confidération dans la Cité.

La République d'Athènes étoit plutôt une Démocratie qu'une Ariftocratie, puifque, fuivant les Loix de Solon, tout le peuple étoit admis aux affaires publiques, à l'exception des artifans qui vivoient de leur travail, & qu'Antipater par fon nouveau réglement n'en excluoit pref-

que aucuns ; mais quoi qu'il en foit,
l'objet d'Antipater n'étoit point de
former la meilleure Ariftocratie qui
fût poffible, en n'excluant que peu
de perfonnes du droit de fuffrage ;
c'étoit pour lui un parti forcé, &
non une affaire de combinaifon & de
raifonnement.

Alexandre le Grand avoit déja beaucoup maltraité la Ville d'Athènes, &
diminué le nombre de fes habitans ;
mais elle fut entiérement defolée a-
près fa mort. Antipater un de fes Suc-
ceffeurs ayant voulu châtier les Athéniens qui s'étoient révoltés, fut battu
& obligé de fe retirer. Mais l'année
d'après qui étoit l'an 322. avant
J. C. il gagna une grande bataille fur
les Athéniens ; & pour les affoiblir
davantage, & les mettre hors d'état de
remuer à l'avenir, il en tranfporta en
Thrace vingt-deux mille.*Cependant
comme il vouloit conferver la forme
du Gouvernement anciennement é-

* Quinte-Curce, l. 6. & fuiv. Arrien, Juftin,
Plutarque.

tabli par Solon, il baiſſa le cens des
claſſes, pour remplacer par de nouveaux ſuffrages ceux des citoyens,
qu'il avoit enlevés. Telle fut l'occaſion qui détermina Antipater; s'il
étoit maintenant en état d'entendre
dire que des hommes venus plus de
deux mille ans après lui ſe croyent
mieux inſtruits de ſes deſſeins que lui-
même, il ſeroit bien étonné.

Au reſte nous n'avons diſcuté que
le point de droit & les raiſons politiques qui détérminèrent les opérations d'Antipater ; car pour le trait
hiſtorique, il a déja été démontré *
que l'Auteur de l'eſprit des Loix s'en
étoit fort écarté, & qu'en le réta-
bliſſant dans ſa pureté, tous les raiſonnemens fondés ſur cette citation portent à faux.

To. I.
p. 23.
*Plus une Ariſtocratie approchera de
la Démocratie, plus elle ſera parfaite;
& elle le deviendra moins à meſure
qu'elle approchera de la Monarchie.*

* Journal de Trévoux, Avril 1749. & Février,
2e. vol. 1750.

Plus une Ariftocratie approchera
d'un autre Gouvernement quelconque, plus la véritable Ariftocratie
fera imparfaite ; parce que plus elle
s'approchera d'une forme différente
de la fienne, plus elle s'éloignera
de fa conftitution propre, fans laquelle elle ne fera plus une Ariftocratie. Que penferoit-on de quelqu'un
qui diroit: Plus le portrait de Jacques
reffemblera à Pierre, plus il fera parfait ? Qui doute que chaque coup de
pinceau qui l'éloignera de fon original, ne foit une imperfection ? L'Auteur dira peut-être qu'il pourroit arriver que ce changement de traits
ne feroit point une repréfentation
defagréable : on ne le niera pas ; mais
ce ne feroit plus le portrait de Jacques. Il pourroit auffi arriver que le
Gouvernement Ariftocratique parti-
cipant du Démocratique ou du Monarchique, ne feroit point un mauvais
Gouvernement; mais ce ne feroit plus
une véritable Ariftocratie.

Le Ch. IV. p. 24. a pour titre : *Des*

Loix dans leur rapport à la nature du Gouvernement Monarchique. A ce fujet l'Auteur dit, *que les pouvoirs intermédiaires, fubordonnés & dépendans conftituent la nature du Gouvernement Monarchique, c'eft-à-dire, de celui où un feul gouverne par des Loix fondamentales, & eft la fource de tout pouvoir politique & civil.*

Si par ces pouvoirs intermédiaires, fubordonnés & dépendans, il entend les Miniftres & les Magiftrats qui exercent l'autorité fouveraine, il ne caractérife pas plus la nature de la Monarchie, que celle de l'Ariftocratie & de la Démocratie ; ces Gouvernemens ayant & devant néceffairement avoir chacun leurs Miniftres & leurs Magiftrats.

To. 1.
p. 24.
Le pouvoir intermédiaire fubordonné le plus naturel eft celui de la Nobleffe ; elle entre en quelque façon dans l'effence de la Monarchie, dont la maxime fondamentale eft : Point de Monarque point de Nobleffe ; point de Nobleffe, point de Monarque.

Parmi nous la Nobleſſe a des priviléges & des prérogatives : ces noms
là nous ſont connus. Mais pour ce
qui eſt de la Puiſſance & des pouvoirs relatifs à l'adminiſtration Politique, nous ſavons qu'ils réſident
excluſivement & individuellement
dans le Monarque ; nous ſçavons
qu'il tranſmet la portion de cette
puiſſance, qu'il ne peut ou qu'il ne
veut pas exercer lui-même, à tels de
ſes Sujets que bon lui ſemble : mais
ces Sujets n'ont de pouvoir, qu'autant que le Monarque leur en communique ; il ne ſubſiſte qu'autant qu'il
lui plaît, & ce pouvoir n'eſt pas plus
deſtiné à être dans les mains de la
Nobleſſe que dans celles de la Rôtu-
re.

Il y a eu des Monarchies dans le
monde, avant que ce qu'on appelle
la Nobleſſe y fût connu : la Nobleſſe eſt un grand ornement dans la Monarchie ; mais l'Etat Monarchique ,
de même que toute autre eſpéce de
Gouvernement, pourroit très-bien é-

xifter fans Nobleffe : ainfi , Point de
Monarque , point de Nobleffe ; point
de Nobleffe , point de Monarque ,
n'eft rien moins qu'une maxime fondamentale de la Monarchie.

Tome
I. p.24.
*Les Tribunaux d'un grand Etat en
Europe frappent fans ceffe depuis plufieurs fiécles fur la Jurifdiction patrimo-
niale des Seigneurs & fur l'Eccléfiaftique. Nous ne voulons pas cenfurer des
Magiftrats fi fages ; mais nous laiffons
à décider jufqu'à quel point la conftitution en peut être changée.*

Toujours enveloppé dans quelque
nuage , l'Auteur fe plaît à exercer
l'efprit de fes Lecteurs. Tantôt il
leur donne un fens obfcur à débrouil-
ler ; tantôt il prétend qu'ils doivent
diftinguer des objets dont à peine il
trace les premiers linéamens ; d'autrefois il cache foigneufement le nom
des perfonnes & des chofes , & il
veut qu'on les devine. Par exemple , dans ce Paragraphe : quel eft ce
grand Etat ? quels font ces Tribunaux ? On y eft fort embaraffé , mais
fuppofon

suppofons que ce foit la France avec
fes Parlemens.

L'Auteur dit qu'il ne veut pas cenfurer de fi grands Magiftrats : nous ne
les cenfurerons pas non plus ; nous
ne connoiffons pas affez pour cela
les torts qu'il leur attribuë ; nous
ignorons même le fait, c'eft-à-dire,
s'il eft vrai que depuis plufieurs fiècles ils affectent de frapper fans
ceffe fur les Jurifdictions Patrimo-
niales, Séculières & Eccléfiaftiques.
Mais quoi qu'il en foit, ne fe pourroit-il pas faire que les Seigneurs Eccléfiaftiques & Séculiers euffentvou-
lu empietter fur les Jurifdictions Pa-
trimoniales de l'Etat ? ne fe pourroit-
il pas faire que les uns & les autres
négligeant de faire rendre la Juftice,
fur-tout de faire pourfuivre les criminels, les Parlemens euffent févi
contre plufieurs d'entre eux ? ne fe
pourroit-il pas faire que les Parlemens
connoiffant cette multitude de dégrés de Jurifdictions qu'il faut ef-
fuyer pour parvenir jufqu'à eux, ils

I. Partie.   D

euffent penfé à dégoûter les propriétaires de ces Juftices, pour tâcher de
les faire réunir aux Juftices Royales
les plus prochaines, en leur réfervant
feulement la Juftice Foncière qui eft
la feule qui leur puiffe être utile? Qui
doute que loin que la conftitution
de l'Etat en fût changée en mal, elle
n'en reçût au contraire un dégré de
perfection? Qui doute que la plûpart
des Seigneurs Eccléfiaftiques & Séculiers ne viffent avec plaifir un changement qui les délivreroit des frais
aufquels ils font expofés par les
procédures criminelles, qui quelquefois, pour une feule exécution,
abforbent plufieurs années du reve-
nu de leurs Terres? Qui doute que
cette réunion ne fût neceffaire pour
empêcher que le crime ne reftât im-
puni, & que la fureté publique ne
fût auffi fouvent troublée? Car il arrive que loin de faire arrêter les cou-
pables, les Fermiers des Seigneurs,
ordinairement chargés des frais de
procédure, les font avertir & leur

donnent de l'argent fous main pour les faire fauver.

Je ne fuis point entêté des Priviléges des Eccléfiaftiques ; mais je voudrois qu'on fixât bien une fois leur Jurifdiction. T. 1. p. 25.

On ne fçait encore ce que l'Auteur veut dire par *fixer bien une fois la Ju-rifdiction Eccléfiaftique* ; il femble que fes bornes font fuffifamment con-nuës ; car il n'y a que deux ordres dans le monde, le furnaturel & le naturel : les chofes furnaturelles & divines font foumifes au premier ; les chofes naturelles & humaines le font au fecond ; & c'eft dans le fens de cette diftinction que l'on doit en-tendre cet axiôme Politique, que l'Eglife eft dans l'Etat, & que l'Etat n'eft pas dans l'Eglife.

Autant le pouvoir du Clergé eft dan-gereux dans une République, autant eft-il convenable dans une Monarchie, fur-tout dans celles qui vont au Defpotifme. T. 1. p. 25.

Si le pouvoir du Clergé n'excéde pas les bornes qui lui font prefcrites, il n'eft dangereux ni dans les Répu-

bliques ni dans les Monarchies ; s'il
les excéde, il ne convient ni dans
l'un ni dans l'autre Gouvernement ;
& il en eſt de même de tous les pouvoirs & de toutes les prérogatives,
dont peuvent jouir tous les autres
Corps ou Ordres qui ſont dans un
Etat. Si le Militaire, la Nobleſſe, la
Robe, les Villes l'emportent ſur l'autorité Souveraine, la conſtitution de
l'Etat eſt renverſée, quelle que ſoit
la forme du Gouvernement de cet
Etat.

Quant aux Monarchies qui vont au
Deſpotiſme, c'eſt encore une de ces
phraſes énigmatiques fréquentes dans
l'Eſprit des Loix ; & celle-ci a de
plus cette particularité, qu'elle in-
quiéte le Lecteur par l'impatience
d'en ſavoir le mot, & par la crainte
de le trouver.

T. 1. p.
25.

Où en ſeroient l'Eſpagne & le Portugal depuis la perte de leurs Loix, ſans
ce pouvoir qui arrête ſeul la puiſſance arbitraire ? Barrière toujours bonne quand
il n'y en a point d'autre ; car comme le

Despotisme cause à la Nature humaine des maux effroyables, le mal même
qui le limite est un bien.

On n'a jamais ouï dire que l'Espagne & le Portugal eussent perdu leurs
Loix. Les Loix d'Espagne & de Portugal peuvent avoir reçû quelques
changemens par la force des circonstances ; c'est le sort de toutes les choses humaines : mais cette variation
dans les Loix n'en est ni la privation, ni la perte ; sans quoi il s'en-
suivroit qu'il n'y auroit dans l'Europe
ni République ni Monarchie qui eût
des Loix, puisqu'il a été fait des
changemens dans tous les Gouvernemens, & qu'il s'y en fera, tant
qu'ils subsisteront.

Reste à savoir quel est ce pouvoir
qui arrête la puissance arbitraire des
Rois d'Espagne & de Portugal, qui
convient si fort à la Monarchie, &
qui en rend les Sujets si heureux.
Pourquoi en faire un mystère ? Pourquoi nous priver d'un établissement si
salutaire ? plus dociles aux argumens

D iij

de l'Auteur, que ne le furent autrefois les Flamands à ceux de Dom Ferdinand Alvarès de Tolède ; nous nous picquerions d'être des Compatriotes aussi reconnoissants que disposés à respecter ce pouvoir qui ne connoît que la charité pour guide, que le Ciel pour arbitre, & pour devise que ces mots: *Exurge, Domine, & judica causam tuam.* *

Tom. 1.
p. 25.

Comme la mer qui semble vouloir couvrir la terre, est arrêtée par les herbes & les moindres graviers qui se trouvent sur le rivage ; ainsi les Monarques dont le pouvoir paroît sans bornes, s'arrêtent par les plus petits obstacles, & soumettent leur fierté naturelle à la plainte & à la priere.

Quelque belle que soit cette comparaison, nous ne pouvons croire que la mer soit arrêtée par les herbes & par les moindres graviers qui se trouvent sur le rivage ; elle est arrêtée par des amas considérables de ces herbes & de ces graviers, par des rochers, par

* Devise de l'Inquisition.

des terres qui furmontent fon niveau ; ou plutôt elle eft arrêtée par
les bornes que le Tout-puiffant lui
a prefcrites , contre lefquelles elle
vient brifer fes flots. Les Monarques
dont le pouvoir eft fans bornes ,
font arrêtés par la raifon que Dieu
a mife en eux & dans leurs Miniftres , comme dans les autres hommes , fans que le Clergé entreprenne
d'arrêter & de fufpendre l'exercice
de la fouveraine Puiffance.

La Religion fe borne à ramener
les hommes à Dieu par la lumière
des vérités qu'elle enfeigne ; elle s'e-
xerce fur l'intérieur de l'efprit & du
cœur des hommes , dont les bonnes
difpofitions doivent être le principe
de l'ordre extérieur de la fociété ;
elle inftruit , elle exhorte ; elle lie ,
elle délie ; elle n'a d'autre voie pour
punir les méchans , que d'impofer
des peines fpirituelles * propres à les
ramener dans les fentiers dont ils fe

* *Argue , obfecra , increpa in omni patientiâ &*
doctrinâ. 2. Tim. 4. 2.

font écartés. La puissance tempo-
relle employe la force contre ceux
qui n'aimant pas la justice, se portent à des excès capables de troubler
l'ordre ; elle commande , elle défend ; elle maintient chacun dans ses
droits , elle chasse les usurpateurs ;
elle punit les crimes par des peines
& des supplices proportionnés à ce
que demande le repos public. *
Chacune de ces puissances a ses bornes déterminées & connues ; l'une
ne doit point usurper les droits qui
appartiennent à l'autre.

Tom. I. *Les Anglois, pour favoriser la liber-*
p. 26. *té, ont ôté toutes les Puissances inter-*
médiaires qui formoient leur Monarchie.

Mais, ou l'Auteur n'entend plus
maintenant par ces *Puissances inter-*
médiaires , ce qu'il entendoit tout-
à-l'heure, ou les Anglois en jouissent encore. La grande Charte, qui
est la base de leur liberté, a ôté au

* *Non sine causa gladium portat : Dei enim Mi-*
nister est, vindex in iram, ei qui malum agit. Rom.
13 .4.

Roi prefque toutes fes prérogatives,
& en a donné de très-grandes aux
Seigneurs, au Clergé, à la Nobleffe
& aux Villes. Nous avons vû ci-def-
fus que ce font ces prérogatives
que l'Auteur appelle pouvoirs intermédiaires ; donc les Anglois n'ont
pas ôté les pouvoirs intermédiaires.

Il ne fuffit pas qu'il y ait dans une Ibid.
Monarchie des rangs intermédiaires ;
il faut encore un dépôt de loix. Ce dé-
pôt ne peut être que dans les Corps Poli-
tiques qui annoncent les loix, lorfqu'el-
les font faites, & les rappellent, lorf-
qu'on les oublie.

Comment peut-on imaginer qu'un
dépôt de loix & un Corps qui les annonce, foient plus néceffaires dans
une Monarchie, que dans toute autre efpéce de Gouvernement? N'y a-
t-il pas des loix dans tous les Gouvernemens qui exiftent, de quelque
nature qu'ils foient? S'il y a des loix,
n'y a-t-il pas un dépôt de loix, & ne
faut-il pas que quelqu'un les annonce
& les faffe obferver? Quels font ces

Corps Politiques ? Si c'est un état qu'on appelle la Robe, il sera aisé de prouver qu'il y a des Monarchies où cet état n'est pas connu. * S'il s'agit simplement des Tribunaux, il y en a dans tous les Gouvernemens comme dans la Monarchie.

Au reste, qu'est-ce que l'Auteur entend par ce Corps Politique ? Voilà bien des questions ; nous craignons qu'il n'en soit ennuyé ; mais nous laissons à juger si c'est notre faute. Si par-là il entend des Parlemens & les autres Tribunaux inférieurs, nous en avons ; le Souverain leur confie une portion de son autorité ; il veille à ce qu'ils l'exercent suivant les loix qu'il a préscrites ; ainsi nulle sollicitude à cet égard. S'il entend un Corps Politique qui partage les droits de la Souveraineté, nous n'en voulons point il seroit contraire à la constitution de notre Etat, à notre tranquillité, notre bonheur.

* En Suede, en Dannemarck, en Ruffie, dans toute l'Allemagne, &c.

L'ignorance naturelle à la Nobleſſe, ſon inattention, ſon mépris pour le Gouvernement civil, exigent qu'il y ait un Corps qui faſſe ſans ceſſe ſortir les loix de la pouſſière où elles étoient enſevelies. To. 1. p. 26.

Il n'y a qu'un moment que nous venons de voir cette Nobleſſe entrer dans l'*eſſence de la Monarchie, en ſorte que c'eſt une maxime fondamentale, que point de Nobleſſe, point de Monarque ; point de Monarque, point de Nobleſſe.* Tom 1. p. 24.

Il eſt malheureux qu'un Corps qui conſtitue l'eſſence d'un Gouvernement, ſoit un Corps qui mépriſe les loix civiles, un Corps dont l'ignorance naturelle forme le caractère diſtinctif.

Comme l'Auteur fait entrer à ſon gré tout ce qu'il lui plaît dans l'eſſence de la Monarchie, comment n'y a-t-il pas fait entrer ces Corps qui font ſans ceſſe ſortir les loix de la pouſſière ? Ne ſeroient-ils pas plus capables d'en maintenir la force, l'ordre & l'harmonie, qu'une Nobleſſe dont l'ignorance & l'incapacité ne peuvent produire que des effets semblables à leur caufe ?

Tom. 1.
p. 26. *Le Conſeil du Prince n'eſt pas un dépôt convenable : il eſt par ſa nature le dépôt de la volonté momentanée du Prince qui exécute, & non le dépôt des loix fondamentales. De plus, le Conſeil du Monarque change ſans ceſſe, il n'eſt point permanent, il ne peut être nombreux, il n'a point à un aſſez haut degré la confiance du peuple, il n'eſt pas en état de l'éclairer dans les tems difficiles, ni de le ramener à l'obéiſſance.*

Un Citoyen crédule & timide fut fort inquiet après avoir lû ce paſſage de l'Eſprit des Loix. Calmez-vous, lui dit-on, ce Livre n'eſt pas l'Evangile ; ſçachez que les matières qui ſe traitent dans les Conſeils du Prince, ne pourroient l'être ailleurs ſans un grand danger ; que les affaires générales & particulières y ſont examinées avec toute l'attention qu'elles méritent ; que ceux dont ces Conſeils ſont compoſés, ont de l'expé

rience & les connoiffances néceffaires pour bien juger; & que fouvent peu de perfonnes difcutent,
approfondiffent & donnent des déci-
fions plus juftes qu'un grand nombre.

Autrefois ces Corps que votre Auteur appelle Politiques, étoient peu
nombreux, & les Jugemens de ces
tems n'étoient pas moins équitables
que ceux d'aujourd'hui; aujourd'hui
même pour bien examiner une affaire, on l'ôte des mains de la multitude : la déraifon croît prefque toujours en raifon du nombre. Croyez
donc que ces Confeils ne manquent
ni de lumieres pour éclairer les ignorans, ni d'autorité pour réprimer les
mutins.

Dans les Etats Defpotiques, où il Tom. 1.
n'y a point de loix fondamentales, il n'y P. 27.
a point non plus de dépôt de loix.

La conféquence eft inconteftable;
car par-tout où il n'y a point de loix,
il eft bien conftant qu'il ne faut point
de dépôt de loix. Mais comment n'y
auroit-il point de loix dans ces Etats?

I. Partie   *

L'ordre n'eſt-il pas néceſſaire dans tous les Gouvernemens ? Peut-il y avoir de l'ordre ſans qu'il y ait des loix ? Toutes les parties de ces vaſtes Empires qui ſubſiſtent depuis tant de ſiècles avec gloire & ſplendeur, ne ſeroient-elles conduites que par le hazard ? Cela peut-il être ? Peut-on l'imaginer ?

Que ſeroient donc devenues ces loix qu'Othoman Premier, Empereur des Turcs, a établies, & qui lui ont fait donner le nom de Fondateur & de Légiſlateur?* Que ſont devenus les dépôts dont nous parle le Pere de la Diplomatique, Dom Mabillon & les ſçavans Bénédictins ſes Confrères, qui ont étendu & perfectionné ſon Ouvrage? Les anciens peuples, diſent-ils, Hébreux, Phéniciens, Egyptiens, Babyloniens, Perſans, Grecs, Romains avoient des dépôts dans leſquels ils gardoient ſoigneuſement les actes qui étoient dreſſés avec certaines ſolemnités.

* Hiſt. de Chalcondyle, Eloge d'Othoman I.

Or, s'ils gardoient anciennement
ces actes, ils les gardent encore aujourd'hui ; car l'Auteur nous affure
que *les loix, les mœurs & les manières,*
même celles qui paroiffent indifférentes,
font aujourd'hui en Orient, comme elles
étoient il y a mille ans. Ici il y a des
loix en Orient, elles font même immuables ; plus haut, il n'y en a point ;
il faudroit être un peu plus d'accord
avec foi-même.

Baudier nous apprend que * le
Divan s'affemble régulièrement quatre jours de la femaine fous les yeux
du Grand Seigneur ; que là on plaide,
juge & décide les procès, depuis
l'aube du jour jufqu'à midi ; que les
affaires fommaires y font expédiées
fur le champ ; que celles qui méritent difcuffion, font renvoyées par
le Grand Vizir, à l'examen & rapport des Cadilefquers, fi elles regardent le droit civil ; aux Tefter-
dars, fi elles regardent les Comptes,
Domaine & Finances ; au Nétan-

Tom. 1.
P. 368.

* Hift. du Serrail, T. 2. L. 2. pag. 54.

gy , s'il s'agit de fauſſeté ou de véri-
fication d'écritures , & que les affaires majeures & celles des étrangers
ſont réſervées au jugement du Grand
Vizir.

S'il n'y a point de loix, à quoi
bon ces fréquentes & longues ſéan-
ces ? à quoi bon cette nombreuſe &
régulière aſſemblée de gens de loi ?
à quoi bon ce renvoi des différentes
affaires dans différens Tribunaux ?

Chardin nous dit la même choſe
de la Perſe , non-ſeulement pour les
Tribunaux civils & criminels , mais
il entre encore dans le détail de la
police des Villes & de la Campagne.

« On y trouve , dit-il * , un guet
» pour la ſûreté des habitans , & des
» Prevôts & Archers pour celle des
» Voyageurs : on annonce toutes les
» ſemaines à cri public le prix des
» denrées ; les mineurs & l'innocen-
» ce ſont protégés ; la propriété des
» biens y eſt aſſurée , ſi on excepte
» les Grands qui rendent leur con-

* Voyage de Chardin , T. 6. p. 89. & 266.

duite

» duite fufpecte ; j'en ai vû cepen-
» dant qui poffedoient tranquille-
» ment leurs Charges de pere en fils,
» depuis plus de deux cens ans.

Si on ouvre les livres Chinois, on
eft frappé de la beauté des loix de
ce Gouvernement. Il fubfifte depuis
plus de quatre mille ans ; & l'antiquité profane ne nous en fournit
point de plus parfait. Les autres Empires ont eu, pour ainfi dire, les foibleffes de l'enfance : celui-ci a été
prefqu'auffi accompli dès fon origine
qu'il l'eft à préfent. Le Monarque y
jouit d'une autorité fans bornes ; fes
ordres font réputés faints ; fes paroles
tiennent lieu d'oracles. Ce pouvoir
illimité devroit, à ce qu'il femble, produire les plus mauvais effets. Cependant au milieu des troubles domeftiques & d'une domination étrangère, les loix y font en vigueur ; la Juftice y eft exactement adminiftrée ;
les fciences y font honorées & cultivées ; la propriété des biens y eft
affurée ; les tributs y font répartis

I. Partie.　　　　　　　　E

avec égalité; le commerce & l'agri
culture répandent par-tout la richeſſ
& l'abondance ; le peuple eſt induſ
trieux , laborieux & heureux.

Au reſte , par ces loix , nous n'en
tendons pas celles qui regarden
l'ordre judiciaire ; nous n'entendon
pas cette foule de loix, à la faveu
deſquelles les procès ſe multiplient
s'éterniſent; à la faveur deſquelles o
éleve, on fomente , on perpétue l
guerre entre les citoyens , & dor
les frais font ſouvent paſſer les bier
litigieux de la main des parties dar
celles de leurs défenſeurs.

On ſçait qu'à cet égard le Cod
des Monarchies abſolues eſt très-abr
gé : les parties ſont elles-mêmes leu
Avocats & Procureurs ; elles expl
quent le fait de leurs différens ; o
admet des témoins , quand la natu
de l'affaire le requiert, & la déciſio
ne languit pas plus que l'inſtru
tion.

Peut-être y a-t-il des inconv
niens ; peut-être ſe commet-il d

injuſtices : mais le tout bien conſidéré , un aſſemblage immenſe de ſu-
perfluités , un labyrinthe ſans iſſue ,
une ſcience funeſte qui porte en tous
lieux la ruine & la déſolation , va-
lent-ils mieux qu'une pratique ſimple
& naturelle , qui, ſans avoir recours
aux charmes & à la ſéduction de l'é-
loquence , aux ſubtilités , aux détours , à la malignité & au menſonge
de la chicane, montre à ſon Juge la
vérité nue , ſans fard , & le jugement
qu'il doit prononcer ?

Les Etats deſpotiques aiment les loix   T. 1.
ſimples ; ils uſent beaucoup de la peine   P. 147.
du Talion.

Les loix quelque ſimples qu'elles
ſoient n'en ſont pas moins des loix ;
il y a donc des loix dans les Etats
deſpotiques : cependant l'Auteur
vient de nous dire qu'il n'y en avoit
point. Mais quoi qu'il en ſoit, & en
oubliant cette contradiction, nul Etat
ne fut moins deſpotique que la République des Hébreux ; & nul Etat
ne fit plus d'uſage de la loi du Ta-

E ij

lion. Nul Etat, selon l'Auteur, n'est
plus despotique que celui du Turc;
cependant la peine du Talion s'y rachète par de l'argent.

L'Auteur cite le chapitre de la Vache dans l'Alcoran; & c'est dans ce
chapitre même que l'on trouve la peine du Talion rachetable pour de l'argent. Il parle ici de la peine du Talion, suivant l'acception ordinaire du
terme; & fondé sur le même chapitre
de la Vache, il va dire le contraire.

T. 2.
P. 121. *Lorsqu'il y a beaucoup de sujets de
haine dans un Etat, il faut que la Religion donne beaucoup de sujets de réconciliation. Les Arabes, peuple brigand, se
faisoient souvent des injures & des injustices; Mahomet fit cette loi: Si quelqu'un pardonne à son frere le sang de
son frere, il pourra poursuivre le mal-
faiteur pour avoir des dommages & intérêts; mais celui qui fera tort au méchant, après avoir reçu satisfaction de
lui, souffrira au jour du Jugement
des tourmens douloureux. Et sur ces
mots, Si quelqu'un pardonne, &c.*

l'Auteur ajoute cette note , *en renon-
çant à la loi du Talion.*

Cette reftriction ne fe trouve pas
dans l'Alcoran. Mais n'importe : dans
fa première citation du chapitre de la
Vache , l'Auteur dit que la peine du
Talion eft rigoureufement exercée
dans les Etats defpotiques ; & dans
la feconde , qu'elle eft rémiffible.
D'un autre côté la peine du Talion fe
rachète par une eftimation de dommages & intérêts ; & Mahomet ne
prononce point la peine du Talion
contre ceux qui font tort au méchant
après avoir reçu fatisfaction de lui.

Dans tout ceci, (inexactitudes &
contradictions à part,) nous recon-
noiffons que les Turcs penfent &
agiffent comme les Romains ont
penfé & agi à l'égard du Talion.

Il parut à ceux-ci que le Talion
étoit une juftice naturelle ; mais la
peine leur parut déraifonnable par
la difficulté d'obferver l'égalité de
cette peine, & par la différence qu'il
y a entre une main animée qui fe

venge de fang froid, avec intention
de caufer tout le mal poffible, & les
effets que la chaleur d'une querelle
peut produire : c'eft pourquoi le Pré-
teur permit à ceux qui avoient fouffert une injure, d'en faire l'eftimation, fauf à la modérer ; c'eft ce qui
fut toujours pratiqué. Et c'eft par ces
raifons que la peine réelle du Talion n'eft pas plus en ufage parmi
les Turcs, qu'elle le fut parmi les
Romains.

Delà il eft facile de concevoir
que l'eftimation doit varier à raifon
de la nature du délit, de l'état des
perfonnes qui l'ont commis, ou des
chofes fur lefquelles il a été commis.
Le fond de notre droit n'eft pas plus
étendu ; & comme les délits font in-
finis, il s'enfuit que, quelque fimple
que foit en Turquie la forme de procéder, le fond ne laiffe pas de renfermer un grand nombre d'objets
qui étendent infiniment les bornes
étroites dans lefquelles il plaît à l'Auteur de le refferrer.

Mais revenons au commencement de ce Paragraphe. *Lorsqu'il y a beaucoup de sujets de haine dans un Etat, il faut que la Religion donne beaucoup de sujets de réconciliation.*

Qu'est-ce que cela signifie ? L'Auteur l'explique. Il y avoit beaucoup de sujets de haine dans les Etats de Mahomet; les Arabes se faisoient souvent des injures & des injustices. Mahomet y pourvût par les Loix de sa religion, rien de mieux. Mais en suivant l'ordre des tems on trouvera que l'Alcoran a précédé la Royauté, & que la compilation en étoit faite, longtems avant que Mahomet eût des sujets.

Cependant les nouveautés qu'il débitoit ayant fait craindre quelque désordre, les Magistrats de la Mecque résolurent de le faire arrêter & punir ; mais averti de leur dessein, Mahomet s'enfuit à Médine, * revint

* L'an 622. de J. C. & c'est de cette époque, à laquelle les Mahometans ont donné le nom d'*Hégire*, qui veut dire fuite, en Arabe, qu'ils ont commencé à compter leurs années.

E iiij

au bout de huit ans, accompagné d'une troupe de Brigands qu'il avoit séduits, se rendit maître de la Ville, y établit sa domination & sa Religion, & mourut trois ans après.

Si on cherche dans tout ceci les vûës que l'Auteur attribuë à Mahomet dans ses Loix Civiles & Politiques, si on cherche quel peuple en fut l'objet, croira-t-on que ce fut le peuple Arabe? Mahomet savoit-il s'il régneroit sur lui? savoit-il, imaginoit-il même alors qu'il pût régner sur aucun peuple?

Et si on cherche les vûës de l'Auteur, quelles sont-elles? Veut-il nous parler uniquement du peuple Arabe? nous venons de voir qu'il n'étoit pas sujet de Mahomet au tems de la composition de sa Loi. Veut-il nous parler des Turcs d'aujourd'hui? ils habitoient alors la Scythie : Mahomet ne les connoissoit pas. Enfin veut-il nous parler de toutes les Nations en général qui suivent l'Alcoran? alors Mahomet est un véritable Prophéte d'avoir fçû lire dans cet avenir qui a foumis à fa Religion prefque toute l'Afie, & une partie de l'Europe & de l'Afrique.

Mahomet fit entrer la Loi du Talion dans fa compilation , ou parce qu'elle faifoit partie des Loix de fon Pays, qui n'étoient autres que les Loix Romaines, que Trajan y avoit introduites, après avoir entiérement fubjugué l'Arabie ; ou parce que cette Loi étant établie parmi les Hébreux, les Juifs qu'il confulta, la lui fuggérèrent. C'eft ainfi qu'on trouve les chofes dans les Hiftoriens, qui veulent bien s'en tenir à la fimplicité.

Delà vient que dans ces pays la Religion a ordinairement tant de force ; c'eft qu'elle forme une efpéce de dépôt & de permanence. T. 1. p. 27.

Les Légiflateurs de ces Pays ayant confondu dans leurs livres les inftitutions Religieufes , Politiques & Civiles, il eft tout fimple que la Religion y forme une efpéce de dépôt &

de permanence. L'Alcoran renferme en effet, avec les commentaires des douze premiers Succeſſeurs de Mahomet, preſque tout le droit Civil des Pays ſoumis au Mahométiſme. Mais comme les Loix de ce droit ne ſont pas aſſez rigoureuſes pour contenir les paſſions dans de juſtes bornes, ils en ont un autre appellé *Ourf*, qui ſignifie force, violence, fondée ſur l'autorité Royale, qui n'eſt cependant que le droit naturel bien entendu, & ſans lequel il ſe commettroit mille injuſtices. * Il en eſt de même à la Chine & au Japon.

Mais toutes les Religions forment une eſpéce de dépôt & de permanence, parce que toutes contiennent, outre le culte religieux, des régles & des préceptes moraux : & plus ces régles & ces préceptes ſont ſages & utiles à la ſociété, plus ce dépôt & cette permanence doivent être durables ; parce que ce qui eſt eſſentiellement bon en ſoi, doit s'im-

* Voy. de Chard. Tom. 6. pag. 266.

primer plus profondément dans les esprits que ce qui est mauvais.

Et si ce n'est pas la Religion, ce sont T. 1. p. *les coutumes qu'on y vénère au lieu des* 27. *Loix.*

On se conforme aux coutumes ; on se soumet aux Loix ; mais on ne les vénère pas : ce terme est particuliérement réservé pour les choses qui appartiennent à la Religion.

Mais pourquoi l'Auteur dépouille-t-il cette Religion du dépôt & de la permanence, qu'il lui avoit attribuée ? Il y a par-tout une Religion ou bonne, ou mauvaise ; & quelle qu'elle soit, elle aura toujours plus de force, & sera plus capable d'inspirer le respect pour les Loix qui seront émanées d'elle, que les coutumes. On ne voit pas quel gain la Politique peut trouver à ce changement.

Et après tout qu'importe à l'exécution des Loix, qu'ici elles tirent leur origine & leur force des usages ou des coutumes ; que là elles la tirent de la Religion, & ailleurs de la volonté écrite des Souverains ? Ce font toujours des régles conftantes qui produifent leur effet, & qui arrivent au même but, quoique par des routes différentes.

Dans cette antiquité reculée où la mémoire des hommes étoit les archives & le dépôt de l'Hiftoire & des Loix, n'y avoit-il aucune forme de Gouvernement dans le Monde ? C'eft particuliérement dans l'Orient, que les anciens Légiflateurs compofoient leurs Réglemens, en vers, pour les faire apprendre & retenir plus aifément ; & c'eft prefqu'aujourd'hui la même chofe en Perfe : ils n'ont pas tant de Loix écrites ; ils n'ont pas comme nous ces innombrables volumes de Jurifprudence & de Commentaires ; mais ils ont des Loix fixes, puifées dans leurs livres de Religion, des ufages, des régles & des maximes tranfmifes par la tradition.

Nos procès font fans fin ; nous nous épuifons à les pourfuivre : fouvent le fond , quelqu'indubitable qu'il paroisse , est obligé de céder à la forme. En Perse ils sont décidés sommairement : l'équité est la première Loi que l'on consulte ; & si en beaucoup de lieux , les Juges exigent indûment un tribut des parties , peut-être que, calcul fait, ce que l'on prend en Orient sans permission, ne monteroit pas si haut que ce qu'il est permis de prendre en Europe.

S'il y a peu de Loix dans les Gouvernemens absolus, elles y sont mieux observées que dans les Gouvernemens modérés : ce n'est pas en les multipliant, qu'on parvient à les faire garder. Il y a des Monarchies limitées, il y a des Républiques même * qui sont presque accablées sous la multitude de leurs Loix.

Il résulte de la nature du pouvoir To. 1. *Despotique , que l'homme qui l'exerce ,* P. 27. *le fasse de même exercer par un seul.*

Ce qui veut dire apparemment

* Celle de Pologne. Voy. la Voix libre du Citoyen.

que dans les Monarchies absoluës, il doit toujours y avoir un premier Ministre chargé de toutes les affaires de l'Etat. Il est vrai que cet usage est établi dans plusieurs Royaumes de l'Orient ; mais il n'est pas également usité dans tous ces Royaumes que les fonctions de ces premiers Ministres s'étendent sur toute l'administration Politique, Civile & Militaire : il n'y a qu'en Turquie où le Grand Visir réunit tous les pouvoirs en sa personne, pouvoirs dont la foiblesse de différens Empereurs leur a facilité l'usurpation & conservé la possession

En Perse le premier Ministre appellé *Atamadaulet* est Chancelier de l'Empire, Surintendant des Finances & du Commerce, & Secrétaire d'Etat des affaires étrangères mais il n'a point le commandement des Armées.

A la Chine, au Japon, à Siam & dans d'autres Royaumes, les pouvoirs sont distribués à différens Collèges ou Tribunaux. Et dans tou-

ces Royaumes fans exception les
affaires majeures font rapportées au
Confeil du Prince pour y être ftatué,
après mûr examen & délibération,
comme cela fe pratique dans les
Monarchies d'Europe.

Dans tout Etat vraiment Monarchique le pouvoir réfide , & doit
réfider dans un feul, fans quoi cet
Etat cefferoit d'être Monarchique.
Il peut y avoir des Etats, où le
pouvoir du Monarque eft plus abfolu que dans d'autres ; c'eft-à-dire, que
l'un pourra exiger, en vertu de l'ufage ou de la Loi, ce que l'autre ne
pourra pas exiger ; mais quelles que
foient l'étenduë ou les bornes de ce
pouvoir, il réfide exclufivement &
individuellement dans le Monarque ; tous les autres pouvoirs ne font
qu'une émanation du fien ; * il peut
les communiquer à qui & à combien
de perfonnes il lui plaît. Ainfi il eft
faux dans le principe, dans le fait
& dans les conféquences, qu'il foit

* Ut à Sole radii.

de la nature du pouvoir abſolu que l'homme ſeul en qui il réſide , *le faſſe exercer par un ſeul.*

To. 1.   *Un homme à qui ſes cinq ſens diſent*
P. 27. *ſans ceſſe qu'il eſt tout, & que les autres ne ſont rien, eſt naturellement pareſ-ſeux , ignorant , voluptueux.*

Il n'eſt pas réſervé aux cinq ſens des Souverains d'Aſie de leur dire qu'ils ſont tout & que les autres ne ſont rien ; il n'y a point de Souverains dans quelque partie du Monde que ce ſoit, qui ignorent leur pouvoir, leur ſuperiorité , & la facilité de s'aban-donner aux impulſions de leurs cinq ſens : mais les uns ſont retenus par l'éducation , les autres par la dou-ceur de leur caractère ; ceux-ci par les uſages du Pays, ceux-là par la crain-te des révolutions ; & preſque tous par cette raiſon , par cette puiſſan-ce de l'ame qui ſçait diſcerner le bien d'avec le mal , & le vrai d'avec le faux, qui eſt la régle primitive de nos actions , & qui ſe trouve eſ-ſentiellement dans tous les hommes, quelque

quelque différence qu'il y ait entre
eux par le fait.

» Le Prince ne dépend de per-
» fonne, dit Plutarque; *mais il eft
» foumis à cette Loi vivante que Pin-
» dare appelle le Roi des mortels &
» des immortels. On ne la trouve
» écrite ni dans des livres, ni fur
» des planches ; mais on la trouve
» au-dedans de l'homme ; elle l'ob-
» ferve inceffamment, & ne laiffe
» jamais fon ame indépendante. »

S'il y a des Princes tels que l'Auteur les fuppofe, éloignés de toute idée du bien, de toute affection
pour les chofes honnêtes, de tout
amour pour la vertu, indifférens fur
l'approbation, fur le blâme, fur le
jugement des autres hommes, ce
font des monftres auffi rares dans le
monde moral, que les monftres font
rares dans le monde phyfique car
les hommes ne naiffent point tels,
& quand il s'en trouve de cette malheureufe efpéce, il faut fupporter

* Plutarc. de principe indocto.

I. Partie.   F

leurs vices & leurs défauts , comme
on supporte les années stériles , les
orages & les autres défordres de la
Nature. De meilleurs leur fuccéde-
ront , comme les bonnes années fuc-
cédent aux mauvaifes.

En Afie , comme en Europe , les
Princes font ignorans , fi on ne leur
a rien appris ; pareffeux , s'ils ont l'efprit lourd & engourdi ; voluptueux
s'ils écoutent plus leurs fens que la
raifon. Tamerlan , Soliman , Schah-
Abbas , le Czar Pierre , ces grands
hommes & tant d'autres , n'étoient
point tout cela.

To. 1.
p. 27. *Il abandonne les affaires ; s'il les
confioit à plufieurs , il y auroit des difputes entre eux , on feroit des brigues
pour être le premier Efclave. Le Prince
feroit obligé de rentrer dans l'adminiftration. Il eft donc plus fimple qu'il l'a-
bandonne à un Vifir , qui aura d'abord
la même puiffance que lui.*

Il peut y avoir des Princes en Afie
comme il s'en peut trouver en Europe, qui négligent les affaires ; mais

cela dépend de leurs lumières, de leurs talens, de leur goût, & non d'une forme particulière de Gouvernement ; car il n'y en a aucun dans le monde, où il soit de principe que le Prince en doive abandonner l'administration. Nous voyons au contraire par toutes les relations & les histoires de ces Pays, que les Souverains ont des Conseils réglés, qu'ils y assistent, qu'ils écoutent, qu'ils opinent, qu'ils décident, qu'ils donnent des audiences, & qu'ils font, comme ailleurs, les fonctions de la Royauté, chacun suivant les usages reçûs & leur capacité.

Dans plusieurs Royaumes de l'Asie, & particuliérement à la Chine, il y a deux principaux Conseils, qui en ont six autres sous eux ; & la Politique des Empereurs leur a tellement distribué les pouvoirs & l'autorité que, pour l'exécution, ils font perpétuellement dépendans les uns des autres ; & qu'il n'y a dans l'Etat aucune affaire de conséquence

qui n'ait rapport à plusieurs membres
de ces Conseils, & quelquefois à
tous ensemble. Cependant loin que
cet enchaînement & cette dépendance causent des disputes, le besoin que ces différens corps ont les
uns des autres, entretient entre eux
l'union & la concorde, en même
tems qu'elles assurent l'Empire contre un pouvoir unique, qui pourroit en troubler le repos & la tranquillité.

To. 1.
p. 28. *L'établissement d'un Visir est dans ce*
Etat une Loi fondamentale.

Cette proposition n'est pas plus
juste que si on disoit : L'établissement
des Maires du Palais étoit une Loi
fondamentale du Royaume de France.

Ces Maires du Palais n'eurent d'a-
bord que la Surintendance de la
maison des Rois, ce qui représento
à peu près l'office de Grand-Maître
d'aujourd'hui. Leur grandeur commença à s'accroître sous Clotaire I
elle devint formidable par la foible

fe des derniers Rois de la première race ; il n'y avoit ni rang , ni dignité qui difpenfât de leur obéïr. Miniftres abfolus dans la paix , Généraux indépendans dans la guerre, ils difpofoient de tout , des Armées, des Finances , des Gouvernemens , des Dignités , des Emplois. La plûpart furent plutôt les Tyrans que les Miniftres de leurs Maîtres, qu'enfin ils affûjettirent.

Mais les Rois de la troifième race ayant compris combien il étoit dangereux de confier un fi vafte pouvoir à une feule perfonne , ils abolirent cet office & en divifèrent les fonctions , dont ils firent les quatre grands Officiers de la Couronne ; le Connétable , le Chancelier, le grand Tréforier & le Grand-Maître de la maifon du Roi. *

L'abus & l'ufurpation doivent-ils être appellés des Loix fondamentales ; & ces Miniftres abfolus qui ne font exactement tels qu'en Tur-

* Voyez Pafquier & Loyfeau.

F iij

quie, doivent ils être cités comme une règle générale, uniforme & fondamentale de tous les Etats du vaste Continent de l'Asie ?

Si l'établissement d'un Visir étoit dans ces Pays une Loi fondamentale, il y auroit dans tous un Visir, & nous voyons le contraire. Si c'étoit une Loi fondamentale de ceux où il y en a, l'établissement de cet Officier devroit avoir été fait lors de l'établissement de la Monarchie ou de la Despotie.

La Loi fondamentale d'un Etat est une partie intégrante de cet Etat, & sans laquelle il ne peut exister. L'empire des Califes a pris naissance en 622. Le premier Grand Visir a été Abou - Moslemah sous le Calife Aboul-Abbas-Saffah, dont le régne n'a commencé qu'en 131 de l'Hégire.

Donc l'établissement d'un Grand Visir, dans les Etats que l'Auteur appelle despotiques, n'est pas, comme il le prétend, une Loi fondamentale de ces Etats.

On dit qu'un Pape à son élection, T. 1. p. *penetré de son incapacité, fit d'abord* 28. *des difficultés infinies ; il accepta enfin, & livra à son neveu toutes les affaires. Il étoit dans l'admiration, & disoit : Je n'aurois jamais crû que cela fût si aisé.*

Quel rapport le Gouvernement Papal peut-il avoir avec les Gouvernemens Mahometans ; un Pape qui doit être sage par état & par les années, avec des Princes dont l'âge & les occupations sont ordinairement si différens ; le Visirat avec le Népotisme ; & ce petit conte avec la gravité du sujet que l'Auteur a entrepris de traiter ?

Plus l'Empire est étendu, plus le T. 1. p. *Serrail s'agrandit, & plus par consé-* 28. *quent le Prince est enivré de plaisirs. Ainsi dans ces Etats plus le Prince a de peuples à gouverner, plus les affaires y sont grandes, moins on y délibére sur les affaires.*

Il est certain que plus un Prince

eft puiſſant, plus il peut donner à ſes voluptés : mais il eſt impoſſible que ſes plaiſirs atteignent la proportion de ſa puiſſance Politique. Que le Turc ſe rende aujourd'hui maître de toute l'Aſie, il ſera un plus puiſſant Prince, mais il ne ſera pas un plus puiſſant homme.

Au reſte qui pourra jamais concevoir que, plus un Prince a de peuples à gouverner, moins il penſe au Gouvernement ; & que plus les affaires y ſont grandes, moins on y délibère ſur les affaires. Eſt-ce avec des Paradoxes que l'on traite une matière auſſi ſérieuſe, auſſi grave, auſſi intéreſſante que l'eſprit des Loix ? Qui ignore que, plus un Prince eſt incapable d'affaires, plus ſon Conſeil doit être actif & vigilant ? Comment, parce que les Empires de Ruſſie, de Turquie, de Perſe, du Mogol & de la Chine ſont très grands, qu'il y a beaucoup de peuples à gouverner, & par conſéquent de grandes affaires, nous croirons que, précisément par cette raison, les Souverains s'appliquent moins au Gouvernement, qu'on y délibère moins sur les affaires? Peut-on se prêter à de telles exagérations?

CHAPITRE III.

Sur la différence de la Nature du Gouvernement & de son principe.

IL y a cette différence entre la nature du Gouvernement & son principe, que sa nature est ce qui le fait être tel, & son principe ce qui le fait agir; l'une est sa structure particulière, & l'autre les passions humaines qui le font mouvoir, &c. Et par une note au bas de la page, l'Auteur avertit que *cette distinction est très-importante, qu'on en tirera bien des conséquences, & qu'elle est la clef d'une infinité de Loix.* T. 1. pa 29.

Le principe d'un Gouvernement est sa cause efficiente, c'est ce qui lui donne l'être, ce qui le caractérise, ce qui le diſtingue d'un autre Gouvernement ; c'eſt ce qui fait qu'une République eſt une République & non une Monarchie ; d'où il ſuit que la nature d'un Gouvernement dérive de ſon principe : ce qui doit être néceſſairement dans les Etres moraux, comme dans les Etres phyſiques. Le principe étant la ſource & l'origine des choſes, leur nature doit être explicable par cette cauſe primitive qui leur donne l'être.

Tel eſt l'ordre qu'il faut reconnoître entre le principe & la nature des Gouvernemens ; comme ils ſont tous deſtinés à faire le bonheur des Nations, c'eſt la raiſon, la ſageſſe & l'expérience qui les ont fait naître, & non les *paſſions humaines*, cauſes de la déſolation, de la décadence & de la chûte des Empires, dont elles ſont les plus implacables & les plus dangereux ennemis. Loin de les favoriſer, ces paſſions, loin de les regarder comme la baſe & le principe d'aucu-

ne adminiftration Politique, les Légiflateurs ont toujours été en garde
contre leurs attaques; ils ont employé
tous leurs foins, toutes leurs attentions, tout leur pouvoir à les réprimer & à les contenir par la force
des Loix, & par tous les autres
moyens que la prudence a pû leur
fuggérer.

On ne trouve, dans ce que l'Auteur nous dit à ce fujet, que des idées
vagues, obfcures, incapables de
caractérifer les différences qu'il fuppofe entre la nature du Gouvernement & fon principe ; & cette diftinction qu'il appelle importante,
de laquelle on doit tirer tant de conféquences, qui doit être la clef d'une
infinité de Loix, pourroit bien n'être
que la clef d'un Labyrinthe dans lequel on courroit rifque de s'égarer,
fi on ne fe muniffoit pas d'un fil pour
en trouver l'iffuë.

Pour bien connoître les principes
de l'Auteur fur les trois fortes de
Gouvernemens, le Républicain, le

Monarchique & le Despotique, il
faut lire les troisième, quatrième
& cinquième livres, afin que, comme il l'annonce dans sa préface,
on puisse découvrir ces verités, qui
ne se feront sentir qu'après qu'on
aura vû la chaîne qui les lie à d'autres. En effet, sans cette précaution,
il seroit difficile d'y rien comprendre ; & encore après l'avoir prise,
il pourroit bien arriver qu'on ne sçût
pas exactement à quoi s'en tenir ; car
on ne trouve que des noms sans les
définitions nécessaires à leur intelligence ; de sorte que ce n'est qu'en
rapprochant, & en comparant différens passages de cette foule immense de chapitres qui composent ces
trois livres, que l'on peut parvenir
à se faire quelque idée du sens que
l'Auteur a prétendu attacher aux termes dont il s'est servi.

Le premier principe qu'il met
sous les yeux est celui du Gouvernement Républicain ; & sous ce nom
de Républicain, il fait entendre qu'il

comprend l'Aristocratique, aussi-bien T. 1. p. 30.
que le Démocratique.

On concluroit donc de-là, que ces
deux formes de Gouvernement auroient le même principe. L'Auteur
paroît le croire dans cet endroit ;
mais il ne tardera pas à changer de
sentiment ; & il le faut bien : car
il n'est pas possible de soutenir que
deux Gouvernemens, d'une nature
aussi différente que le sont l'Aristocratique & le Démocratique, puffent
avoir le même principe. Il les sépare
donc ; il s'attache d'abord à la Démocratie, & dit que le principe de
ce Gouvernement est la vertu.

Mais qu'est-ce que la vertu ? L'idée
la plus ordinaire que tous les hommes
ont, en prononçant ce mot, est celle
que l'Auteur a euë lui-même, lorsqu'à
la page 30, il met la vertu en oppo-
sition avec le manque de probité. Suivant cette idée, on doit croire que
ce qui fait qu'un homme est un honnête homme, est aussi ce qui consti-
tue le principe d'une Démocratie.

Voyons ſi ce principe doit néceſſairement donner naiſſance à une Démocratie.

Suppoſons un certain nombre
d'honnêtes gens aſſemblés pour ſe
choiſir une forme de Gouvernement : ſera-t'il impoſſible qu'ils défè-
rent l'autorité à un ſeul , pour les
gouverner ſelon les Loix déja établies , ou qui , par la ſuite , pourront être jugées meilleures pour le
bien de la ſociété? Rien ne détermine pour la négative. Cependant
voilà une Monarchie formée par la
vertu ; donc ce n'eſt pas dans la vertu de cette eſpèce, qu'il faut chercher excluſivement la raiſon d'un
Gouvernement Démocratique. L'auteur l'a ſenti apparemment , puiſqu'il a jugé à propos de nous donner une nouvelle définition de la
vertu , en diſant page 54. que *c'eſt*
un renoncement à ſoi-même, un amour
des Loix & de la Patrie.

» Dans tous les Gouvernemens
» un bon citoyen doit ſe faire une

» Loi inviolable de préférer le bien
» public à toute autre chose, de sa-
» crifier gayement ses richesses, sa
» fortune, ses intérêts particuliers,
» sa vie même pour la conservation
» de l'Etat, d'employer tout son es-
» prit, toute son adresse & toute son
» industrie pour faire honneur à la so-
» cieté civile dont il est membre, &
« pour lui procurer quelque utili-
» té. » *

C'est ainsi que Puffendorff parle
des devoirs de l'homme & du citoyen ; devoirs prescrits par la Loi
naturelle, devoirs communs à tous
les hommes sans distinction, sans
égard pour les formes de Gouvernemens sous lesquels ils vivent ; ap-
plicables à la Monarchie, comme
à la Démocratie & à l'Aristocratie.
Et à ces sentimens généraux viennent s'unir plusieurs sentimens particuliers qui fortifient & soutiennent

---

* Les devoirs de l'homme & du citoyen tels
qu'ils sont prescrits par la Loi naturelle, traduits
du Latin de Puffendorff par Barbeyrac T. 2. p. 413.

cet amour de la Patrie inspiré par la nature.

Ceux à qui nous devons la naiſſance, la conſervation de nos jours, l'éducation, acquièrent ſur nous un droit qui nous oblige à la reconnoiſſance, au reſpect, à la tendreſſe. Les amis, les perſonnes avec leſquelles nous vivons, les lieux que nous voyons, que nous habitons ſans ceſſe, nos biens, nos poſſeſſions, nos uſages, nos coutumes, nos Loix, la force de l'habitude enfin nous lient & nous attachent à la patrie d'une manière preſque indiſſoluble.

C'eſt de-là que procèdent ces retours ſouvent précipités, mais toujours certains, de ceux que la curioſité, l'appas du gain, le libertinage, ou l'inconſtance avoient tranſportés dans les régions étrangères c'eſt là ce qui cauſe cette paſſion violente, qui dégénère quelquefo en maladie mortelle; de ceux que l'état de leurs affaires, les circonſtances des tems, la force & la contrainte

trainte empêchent de retourner à
leurs foyers, aussi-tôt qu'ils le souhai-
teroient.

Ce sont toutes ces choses tant
générales, que particulières, qui
font ce qu'on appelle l'amour de la
Patrie; mais, comme nous l'avons
déja dit, cet amour n'apartient pas
plus à la République qu'à toute autre
forme de Gouvernement : n'importe cependant, voyons si le principe du Gouvernement Démocratique dérive plûtôt du renoncement
à soi-même, que de la probité.

Faisons la même supposition. Re-
présentons-nous une société d'hommes nés assez généreux pour préférer chacun séparément le bien public à son avantage particulier : sera-
t-il impossible que ces hommes
ayant un Gouvernement à choisir,
déférent l'autorité à un seul, en pen-
sant que le bien public sera mieux
administré par cette espèce de Gouvernement que par celui qui seroit
commun à tous ? Il semble que non.

I. Partie.　　　　G

Le renoncement à soi-même ne renferme donc pas nécessairement la raison d'un Gouvernement Démocratique ; donc cette vertu n'est pas le principe de la Démocratie.

L'Auteur a sans doute été frappé de cette vérité, & de là il a été conduit à nous donner une troisième définition de la vertu, en disant p. 65. & 66. que c'est l'amour de l'égalité. Mais on a peine à croire que cette définition soit plus exacte que les autres.

Aristote Liv. & Chapitre 4e. de la Republique, fait mention de plusieurs sortes de Démocraties, ou plûtôt des différences qui se trouvent dans les différens Gouvernemens Démocratiques ; & il dit que » dans celui » où tout le peuple possède la Souve- » raineté, les riches ne doivent pas » avoir plus de pouvoir & d'autorité » que les pauvres ; & que, si la liber- » té est par excellence dans cette es- » pèce de Démocratie, (comme quel- » ques-uns le croient) c'est principa-

» lement par la raifon que l'admini-
» ftration eft également commune à
» tous. *

Or c'eft dans cette égalité de puiffance qu'Ariftote fait confifter la forme de la vraie Démocratie ; & fi
c'eft dans les écrits de ce Philofophe , que l'Auteur a puifé l'égalité
dont il nous parle , il ne paroît pas
qu'il en ait bien faifi la penfée.

Ariftote ne donne cette égalité que pour ce qu'elle eft ; c'eft-à-
dire , comme une partie de la conftitution de la Démocratie ; & non
comme une vertu des particuliers
qui compofent la Démocratie ; encore moins comme une vertu qui fert
de principe au Gouvernement Démocratique. Il regarde tous les citoyens comme ayant tous une part
égale au pouvoir légiflatif ; mais non
comme pouvant & voulant tous également faire exécuter les Loix de la
Légiflation , & avoir l'exercice de la

* Hâc maximè ratione fuerit , fi inter omnes pa-
riter fuerit Reip. adminiftratio communis maximè.

G ij

Puiſſance Souveraine.

Ceux qui ſont le plus en état de découvrir ce qui eſt le plus raiſonnable, c'eſt-à-dire les plus ſages ; ceux qui peuvent le ſuivre malgré leurs paſſions, c'eſt-à-dire les plus vertueux ; ceux qui ſont en état de le faire pratiquer aux autres, en leur imprimant du reſpect & de la crainte, c'eſt-à-dire les plus courageux, ont plus de droit d'être choiſis pour commander que les ignorans, les méchans & les foibles ; & dès-là, l'égalité, de la manière dont l'Auteur l'entend, ne ſubſiſte plus.

Si on ignoroit l'éloignement des hommes pour l'égalité, ſi on ignoroit les efforts continuels qu'ils font pour obtenir la préférence ſur d'autres hommes, il n'y auroit qu'à jetter les yeux ſur les divers Gouvernemens, & particulièrement ſur les Gouvernemens Démocratiques. Combien la République Romaine ne fit-elle pas de Loix ſouvent inutiles contre les ambitieux ? Mais reprenons notre hipothèfe.

Qu'on fe repréfente donc une Nation affemblée pour déterminer la
forme de Gouvernement fous laquelle elle voudroit vivre ; fuppofez les hommes qui compofent cette Nation, affez généreux pour préférer l'égalité aux honneurs, & le bien
de la fociété à leurs avantages particuliers ; ces difpofitions ne les em-
pêcheront pas de fe déterminer pour
la Monarchie, tout auffi-bien que
pour la Démocratie, parce que l'une
& l'autre leur paroîtront également
capables de remplir l'objet qu'ils ont
en vûë.

Il peut même fe trouver des peuples qui rejetteront tout autre Gouvernement que le Monarchique.
Ceux de Cappadoce remercièrent
les Romains de la liberté qu'ils leur
offroient, alléguant qu'ils ne pouvoient vivre fans Roi. * Et Phi-
loftrate nous apprend que les Thra-

* *Strab. L.* I. *Juftin I. 38. apud Grot. de Jure
belli ac pacis.* L. I. *p. 6.*

BIBLIOTHECA ROMANA

G iij

I

ces, les Myfes & les Gètes penfé-
rent & agirent comme les Cappado-
ciens.

D'autres touchés de l'exemple de
certaines Nations, qui auront vécu
heureufement pendant plufieurs fiécles fous le Gouvernement Monarchique, le préféreront au Gouvernement de la multitude ou des Principaux : les Villes foûmifes à la puiffance d'Eumènes, dit Tite-Live, (a)
n'euffent pas voulu changer leur condition pour celle de tout autre Etat
libre.

C'eft par ces raifons & pour d'autres femblables, comme le remarque Ciceron, (b) qu'il peut arriver
& qu'il arrive ordinairement, que
les hommes fe foumettent à l'Empire d'un feul plûtôt qu'à un autre
pouvoir.

Mais fi vous fuppofez ces hommes animés de l'amour de l'indépendance & de la liberté, alors ils

(a) *Tite-Liv. l.* 42. ══ (b) *Cic. Off. l.* 2.

choifiront infailliblement & néceffairement le Gouvernement Démocratique, parce que l'autorité fouveraine
d'un feul, auffi-bien que l'autorité
fouveraine de quelques-uns d'entre
eux, feroit directement oppofée au
principe qui les feroit agir.

C'eft donc dans l'amour de l'indépendance & de la liberté que l'on
trouvera la raifon de la nature du
Gouvernement Démocratique; donc
c'eft cet amour qui eft le principe
de la Démocratie, c'eft lui qui fait
que ce Gouvernement eft tel qu'il
eft, qui le met en mouvement,
qui le conferve & qui le maintient.
Nous n'avons pas befoin d'avertir
que, par le mot d'indépendance,
nous entendons une fituation où l'on
ne dépend uniquement que de fes
propres Loix.

Si l'amour de l'indépendance &
de la liberté engendroit néceffairement toutes les autres vertus morales & politiques, l'Auteur auroit eu
quelque raifon d'établir la vertu en

G iiij

général comme le principe de la Démocratie : mais comme le contraire eſt très-demontré, & qu'il n'eſt que trop vrai qu'on peut être fort vicieux en aimant prodigieuſement ſa liberté, on conviendra que cette vertu ſi vaguement définie, & tout ce qui eſt dit en conſéquence, ne font que des ſubtilités qui n'ont rien de commun avec les Loix d'une Démocratie, qui n'en font point connoître l'eſprit, & qui n'en peuvent aſſûrer la durée.

En ſuivant l'ordre obſervé par l'Auteur, nous devrions parler ici du principe de l'Ariſtocratie ; mais comme, pour rendre intelligible ce que nous avons à dire ſur ce principe, il eſt néceſſaire de connoître celui de la Monarchie ; nous commencerons par examiner ce qu'il dit ſur ce Gouvernement : après quoi nous reviendrons à l'Ariſtocratie.

Avant que de déterminer en quoi conſiſte le principe de la Monarchie, l'Auteur a jugé à propos de

nous apprendre en quoi il ne confifte pas, en nous aſſûrant que la
vertu n'eſt point le principe de ce
Gouvernement.

Dans les Monarchies, la Politique Tome
fait faire les grandes choſes avec le I. p.36.
moins de vertu qu'elle peut, comme
dans les plus belles machines, l'art em-
ploye auſſi peu de mouvemens, de for-
ces & de rouës qu'il eſt poſſible.

On pourroit donc conclure que,
comme une machine eſt d'autant
plus parfaite que l'art y a employé
moins de mouvemens & de rouës,
une Monarchie ſera d'autant mieux
adminiſtrée, que la vertu, c'eſt-à-
dire les gens vertueux, les honnêtes gens, comme l'Auteur s'explique à la page ſuivante, ſeront moins
employés dans les affaires publiques.

Depuis qu'on écrit ſur les Gouvernemens, c'eſt ſans doute la première fois qu'on a préſenté une pareille
idée de la Monarchie ; mais on ne
doit pas craindre les progrès d'une

pareille doctrine, il est trop général-
ralement connu qu'à esprit & connoissances égales, un honnête homme servira mieux l'Etat, qu'un fri-
pon : nous ne croyons pas qu'on ait
jamais mis cette matière en problême.

L'Auteur prévoyant combien l'i-
dée qu'il vient de nous donner de
la Monarchie devoit choquer la raison, cherche à l'appuyer par une
citation du Testament politique du
Cardinal de Richelieu : mais il faut
d'abord observer que cette citation,
fût-elle supposée susceptible du sens
sous lequel on nous la présente, ne
prouveroit encore rien.

Le Cardinal de Richelieu avoit
un génie vaste, de grandes lumières, de grandes vûës : mais étoit-il
infaillible ? & l'opinion d'un seul suf-
firoit-elle pour accréditer des maximes de cette importance, sur-tout
quand cette opinion est diamètrale-
ment opposée aux notions communes. Voyons cette citation.

Si dans le peuple il se trouve quelque malheureux honnête homme, ce Cardinal insinuë qu'un Monarque doit se garder de s'en servir : tant il est vrai que la vertu n'est pas le ressort de ce Gouvernement.

Tome I. p. 38.

Pour juger de quel poids cette citation peut être, nous remarquerons que la section d'où on la tire, est destinée à examiner si la suppression de la venalité & de l'hérédité des Offices seroit un bon remède aux désordres de la Justice, & nous rapporterons mot à mot le passage.

» Une basse naissance produit ra-
» rement les parties nécessaires au
» Magistrat, & il est certain que la
» vertu d'une personne de bon lieu,
» a quelque chose de plus noble que
» celle qui se trouve en un homme
» de petite extraction. Les esprits de
» tels gens sont d'ordinaire diffici-
» les à manier, & beaucoup ont une
» austérité si épineuse, qu'elle n'est
» pas seulement facheuse, mais pré-
» judiciable. »

D'où le Cardinal, ou ceux qui
ont écrit fous fon nom , concluent
qu'il ne faut pas condamner la vénalité, parce qu'elle exclud beaucoup de gens de baffe condition ,
étant certain, ajoute-t'il, que » le
» bien eſt un grand ornement aux
» dignités.

Demandons maintenant ſi cela
reſſemble à ce que l'Auteur de l'Eſprit des Loix nous a dit ; ſi l'on en
peut naturellement tirer les conſéquences qu'il en tire , & prions le
Lecteur d'en tirer lui-même celles
qu'il jugera à propos.

Je me hâte , & je marche à grands
pas , pour qu'on ne croye pas que je faſ-
ſe une ſatyre contre le Gouvernement
monarchique.

T. 1.
p. 38.

Toute excuſe ſuppoſe une offenſe.
L'Auteur n'a pas eu intention de faire une Satyre contre le Gouvernement Monarchique ; il n'y a perſonne qui n'en ſoit convaincu : il ne
devoit donc pas imaginer qu'on l'en
crût capable ; il devoit donc conti-

huer fa marche auffi gravement qu'il
l'avoit commencée ; car s'il pouvoit
être foupçonné, une courfe préci-
pitée ne détruiroit pas le foupçon.

Dans les Monarchies bien reglées Tom.I.
tout le monde fera à peu près bon Ci- p. 37.
toyen, & on trouvera rarement quel- 38 &
qu'un qui foit homme de bien ; car 39.
pour être homme de bien, il faut avoir
intention de l'être. Et en note : *Je par-*
le ici de la vertu politique, qui eft
la vertu morale dans le fens qu'elle
fe dirige au bien genéral, fort peu des
vertus morales particulières, & point
du tout de cette vertu qui a du rap-
port aux vertus révélées.

Si la vertu politique eft la vertu
morale dans le fens qu'elle fe dirige au bien genéral, & que, dans
les Monarchies bien réglées, tout le
monde foit à peu près bon citoyen
par un *motif d'honneur qui prend la*
place de la vertu politique, & la re-
préfente par tout, comme l'Auteur Id.pag.
nous le dit, il s'enfuit qu'honneur 38.
politique & vertu politique, font

dans l'ufage des chofes fynonimes, identiques, un feul & même principe, une feule & même caufe, puifqu'il en réfulte les mêmes effets, qui font d'être bon citoyen. La feule différence qu'il y aura, c'eft que le Citoyen Républicain fera véritablement homme de bien, parce qu'il aura intention de l'être, & que celui de la Monarchie ne le fera pas, parce que, fuivant l'Auteur, la forme du Gouvernement fous lequel il vit, ne lui permet pas d'avoir cette intention.

Mais pourquoi un homme qui vit dans une Monarchie, ne pourroit-il pas avoir l'intention d'être homme de bien? Nous ne connoiffons point de Loi qui lui défende cette intention.

Comment l'Auteur, comment même ceux qui gouvernent, peuvent-ils juger, fi les Citoyens, qui fe conforment aux Loix, dont les mœurs font réglées, ont, ou n'ont pas l'intention *d'être gens de bien?*

Qui ne fçait qu'il n'appartient qu'à
Dieu seul de fonder les cœurs ?
Le Souverain ni le Magiftrat, de
quelque Gouvernement que ce foit,
ne le peuvent, ni ne le doivent ;
ils n'ont aucun droit fur les actions des Sujets, qu'autant qu'elles regardent l'intérêt du Public &
de l'Etat : leur empire ne s'étend
ni fur l'efprit, ni fur la volonté
des Citoyens ; leur pouvoir n'excède
pas les bornes des actions extérieu-
res. Les peuples leur en font comp-
tables ; mais ils ne le font pas du
motif qui les dirige ; comment l'Auteur a-t-il donc pû juger l'*intention ?*

Après avoir longtems difcouru
négativement fur le principe de la
Monarchie, il l'annonce enfin affir-
mativement : *C'eft l'honneur* dit-il.
Et qu'eft-ce que cet honneur ?

*C'eft le préjugé de chaque perfonne
& de chaque condition.*

Mais pour faire recevoir fa définition, il auroit dû nous donner

celle du préjugé ; peut-être a -t-il compté avoir fatisfait à cette obligation par ce qu'il nous en dit dans fa préface : *J'appelle préjugé , non ce qui fait qu'on ignore certaines chofes , mais ce qui fait qu'on s'ignore foi-même.*

Or en partant de cette définition, il s'enfuit que le préjugé de chaque perfonne & de chaque condition, eft l'ignorance de foi-même & de fa condition. Mais quelle application peut on faire de ces ignorances multipliées au principe du Gouvernement Monarchique ?

L'Auteur a fans doute prévu cette queftion ; c'eft pourquoi il nous donne une autre définition de l'honneur, dont *la nature eft*, dit-il, *de demander des préférences & des diftinctions.*

Tome 1. page 39.

Accordons que les préférences & les diftinctions foient l'objet de l'honneur ; ce fera donc le défir des préférences & des diftinctions qui fera le principe de la Monarchie.

Faifons

Faifons encore une fois la fuppofition d'une fociété d'hommes libres,
déterminés à établir une forme de
Gouvernement, & que ces hommes
ayent dans le cœur une forte paffion
pour les préférences & les diftinctions, cette paffion les portera-t-
elle néceffairement à fe foumettre
au Gouvernement d'un feul? Il fe
pourra très-bien faire que dans l'incertitude, s'ils trouveroient dans le
Monarque qu'ils choifiroient affez de
juftice, pour que les préférences &
les diftinctions fuffent partagées entre
eux avec quelque égalité, ils aime-
roient mieux fe déterminer pour la
forme du Gouvernement Démocratique, dans laquelle les préférences
& les diftinctions fe trouvent autant
que dans les Monarchies.

Par exemple Meffieurs de Wit, &
Heinfius Penfionnaires de Hollande,
dans les tems où la République jouoit
un grand rôle dans l'Europe, n'a-
voient-ils pas une auffi grande confidération, & ne jouiffoient-ils pas au-

dedans & au-dehors de diſtinctions
auſſi flateuſes qu'aucun Miniſtre ,
dans quelque Monarchie que ce fût?
Et pour parler d'une République ancienne , y a-t-il dans aucune Monarchie une dignité qui pût être compa-
rée au Conſulat de Rome ? Il ſe
trouve donc , dans la forme des Gouvernemens républicains autant de
moyens de ſatisfaire le déſir des préférences & des diſtinctions , que dans
la forme du Gouvernement monarchique : donc ce n'eſt pas dans ce déſir que l'on trouve la cauſe de la nature de la Monarchie. Donc l'honneur ou le déſir des préférences &
des diſtinctions n'eſt point le principe
du Gouvernement Monarchique.

Mais quel eſt-il donc ? C'eſt la ſoumiſſion volontaire ou forcée de la
multitude qui compoſe un Etat : nous
diſons ſoumiſſion volontaire ou forcée , parce qu'il eſt poſſible que cette
ſoumiſſion ſoit arrachée par la force ,
tout comme il eſt poſſible que la
multitude l'accorde par un acte vo-

lontaire, foit par le peu de confiance qu'elle auroit dans le Gouvernement populaire, foit par une haute opinion, qu'elle auroit conçuë de quelqu'un, à caufe de l'éclat de fes actions, de fa fageffe, de fon courage, de fa force, de fa naiffance, de fes richeffes, &c. *

Telle fut l'origine de la Royauté, première forme de Gouvernement connuë parmi les hommes, & choi-fie par les plus fages d'entr'eux, fans qu'ils ayent penfé à la Démocratie, ni à l'Ariftocratie. Elles ne doivent leur éxiftence qu'à la corruption du principe de la Monarchie, c'eft-à-dire au manque de foumiffion : mais tant que cet efprit de foumiffion fub-fiftera, la Monarchie fe foutiendra; au lieu que le défir des préférences & des diftinctions a fouvent produit, fous un Monarque foible, un fi parfait partage du pouvoir entre les Grands,

---

* *Conftituitur Rex ex viris bonis, vel qui virtu-te aut virtutis actionibus excellat, vel qui tali ge-nere cæteris antecellat.* Arift. de Rep. Lib. 4. Cap. 19.

H ij

que l'adminiſtration a beaucoup plus
reſſemblé à une Ariſtocratie ou à une
Oligarchie, qu'à une Monarchie;
d'où il eſt prouvé, à ce qu'il ſemble,
que l'eſprit de ſoumiſſion eſt le principe du Gouvernement ·Monarchi-
que.

Le Gouvernement Monarchique eſt un
chef-d'œuvre de légiſlation, que le hazard
fait rarement, & que rarement on laiſſe
faire à la prudence.

Tom. I.
p. 100.

Le hazard eſt un être de raiſon, il
ſera donc très facile de croire qu'il ait
rarement fait un chef-d'œuvre de légiſlation, ni même aucun autre chef-
d'œuvre, ni qu'il en faſſe jamais; &
ſi la ſeconde propoſition devoit être
priſe ſelon toute l'étenduë de la première, c'eſt-à-dire, ſi le Gouvernement Monarchique étoit formé auſſi
rarement par la prudence que par le
hazard, qu'eſt-ce qui le formeroit? Il
n'y auroit donc point de Gouvernement monarchique. Et pourquoi l'Auteur ſe feroit-il donné tant de peine
pour en chercher les principes?

Revenons maintenant au principe de l'Aristocratie ; on s'y trouve très embarraffé. L'obfcurité de ce principe paroît encore plus grande que celle des autres. L'Auteur dit que le peuple de l'Aristocratie *a moins befoin de vertu que dans la Démocratie ; qu'il faut cependant de la vertu dans le corps* des Nobles ; que cette vertu peut-être *une grande vertu* , ou *une vertu moindre ;* que la grande vertu rend les Nobles *en quelque façon égaux à leur Peuple* & forme *une grande République ;* mais que la vertu moindre *rend du moins les Nobles égaux à eux-mêmes, ce qui fait leur confervation ;* & la conclufion eft que la vertu moindre ou *la modération eft l'ame du Gouvernement ariftocratique :* bien entendu, dit-il, qu'il s'agit de la modération *fondée fur la vertu,* & non pas de *celle qui vient d'une lâcheté & d'une pareffe de l'ame.* Ainfi, felon l'Auteur, le principe de l'Aristocratie confifte dans la vertu fondée fur la vertu.

Nous n'entendons rien à tout ce-

Tome I. p. 34 & 35.

To. I. P. 35.

H iij

la ; il nous eſt impoſſible de nous former une idée diſtincte de cette modération, de cette vertu moindre
ou demi-vertu qui doit être l'ame de
l'Ariſtocratie. Nous ne concevons
ni comment elle peut produire, ni
comment elle peut maintenir ce
Gouvernement ; ainſi nous ſommes
hors d'état de raiſonner avec l'Auteur
ſur l'opinion qu'il a du principe dont
il s'agit ici ; mais nous dirons la nôtre
en deux mots.

L'Ariſtocratie eſt un compoſé de
la Monarchie & de la Démocratie ;
la relation qu'il y a entre le Corps
entier des Nobles & le peuple,
eſt la même que celle qu'il y a entre le Monarque & ſes Sujets : la
relation qu'il y a entre ceux qui com-
poſent le corps des Nobles, eſt la
même que celle qu'il y a entre tous
les membres d'une Démocratie ; d'où
il eſt démontré que les deux principes
de la Monarchie & de la Démocratie
concourent à former le principe de
l'Ariſtocratie & que ce principe, eſt

par conféquent l'amour de l'indépendance & de la liberté dans le corps
des Nobles, & l'efprit de foumiffion
dans le corps du peuple.

Avec ces deux idées on comprend la nature du Gouvernement
ariftocratique ; on comprend que
tant que les Nobles & le peuple de-
meureront dans ces difpofitions, le
Gouvernement ne changera pas de
nature; & notre fentiment paroît s'accorder avec celui d'un Auteur politique, qui vient de donner un livre
fur cette matière, fort approuvé du
Public dans plufieurs de fes parties.

» La fouveraine puiffance dans la
» Démocratie réfide, dit-il, dans
» la multitude, celle de la Monar-
» chie dans la perfonne d'un feul,
» celle de l'Ariftocratie dans les prin-
» cipaux, & cette efpéce de Gou-
» vernement eft comme le milieu en-
» tre les deux autres, & doit par con-
» féquent en réünir les deux princi-
» pes. *

* Principes du Droit politique. Amfterdam. 1751.

H iiij

To. 1.
P: 35.
*Le Gouvernement Aristocratique a
une certaine force que la Démocratie n'a
pas : les Nobles y forment un corps, qui
par sa prérogative & pour son intérêt
particulier réprime le peuple ; il suffit
qu'il y ait des Loix, pour qu'à cet égard
elles soient exécutées.*

Par quelle raison le Gouvernement Aristocratique auroit-il une certaine force que le Gouvernement
Démocratique n'a pas ? D'où ces deux
Gouvernemens tirent-ils leur force ?
De leurs Loix & de ceux qui les font
exécuter. Or, suivant l'Auteur, il n'y
a, ou du moins il ne doit y avoir dans
aucun Gouvernement, d'aussi bonnes
Loix que dans la Démocratie, puisque *son principe est la vertu* ; puisque le
Peuple qui a la Souveraine puissance
dicte les Loix, & que *ce Peuple est ad-
mirable pour choisir ceux à qui il en doit
confier l'exécution ; tellement que si l'on
doutoit de sa capacité, pour discerner le
mérite, il n'y auroit*, dit l'Auteur, *qu'à
jetter les yeux sur cette suite continuelle
de choix étonnans que firent les Athéniens*

& les Romains, ce qu'on n'attribuera
pas sans doute au hazard.

En partant de ces principes, ce ne seroit pas l'Aristocratie qui devroit avoir cette *certaine force que la Démocratie n'a pas :* ce devroit être le contraire ; mais laissant à part les contradictions, & mettant de niveau l'un & l'autre Gouvernement, le corps des Nobles, dans l'Aristocratie réglée, n'aura pas plus *de force & de prérogatives*, que le corps du Peuple dans la Démocratie réglée, parce que chacun de ces corps jouissant de la plénitude de la Souveraineté, à laquelle toutes les prérogatives possibles sont attachées ; &, d'ailleurs, toutes choses égales relativement à la nature de chaque Gouvernement, il s'ensuivra que chacun de ces corps devra exercer son empire avec la même force, & que dans l'un & dans l'autre, *il suffira qu'il y ait des Loix pour qu'elles soient exécutées :* mais si cette égalité d'accessoires & de circonstances vient à cesser, alors le Gouvernement qui

aura l'avantage de ces acceſſoires &
des circonſtances, devra acquérir ſur
l'autre une ſupériorité de forces pro-
portionnée à l'état des choſes. Pour
juger de quel côté cette ſuperiorité
doit être, écoutons l'Auteur.

Selon lui l'Ariſtocratie n'eſt conduite que par une *vertu moindre*, c'eſt-
à-dire par une demi-vertu, & la
Démocratie eſt conduite par une vertu pleine & entière : *dans l'Ariſtocratie*
les Nobles ne répriment le peuple que pour
leur intérêt particulier ; dans la Démocratie le peuple ſe réprime lui-même
pour l'intérêt public, *bornant ſon am-*
bition au ſeul déſir, au ſeul bonheur de
rendre de plus grands ſervices à ſa patrie
que ſes compatriotes.

Maintenant il eſt facile de décider dans lequel des deux Gouvernemens les Loix doivent être le mieux
exécutées, & de quel côté doit être
cette *certaine force* ; & ſi le parallèle
eſt juſte, ce que l'Auteur vient de
nous dire ſur l'Ariſtocratie, ne doit
pas l'être.

T. 1. p.
66.

Enfin nous voici arrivés au principe du Gouvernement despotique, & c'est la première fois qu'on le trouve rangé parmi les différentes sortes de Gouvernemens.

Aristote, (*a*) Seneque, (*b*) Tacite(*c*) & les Auteurs modernes (*d*) qui ont écrit sur la forme des Gouvernemens, n'en ont distingué que trois sortes, le Monarchique, l'Aristocratique, le Démocratique; & ils n'ont pû en distinguer davantage, parce qu'il faut nécessairement que l'autorité souveraine soit entre les mains d'un seul, ou partagée entre les Principaux, ou commune à tout le monde. Toute distinction ultérieure est impossible. Admettre le Despotisme pour une forme de Gouvernement, c'est se combattre

(*a*) *Necesse est dominatum atque auctoritatem obtinere aut unum, aut paucos, aut multos,* Arist. de Rep. Liv. 3. Cap. 7.

(*b*) *Seneca Epist.* 14.

(*c*) *Cunctas Nationes & urbes populus aut primores, aut singuli regunt.* Tacit. Ann. L. 4. p. 119. Ed. Just. Lips.

(*d*) Grotius, Puffendorf, Burlamaqui, Principes du Droit politique, &c.

foi-même avec fes propres termes : car qui dit forme de Gouvernement, dit un état des chofes, déterminé par des règles & par des Loix. Selon l'Auteur, le Defpotifme n'a point de Loix, & n'eft régi que par les caprices du Souverain. Donc le Defpotifme ne peut-être mis au rang des Gouvernemens.

Cés Etats dont il parle ici fous le nom de Gouvernemens defpotiques, font des Monarchies pures & fimples, inftituées dès leur origine telles qu'elles font, ou dans lefquelles les événemens divers furvenus pendant le cours des fiécles, ont introduit des ufages différens de ceux que nous voyons dans les Monarchies d'Europe ; c'eft l'abus des Loix, & non le défaut des Loix, qui dans quelques-uns de ces Royaumes que l'Auteur appelle Defpotiques, caufe l'oppreffion & de la Tyrannie.

Il eft facile de comprendre, dit Ariftote, qu'il y a plufieurs fortes de Gouvernemens, & que tous les Empires ne peuvent pas être exactement les mêmes. (*a*) Il reconnoît que le vice de la Monarchie est de pouvoir dégénérer en Tyrannie , & que d'un mauvais Roi, il se fait un Tyran ; (*b*) mais il ne dit pas que la Monarchie ainsi dégénérée, forme une nouvelle espèce de Gouvernement. A la vérité, depuis quelque tems, on se sert du terme de Despotisme, pour exprimer la différence qu'il y a entre les Monarchies violentes & les Monarchies modérées ; mais ce terme n'a pas eu le droit de créer une quatrième espéce de Gouvernement séparé & distingué du Monarchique. Voici au reste d'où cette manière de parler peut tirer son origine.

Quelques Princes (*c*) qui eurent la

(*a*) *Facilè hoc quidem est intelligere, complura esse regnorum genera , neque enim omnium Imperii modum esse unum.* Arist. de Rep. l. 3. c. 14.

(*b*) *Ex regno autem in Tyrannidem degenerat....* *Rex malus Tyrannus efficietur.* Arist. de Morib. l. 8. c. 12.

(*c*) L'empereur Alexis l'Ange créa une dignité sous le nom de Despote , à laquelle il attribua le

qualité de Defpotes auront abufé de
leur autorité, & l'on aura dit, par ex-
tenfion ou par convenance, des autres Souverains, en pareil cas, que
leur Gouvernement étoit defpotique, qu'ils gouvernoient defpoti-
quement : ce qui fignifie qu'ils excédoient les bornes de leur pouvoir,
mais non, que l'abus de ce pouvoir &
ce vice de leur Gouvernement étoit
une efpèce particulière de Gouvernement ; autrement il faudroit dire que
la Tyrannie, l'Anarchie & l'Ochlo-
cratie feroient des efpèces & des formes de Gouvernement diftinctes, ce
qui ne peut être reçu en aucune manière ni en aucun tems.

Ainfi, de quelque côté qu'on en-
vifage les chofes, on ne pourra fe dif-

premier rang après l'Empereur, dont il étoit le
collègue & l'héritier préfomptif. Les Province
qui furent affectées à cette dignité furent le Pélo-
ponnèfe & l'Acarnanie, d'où elles prirent l
nom de Defpoties, & le Gouvernement celu
de Defpotat. Par la fuite, la Servie, la Valachie, la Livadie &c. furent auffi érigées en Def
poties. Le Gouvernement des unes & des autre
étoit Monarchique.

penfer de convenir que ces Etats,
que l'Auteur appelle defpotiques,
font de vrayes Monarchies ; tous
ceux qui ont employé cette qualifi-
cation de Defpotifme ne l'ayant jamais fait que pour exprimer l'abus de
l'autorité & de la modération que les
Souverains doivent obferver dans le
Gouvernement de leurs Peuples,
quelle que foit la forme de ce Gouvernement ; car on peut auffi bien dire de la Démocratie & de l'Ariftocratie, qu'elles font defpotiques, que
de la Monarchie ; parce qu'il eft poffible que les chefs de tout Gouvernement quelconque abufent de leur
pouvoir, & l'Auteur le penfoit ainfi
en 1734, lorfqu'il faifoit imprimer
*fes confidérations fur les caufes de la
grandeur des Romains & de leur décadence*, puifque, pour faire comprendre ce qu'il entend par le terme de
Defpotifme, il s'exprime ainfi page
98 : *le Defpotifme, c'eft-à-dire, tout
Gouvernement qui n'eft pas modéré, &c.*

Avant que de déterminer en quoi

confifte le principe du Gouvernement defpotique , l'Auteur a crû
devoir en ufer , comme il a fait à
l'égard de la Monarchie , en nous
expofant en quoi il ne confifte pas.
Ce n'eſt point l'honneur, dit-il ; *les hom-*
mes y étant tous égaux , on n'y peut fe pré-
férer aux autres; les hommes y étant tous
Efclaves , on n'y peut fe préférer à rien.

Tome
i. page
40.

  Il feroit à fouhaiter que ces termes fuſſent auſſi intelligibles qu'on a
eu intention qu'ils fuſſent agréables :
mais on ne les entend pas ; on entend
feulement que, fi tous les hommes
font efclaves, ils font tous égaux
quant à la privation de leur liberté.
On entend que des hommes peuvent
être égaux quant aux charges & aux
dignités dont ils font revêtus , ou
quant à l'état d'abaiſſement auquel ils
fe trouvent réduits : mais on n'entend
pas comment ils peuvent être égaux
en probité , en expérience, en efprit.
On entend encore moins comment
des Etres raifonnables, des hommes,
n'auroient pas droit de fe préférer à
                              quelque

quelque chofe, c'eft-à-dire, aux créatures dépourvuës de raifon ou de fentiment.

Comme il y a une grande différence entre la puiffance d'un maître fur fon efclave & la puiffance d'un Roi fur fes fujets , il y a auffi une grande différence entre la liberté perfonnelle, ou la liberté de chacun en particulier ; & la liberté civile , ou la liberté de tous en général : cependant , comme la liberté perfonnelle fuppofe que l'on n'a ni maître ni feigneur , on a prétendu que la liberté civile excluoit auffi la Royauté , ou toute autre fupériorité abfoluë quelconque.

C'eft de-là que dans l'Ecriture (*a*) les fujets des Rois font appellés ferviteurs ou efclaves ; c'eft de-là que dans Tite-Live , Tacite , Cicéron , Strabon,(*b*) &c. on voit toujours la liberté en oppofition avec la Royau-

(*a*) *Lib.* 1. 2. 3. 4. *Reg. paffim.*
(*b*) *Tit.-Liv. lib.* 1.═*Tacit. ann.* 1. ═ *Cic. lib.* 3. *de legib.*═ *Strab. lib.* 12. ═ Vide Grot.

I. Partie.   I

té ; mais le terme d'efclave ne figni-
fioit pas alors ce qu'il fignifie aujour-
d'hui , & n'emportoit pas plus la privation de la liberté dans la Monarchie que dans la République. Il y
avoit même des Peuples vivans en
forme de République , qui jouif-
foient moins de la liberté civile ,
que ceux qui étoient foumis à la
Royauté. On pourroit en citer bien
des exemples.

Ce feroit donc faire un très-mauvais
ufage des termes dont les Anciens fe
fervoient , que de les appliquer au
tems préfent ; ceux de *Tyran* pour
dire Roi , de *Barbares* , pour défigner
ceux qui n'étoient pas Romains ou
Grecs , d'*Efclaves* pour marquer la
différence du Gouvernement populaire d'avec le Gouvernement d'un
feul , n'emportoient rien d'odieux ,
d'humiliant , ni d'affligeant , comme
dans l'Efprit des Loix.

La Monarchie abfoluë eft celle
où le Souverain a le droit de gouverner tout l'Etat , comme il le ju-

ge à propos, sans être obligé de consulter personne, ni de suivre certaines régles déterminées, fixes & perpétuelles. Le terme de *pouvoir absolu* blesse les esprits Républiquains, mais il n'en est pas moins un pouvoir juste & légitime.

Dans l'état de nature chacun étoit le maître absolu de sa personne & de ses actions ; une multitude d'hommes réunis, a pû se dépouiller de ce droit qui résidoit originairement dans tous, & le transmettre à un seul sans restriction ; mais on ne doit pas confondre le pouvoir absolu avec l'abus du pouvoir ; l'un est l'empire & la souveraineté, l'autre est la violence & le brigandage.

La distinction que font quelques politiques d'une souveraineté réelle qui réside toujours dans le Peuple, & d'une souveraineté actuelle qui réside dans le Souverain, est absurde & dangereuse ; il est ridicule de prétendre qu'un peuple, après avoir déféré l'autorité souveraine, soit encore en

poſſeſſion de cette même ſouveraineté. (*a*)

L'Empereur Valentinien répondit aux ſoldats qui l'avoient fait Empereur & qui lui faiſoient des demandes qu'il croyoit ne devoir pas
accorder : » Il étoit en votre pouvoir
» de m'élire ; mais puiſque je le ſuis,
» ce que vous me demandez dépend
» déſormais de moi, & non pas de
» vous : comme Sujets, c'eſt à vous à
» obéir ; comme Empereur, c'eſt à
» moi à commander. (*b*)

To. 1.
p. 41.
L'Auteur nous donne enfin affir-
mativement dans le chapitre 9. le
principe du Gouvernement deſpotique : *c'eſt la crainte, ſans mêlange de*
vertu, elle n'y eſt pas néceſſaire ; ni
d'honneur, il y ſeroit dangereux.

Voilà encore une de ces exagérations auſquelles il n'eſt pas poſſible
de ſoumettre ſa raiſon. Comment
feroit-il poſſible que, dans une gran-

(*a*) Voy. Les Principes du Droit Politique.
Tom. 1. p. 67. & 68.
(*b*) Théodoret liv. 4. ch. 5. ═ Soſom. Hiſt.
Eccl. liv. 16. chap. 6. *apud Grot.*

de partie de l'Europe , dans la plus grande partie de l'Afie, & dans pref- que toute l'Afrique , il n'y eût ni hon- neur ni vertu ? A-t-on jamais oui di- re & pû dire que, dans les deux tiers de l'Univers, la vertu n'y fût pas né- ceffaire , & que l'honneur y fût dangereux ? Quels font donc les ha- bitans de ces régions ? Ne font-ce pas des humains ; & ces fentimens fi naturels à ceux qui nous font con- nus , feroient-ils contre la nature de ceux que nous ne connoiffons pas ? Quel a donc été le motif des actions héroïques de ces peuples dont on nous parle dans les Hiftoires ancien- nes & modernes ?

L'honneur eft inconnu aux Etats def- potiques , où fouvent même on n'a pas de mot pour l'exprimer. To. 1. p. 41.

Il y a tout à parier que Perry cité par l'Auteur pour garant de cette fin- gulière remarque , ignoroit parfaite- ment la langue des Etats defpoti- ques , étant certain qu'il ne peut y avoir dans le monde aucun idiôme , quelque pauvre qu'il foit, qui n'ait un mot, ou du moins un équivalent pour fignifier l'honneur, fur-tout dans la langue Arabe ufitée prefque dans tout l'Orient, fi pleine, fi riche, fi abondante, qu'il y a quelquefois, à ce qu'on dit, trois ou quatre cents mots pour fignifier une même chofe.

L'honneur, la vertu & la crainte font dans tous les Gouvernemens. Par l'honneur, les hommes font excités à mériter l'eftime publique; par la crainte ils font contenus dans les bornes du devoir; par la vertu ils fuivent ce qu'ordonnent les Loix. L'honneur fatisfait l'amour-propre inféparable de l'humanité; la crainte empêche les méchans de troubler l'ordre de la fociété; la vertu entretient l'ame dans l'habitude de faire le bien. N'y a-t-il de l'émulation que dans les Monarchies; des récompenfes que dans les Républiques; des fupplices & des gibets que dans les Etats defpotiques?

Dans le Despotisme où la Loi n'est que la volonté du Prince ; quand le Prince seroit sage , comment un Magistrat pourroit-il suivre une volonté qu'il ne connoît pas ? Il faut qu'il suive la sienne.

T. 1.p. 105.

Ne croiroit-on pas à ce récit que la régle, l'ordre, la police , & tout ce qui appartient à la discipline & à l'administration d'un Etat, seroit totalement inconnu dans les Monarchies absoluës? Comment l'Auteur n'a-t-il pas dit, comme il l'a dit de l'honneur , qu'il n'y a pas même de mot pour exprimer la Loi ?

Cependant nulle société ne peut exister sans Loix. Les Gouvernemens, que l'Auteur appelle Despotiques, ont, comme les autres sociétés, des Loix immuables & des Loix arbitraires.

Leurs Loix immuables sont l'obéïssance & la soumission au Souverain , de ne faire tort à personne, & de rendre à chacun ce qui lui appartient.

I iiij

Les Loix arbitraires font l'explication des difficultés qui naiffent dans l'application des Loix immuables, d'où dérivent les Loix de la Religion & de la police, le droit des gens, le droit public & le droit civil, qui a principalement pour objet l'état des Perfonnes & des Chofes ; les engagemens volontaires & mutuels, les achats, les ventes & échanges, le loyer & le prêt, les dots, les mariages, la répudiation, les teftamens, l'ordre de fucceffion aux fiefs & aux biens entre les particuliers ; les teftamens, les cautions, les dommages & intérêts, les crimes & les délits, &c. Toutes ces chofes fe trouvent dans les Etats defpotiques ; les queftions qui y ont rapport fe préfentent tous les jours. Il faut bien qu'il y ait des régles & des loix pour les décider.

Plufieurs Empereurs Turcs ont abufé de leur pouvoir ; mais depuis les beaux reglemens de Soliman le Grand, fes fucceffeurs ont gouverné

avec plus de douceur & de modération. Les réglemens de ce Prince,
de même que ceux des autres Monarques abſolus, ſont publics & connus des Magiſtrats. Peut-on imaginer qu'il en ſoit autrement ; & que
des hommes, les uns ſoumis à la loi,
les autres prépoſés pour la faire exécuter,ne la connoiſſent pas ? Si, comme l'Auteur le ſuppoſe, ces Magiſtrats ne ſuivoient dans leurs Ordonnances & dans leurs déciſions que
leur propre volonté, ils ſeroient les
arbitres de la vie & des biens des
ſujets. Ils ſeroient Souverains, ce
qui ne peut être dans quelque Gouvernement que ce ſoit.

Si le Deſpotiſme ne conſtitue pas
une forme de Gouvernement diſtincte
de la forme du Gouvernement monarchique, on ſent que le premier ne
peut avoir un principe différent du
ſecond, & que l'eſprit de ſoumiſſion
eſt dans l'un & dans l'autre : ce qui
rend explicable la nature de l'un &
de l'autre, & ce qui les ſoutient.

L'Auteur revient à la fin lui-mê-
T. 1. p. me à ce fentiment, lorfqu'il dit que
44. *le pouvoir eft le même dans les deux*
Gouvernemens , & que de quelque cô-
té que le Monarque fe tourne , il empor-
te & précipite la balance , & eft obéï ;
que toute la différence eft que , dans la
Monarchie , le Prince a des lumières ,
& que fes Miniftres y font infiniment
plus habiles, & plus rompus aux affai-
res , que dans les Etats defpotiques.

Si le pouvoir eft le même dans les
deux Gouvernemens , ils font donc
fondés fur les mêmes principes , la
nature du pouvoir n'étant que l'effet
des principes : fi toute la différence
confifte dans les qualités du Prince & des Miniftres, elle ne confifte
donc pas dans les principes : cette
différence pourra produire une adminiftration différente , mais elle ne
produira pas une nouvelle forme de
Gouvernement.

To. 1.   *Dans les Etats defpotiques la vo-*
p. 43. *lonté du Prince une fois connuë doit*
avoir auffi infailliblement fon effet ,

qu'une boule jettée contre une autre doit avoir le sien.

L'idée d'une boule rend fort mal celle qu'on peut se former d'un Prince absolu. S'il s'en rencontre quelqu'un dont les passions soient déréglées, impétueuses ; la religion , la raison , les coutumes, les loix, de sages conseils , l'âge enfin modère-ront sa violence & ses emportemens. Dira-t'on la même chose d'une boule, être aveugle , inanimé , insensible ?

D'ailleurs , l'effet infaillible de cette volonté du Prince ne caractéri-se pas plus le Gouvernement des-potique , qu'un autre Gouverne-ment: dans tous indistinctement, Mo-narchique , Aristocratique ou Démo-cratique , cette volonté doit toujours avoir infailliblement son effet ; car s'il y avoit un pouvoir supérieur qui l'en empêchât, il n'y auroit plus de Prince , c'est-à-dire plus de Sou-veraineté. Cet effet ne peut être sus-pendu que par les remontrances & les représentations , & alors cette

suſpenſion eſt un autre effet de la volonté du Souverain, c'eſt toujours
elle qui agit & qui doit agir.

To. 1.
p. 43.

Il n'y a point de tempéramment....
rien d'égal ou de meilleur à propoſer ;
l'homme eſt une créature qui obéït à une
créature qui veut.

Autant qu'on peut entendre ce
langage, il eſt, comme ce qui précède, applicable à tous les Gouvernemens : pour qu'une créature obéïſ-
ſe, il faut une autre créature qui
veuille ; & par tout l'Univers, il
y a des créatures qui obéïſſent à des
créatures qui veulent ; l'ordre, la régle & le principe de toute ſociété générale & particuliere, politique ou
domeſtique, l'exigent ainſi.

Ibid.

Dans un tel pays, le partage des hom-
mes, comme des bêtes, eſt l'inſtinct, l'o-
béïſſance & le châtiment.

Ecoutons ſur cela quelques Voyageurs qui ont été dans de tels pays.

» La Nation Turque, dit le Baron
» de Buſbec, aſſez heureuſe pour n'ê-
» tre pas dominée par le faux préjugé

» que la vertu du père fe tranfmet à
» fa poftérité , croit au contraire
» qu'on ne peut l'avoir, fi on ne
» l'acquiert, & qu'elle ne fe trouve
» que dans l'éducation, dans le tra-
» vail , & dans l'étude. Parmi eux ,
» les enfans ne fe font point une
» gloire du courage, de la force &
» de la bravoure de leurs ayeux : ils
» fentent que ce font des vertus qui
» n'appartiennent qu'à eux, & que
» la génération ne peut faire revivre
» dans leurs defcendans ; s'ils les
» ont , ils les regardent comme un
» don du Ciel ; de forte que dans
» ce Gouvernement les honneurs ,
» les charges, les emplois & les di-
» gnités ne font jamais dans tous les
» états que la récompenfe du feul
» mérite : c'eft par cette raifon que
» le méchant, le pareffeux , l'igno-
» rant, tel qu'il foit, refte fans rang ,
» fans titre , & méprifé de tout le
» monde. Il ne faut donc plus être
» furpris fi cet Empire eft fi florif-
» fant, s'il domine fur le refte du

» monde avec tant de fupériorité,
» s'il étend fes bornes fi loin , puif-
» que chacun de ceux qui le com-
» pofent , cherche à fe fignaler par de
» belles actions & à faire foi-même
» fon mérite. (*a*)

  » On trouve en Perfe , dit le Che-
» valier Chardin , des Ecoles publi-
» ques richement fondées ; la morale
» eft, de toutes les fciences, celle que
» les Perfans cultivent avec le plus
» de foin & le plus de fuccès ; ils
» font ennemis de l'avarice , & fou-
» verainement amis de la juftice &
» de l'hofpitalité ; ils excellent dans
» la Poëfie , leur génie eft gai & ou-
» vert , leur imagination vive & fé-
» conde, leurs mœurs douces & polies. (*b*)

  Tous ces fentimens , toutes ces
connoiffances fuppofent - elles des
Nations qui n'ont pour partage, com-

(*a*) Lettres du Baron de Busbec , Ambaffa-
deur de l'Empereur Ferdinand I. à la Porte Ot-
tomane.
(*b*) Voyages du Chevalier Chardin , *Tome* 5.
pag. 165. & 157.

me les bêtes, que l'inftinct, l'obéiffance & le châtiment ?

En Perfe , lorfque le Roi a condam- To. 1.
né quelqu'un , on ne peut plus lui en p. 43.
parler ni demander grace ; s'il étoit yvre
ou hors de fens , il faudroit que l'Arrêt
s'exécutât tout de même , fans cela il fe
contrediroit,& la loi ne peut fe contredire.

Sur cela l'Auteur cite Chardin : ce
Voyageur rapporte en effet quelques
avantures qui pourroient donner lieu
à l'idée d'un Gouvernement auffi
barbare & auffi cruel que celui qu'on
vient de nous peindre ; mais il faut
pour cela faire violence au texte du
même Chardin.

Chardin parle du Roi qui étoit fur
le trône, au tems de fes voyages. Ce
Prince étoit extrêmement adonné au
vin & furieux dès qu'il avoit bû ; dans
cet état, il commanda plufieurs chofes extravagantes & cruelles , fur-
tout un certain jour qu'il fut impa-
tienté par un joueur de luth , qui
s'obftinoit à jouer quoiqu'il lui eût
ordonné de fe taire. Ce joueur de

luth fut fans doute mis à mort, di-
rez-vous ? Point du tout. Le grand
Maître du Palais entreprit de calmer
la fureur du Roi ; il y réuffit, & il
obtint grace.

Mais il y a plus ; au retour de fa raifon, le Roi écouta avec bonté les remontrances de fon premier Miniftre,
& il promit avec ferment de ne plus
boire de vin. (*a*) Il a tenu parole,
ou il ne l'a pas tenuë, ce n'eft pas notre affaire : mais quoiqu'il en foit, il
paroît qu'on peut *demander grace* ,
qu'on peut faire des remontrances,
& d'ailleurs il femble que ce n'eft
pas fur le caractère particulier , &
peut-être unique, d'un Prince vicieux,
que l'on doit fonder les régles & les
conftitutions de toutes les Monarchies d'Orient & de celles d'une partie de l'Europe.

Si les chofes étoient telles qu'on
nous les repréfente, il femble que ces
Gouvernemens feroient un fpecta-
cle perpétuel de fang & d'horreur.

(*a*) Voy. Chardin , *Tom.* 3. *p.* 100.

Le

Le Roi de Perfe étoit avant les der-
nières révolutions un des Monarques
de l'Orient le plus abfolu ; cependant nous y trouvons un Tribunal
criminel en forme » dont les Juges
» fe règlent par des maximes fon-
» dées fur des coutumes conftantes ;
» c'eft-à-dire , qu'à tel ou tel crime
» on inflige tel ou tel fupplice : ce
font les propres termes du Chevalier
Chardin.

    » Quand j'arrivai en Perfe , dit-
» il , je pris d'abord les Perfans pour
» des barbares, voyant qu'ils ne pro-
» cédoient pas juridiquement com-
» me nous : mais après avoir paffé
» quinze ans en Orient , j'ai raifon-
» né d'une autre manière. J'attribue
» la police compaffée d'Europe, dans
» les exécutions criminelles , à la
» grande quantité de fcélérats qui
» s'y trouvent , & le peu de régula-
» rité qu'on obferve en Orient , aux
» mœurs de ce pays-là ; qu'on peut
» dire humaines & douces , en com-
» paraifon des nôtres. Si nous ne trai-

  I. Partie.   K

» tions pas les criminels plus rude-
» ment qu'en Perſe, nos villes & nos
» campagnes deviendroient autant de
» coupegorges. Dans tout le tems que
» j'ai été en Perſe, ou dans la Capita-
» le, ou à la ſuite de la Cour, ou bien
» en d'autres Villes, je n'ai vû exé-
» cuter qu'un ſeul homme ; enſorte
» qu'à celui-là près, tout ce que je
» puis rapporter des ſupplices de ces
» pays - là n'eſt que par ouï - dire.
» J'ajouterai encore qu'il n'y a que
» le Roi qui puiſſe donner Sentence
» de mort, qu'il prononce ſur les
» informations qui lui ſont préſen-
» tées par les Juges. C'eſt-là une cou-
» tume conſtante, qui prouve, à
» mon avis, que ces peuples ne ſont
» pas auſſi méchans qu'on l'eſt en
» Europe. »

Chardin a été quinze ans en Perſe,
& n'a vû qu'une ſeule exécution. Il
y a des Tribunaux & des Juges, on
inſtruit les procès par informations,
on porte ces informations au Roi,
lui ſeul peut prononcer la Sentence

de mort. Il n'en a prononcé qu'une en quinze ans : ce Monarque & le Gouvernement ne font donc pas auſſi terribles qu'on nous le dit.

On trouve également dans le Mogol des Tribunaux réglés, dont les déciſions font auſſi promptes que juſtes. L'Empereur ſeul peut condamner à mort, & ſes Arrêts ne peuvent être exécutés, qu'après qu'il les a répétés trois différentes fois à trois différens jours.

A la Chine, les Jugemens criminels paſſent d'un Tribunal à l'autre au nombre de ſix. On y examine la nature du crime, la vie & les mœurs des accuſateurs & des témoins : il eſt rare que l'innocence ſoit opprimée ; & il eſt paſſé en proverbe, dans ce pays, que le Juge ne doit jamais regarder le viſage & les mains de ceux qui plaident devant lui. (a)

Quelque extravagant que ſoit l'Arrêt prononcé par un Prince deſpoti-

(a) Hiſtoire générale de tous les peuples du Monde, aux chapp. *Mogol, la Chine.*

K ij

que, *il doit toujours s'exécuter*, dit
l'Auteur, *sans cela il se contrediroit,
& la loi ne peut se contredire :* exagé-
ration démentie par les exemples
mêmes qu'il cite, comme nous venons de le voir, & inexactitude dans
les expressions. Une loi qui se contre-
dit, est celle qui contient dans son
texte deux dispositions contraires,
dont l'une détruit l'autre ; mais une
loi successive qui change, interpré-
te, annulle les dispositions de la première, n'est point une contradiction ;
c'est une réformation, mitigation,
ou abrogation de la loi.

T. 1. *Cette manière de penser a été de tous
P. 44. les tems ; l'ordre que donna Assuérus
d'exterminer les Juifs, ne pouvant être
révoqué, on prit le parti de leur donner
la permission de se défendre.*

Pour juger de l'exemple dont se sert
ici l'Auteur, ouvrons le Livre d'Esther. Cette Princesse demanda à Assuérus (*a*) la révocation de l'Edit qu'A-

_____

(*a*) *Obsecro ut novis epistolis veteres Aman lit-
teræ ...... corrigantur.* Esther. C. 8. v. 5.

man avoit fait rendre contre les Juifs :
non-feulement elle l'obtint (a), mais
encore Aman fut pendu, fes emplois
furent donnés à Mardochée, fes biens
à Efther ; & par un nouvel Edit, il
fut permis aux Juifs, non pas de fe
défendre, comme le dit l'Auteur,
mais d'exterminer leurs ennemis,
comme il avoit été permis à leurs
ennemis de les exterminer.

Le jour de cette vengeance fut
fixé au 13. du mois Adar, qui étoit
le même jour auquel Aman avoit
fixé fon exécution : celle des Juifs
fut fanglante ; ils mirent à mort un
grand nombre de leurs ennemis avec
les dix fils d'Aman ; & ce fut en
mémoire de cet événement qu'ils
inftituèrent la Fête de *Purim.* Peut-
on rien de plus contraire au texte de
l'Efprit des Loix ?

L'Auteur termine fa Differtation
fur es principes des trois Gouverne-

(a) *Eas litteras quas fub nomine noftro ille*
(Aman) direxerat , fciatis effe irritas. Efther.
C. 16. v. 17.

K iij

mens, par une réflexion générale contenue dans le XIe. & dernier chapitre de fon troifiéme Livre. Nous allons le rapporter en entier.

To. 1.
P. 45.

Tels font les principes des trois Gouvernemens ; ce qui ne fignifie pas que dans une certaine République on foit vertueux , mais qu'on devroit l'être ; cela ne prouve pas non plus que dans une certaine Monarchie on ait de l'honneur, & que dans un Etat defpotique particulier, on ait de la crainte, mais qu'il faudroit en avoir , fans quoi le Gouvernement fera imparfait.

Ne pourroit-on pas demander ce que c'eſt que des principes qui peuvent être & ne pas être ; ce que c'eſt qu'un effet qui peut exiſter fans cauſe ; ce que c'eſt qu'un Gouvernement Républicain dont le principe eſt la vertu, & qui peut toutefois exiſter fans vertu ? &c.

Tâchons de terminer nos réflexions d'une manière plus pofitive, en concluant, quant aux principes des Gouvernemens, que l'amour de

la liberté & de l'indépendance eſt le
principe du Gouvernement Démocratique; la ſoumiſſion celui de la Monarchie, & l'union de ces deux principes celui de l'Ariſtocratie. Et à l'é-
gard de la nature de ces mêmes Gouvernemens, que par la nature de la
Démocratie la Souveraineté réſide
dans le corps du Peuple ; par celle
de la Monarchie dans la perſonne
d'un ſeul, & par celle de l'Ariſtocratie dans le corps des Nobles ou
des Principaux.

Toutes les idées de l'Auteur ſur
l'honneur, la vertu & la crainte,
ne paroiſſent qu'un jeu de l'imagination qui pourra plaire à l'eſprit ;
mais qui ſera néceſſairement con-
damné par la réflexion. La vertu,
l'honneur & la crainte ſont des
ſentimens inſpirés à toutes les Nations policées ; ce ſont des cauſes
ſecondes & acceſſoires, ſubordon-
nées aux cauſes premières ; ce ſont
des moyens qui contribuent au ſou-
tien & à la conſervation des Gou-

vernemens ; mais qui n'en font pas le principe & n'en caractèrisent pas l'espèce.

CHAPITRE IV.

Sur les Loix de l'éducation relativement au principe des trois Gouvernemens.

To. 1. p. 46.

*S*I le peuple en général a un principe, les parties qui le composent, c'est-à-dire, les familles l'auront aussi : les Loix de l'éducation sont donc différentes dans chaque espèce de Gouvernement; dans la Monarchie, elles auront pour objet, l'honneur ; dans les Républiques, la vertu ; dans le Despotisme, la crainte.*

Voilà des objets fixes, tant qu'on ne fortira pas de cette page ; mais si on va se ressouvenir de ce qu'on a lû à la page précédente, on verra que ces principes d'honneur, de vertu & de crainte, peuvent être, & n'être pas. Ainsi les différentes formules d'éducation , auxquelles l'Auteur prétend qu'ils doivent déterminer, deviendront inutiles ; car à quoi bon fe fatiguer pour enfeigner, ou pour apprendre des chofes , indépendamment defquelles les Républiques , les Monarchies & les Etats Defpotiques n'en feront pas moins ce qu'ils doivent être ? Mais fuivons l'Auteur dans fon cours d'éducation.

Il fembleroit , à l'égard de la Monarchie, que la première chofe qu'auroit à faire le Régent prépofé à l'inftruction de la jeuneffe de ce Gouvernement, feroit de lui perfuader l'inutilité de la vertu. Seroit-ce là ce que l'Auteur veut dire ? il n'y a nulle apparence ; cependant voici fes paroles :

L'Etat fubfifte indépendamment de l'amour de la Patrie , du défir de la vraie gloire,& de toutes ces vertus héroïques,que nous trouvons dans les Anciens, & dont nous avons feulement entendu parler; les loix y tiennent la place de toutes ces vertus dont on n'a aucun befoin.

To. I. P. 36.

l'Etat vous en difpenfe , une action qui fe fait fans bruit , eft en quelque façon fans conféquence.

Nous avions cru jufqu'à préfent que , fans une bonne éducation , les meilleures qualités courroient rifque de demeurer infructueufes. Nous avions regardé l'éducation comme la chofe la plus importante au bonheur des hommes , la plus difficile à don-ner & la plus difficile à acquérir ; mais ce qu'on nous dit eft vrai , rien de plus fimple & de plus aifé ; elle ne confifte que dans des priva-tions , & l'Etat difpenfe de toutes les réalités.

Les Loix , dit l'Auteur , y tien-nent lieu de toutes les vertus poli-tiques ; mais qu'eft-ce que la vertu po-litique ? Nous la trouvons définie à la page 54. du premier Tome de l'Efprit des Loix : c'eft dans les Ré-publiques *l'amour des Loix & de la Patrie* ; ici on nous dit que *dans la Monarchie les Loix tiennent lieu de toutes les vertus.* Il s'enfuit donc que

dans la Monarchie les Loix produifent le même effet politique que les
vertus dans la République, c'eft-à-
dire, l'amour des Loix & de la Patrie.

S'il s'agit des vertus morales particulières que l'Auteur fait entrer
pour quelque chofe dans fon hypo-
thèfe, elles ne font pas inconnues
dans la Monarchie : n'y eût-il que
l'amour-propre, ne fuffiroit-il pas
pour déterminer notre cœur au défir
d'acquérir l'eftime publique ?

La crainte du blâme, le fentiment
naturel qui nous porte vers les objets
qui peuvent intéreffer notre gloire ;
cette raifon qui nous guide, qui nous
éclaire, qui nous confeille; toutes ces
caufes réunies feroient-elles donc
impuiffantes, feroient-elles incapables de nous donner de l'amour pour
les vertus morales particulières? Et
quel eft l'Etat où les Loix foient fi
monftrueufes, où la nature des Citoyens foit fi perverfe, qu'on y regarde *une action qui fe fait fans bruit*

dans les ténèbres, fans éclat & fans témoins, *comme une action en quelque façon fans conféquence ?*

To. 1.
p. 47.

On n'y juge pas les actions des hommes, comme bonnes, mais comme belles ; non comme justes , mais comme grandes ; non comme raisonnables, mais comme extraordinaires.... L'honneur ne défend l'adulation que lorfqu'elle est féparée de l'idée d'une grande fortune, & n'est jointe qu'au fentiment de fa propre baffeffe.

To. 1.
p. 48.

A l'égard des mœurs, on veut de la vérité dans les difcours. Mais est-ce par amour pour elle ? Point du tout. On la veut , parce qu'un homme qui est accoutumé à la dire, paroît hardi & libre ...... C'est ce qui fait qu'autant qu'on y recommande cette efpèce de franchife , autant on y méprife celle du peuple qui n'a que la vérité & la fimplicité pour objet.

Quel est donc ce nouvel honneur qui ne connoît aucun motif noble & généreux, qui renverfe, qui détruit la dignité de l'homme ; qui

étouffe la voix de la confcience, qui
enlève le mérite & la récompenfe
des bonnes actions, qui change la
juftice en vanité, qui permet de
courir après la fortune par une lâche
& vile adulation, qui n'admet la vérité qu'autant qu'elle repréfente la
hardieffe & la témérité, qui méprife
la candeur & la fimplicité ? Quel eft-
il donc cet honneur fingulier ? Le
voici.

Philofophiquement parlant, c'eft un To. 1.
honneur faux qui conduit toutes les par- P. 39.
ties de l'Etat ; mais cet honneur faux
eft auffi utile au Public, que le vrai le
feroit aux particuliers qui pourroient
l'avoir . . . . . Cet honneur bizarre fait
que les vertus ne font que ce qu'il To. 1.
veut, & comme il les veut ; il met de p. 50.
fon chef des régles à tout ce qui nous eft
prefcrit ; il étend ou borne nos devoirs
à fa fantaifie, foit qu'ils ayent leur
fource dans la Religion, dans la Politi-
que, ou dans la Morale.

C'eft bien peindre, c'eft bien définir l'honneur faux. Mais devons-

nous le confondre avec le vrai ? Croirons-nous l'honneur faux *auſſi utile* dans quelque eſpéce de Gouvernement que ce ſoit, que *l'honneur vrai* ? Celui-ci nous rappelle ſans ceſſe aux devoirs de la Religion, & par conſéquent à cette exacte probité qui doit toujours être l'ame des opérations politiques. Il eſt le compagnon fidéle de la vertu, il eſt la vertu même, il ne craint point le grand jour ; la droiture guide ſes actions, ſa récompenſe eſt l'eſtime publique, & ſon occupation eſt le ſoin qu'il prend de la mériter. L'autre, fourbe, impoſteur, toujours caché ſous des dehors trompeurs & dangereux, ne marche que dans les ténèbres & par des routes inconnues; il ouvre à ſes ſectateurs une voie large & commode qui les diſpenſe de faire le bien, & leur permet de faire le mal ; mais malgré ſes déguiſemens & ſes précautions, il n'inſpira jamais que l'horreur & le mépris.

L'Auteur avertit qu'il *parle philo-sophiquement* ; ce qui signifie, d'une manière dégagée du préjugé & des opinions vulgaires. Est-ce donc un préjugé & une opinion vulgaire que de préférer la vérité au mensonge, la probité à la fraude, & la vertu au vice ? Croirons-nous que ce faux honneur ait droit de *mettre de son chef des régles à tout ce qui nous est prescrit, soit qu'il prenne sa source dans la Religion, la Morale ou la Politique ?* Non. Il seroit trop à craindre que les maximes d'un tel maître, semées dans des esprits crédules ou bornés, ne produisissent des effets bien-tôt funestes à l'Etat & aux particuliers dont il seroit composé.

L'éducation dans les Monarchies exige dans les manières une certaine politesse; les hommes nés pour vivre ensemble, sont aussi nés pour se plaire, & celui qui n'observeroit pas les bienséances, choquant ceux avec qui il vivroit, se décréditeroit au point qu'il deviendroit incapable de faire aucun bien. To. 1. p. 48.

Cette partie de l'éducation n'eſt pas plus particulièrement applicable à la Monarchie, qu'à toute autre eſpèce de Gouvernement ; la politeſſe des ſujets de différentes dominations, peut n'être pas la même dans toutes ſes parties ; mais cette différence vient plutôt de la différence des opinions, que de la différence des Gouvernemens.

La politeſſe peut ſe diviſer en une infinité de branches. Dès que les hommes commencèrent à s'aſſembler dans les villes pour y mener une vie plus commode & moins ſauvage, la raiſon leur inſpira d'avoir réciproquement certains égards les uns pour les autres, & chacun le diverſifia ſuivant ſon génie.

Toutes les nations en général & tous les individus de ces nations en particulier, de tout état & condition, ſont polis différemment, ſuivant les lumières, l'éducation reçûe & l'uſage du monde plus ou moins pratiqué. Qu'il parte de France, d'Angleterre

gleterre ou de Turquie un nombre d'hommes, pour aller fonder une République en Afrique ou en Amérique, ils y tranſporteront néceſſairement les uſages de leurs pays ; cependant quoique les uns ayent une politeſſe monarchique, & les autres une politeſſe deſpotique, ce nouveau Gouvernement n'en ſera pas moins Démocratique.

La politeſſe n'ôte ni ne donne les vertus ; elle ſert ſeulement à les rendre plus aimables & agréables ; (a) elle eſt une partie des mœurs des Nations, & non une partie du principe du Gouvernement des Nations, qui peut ſubſiſter au milieu des mœurs groſſières, comme au milieu de l'urbanité. La politeſſe & le principe des Gouvernemens ſont deux choſes abſolument indépendantes l'une de l'autre : la politeſſe des Egyptiens n'eſt certainement pas faite comme celle des Géorgiens & des Valaques, tous ſujets du Turc ; cependant le

(a) *Comitas virtutes illuſtrat.* S. Evremont.

I. Partie. **L**

principe du Gouvernement Turc, eſt le même par-tout. On peut indifféremment être poli en cent façons, on ne peut être indifféremment ſoumis en cent manières.

La politeſſe eſt le plus grand charme de la ſociété, elle demande une connoiſſance exquiſe de nos devoirs, & une fidélité exacte à les remplir; (a) & comme ces vertus ne ſont incompatibles avec aucune eſpèce de Gouvernement, la politeſſe ne doit pas être plus particulièrement affectée aux Monarchies, qu'aux Républiques; auſſi la voyons-nous exactement cultivée dans toutes celles où le goût des arts, de la Philoſophie & des ſciences a pénétré.

To. I.
p. 49.

Ce n'eſt pas d'une ſource ſi pure que la politeſſe a coutume de tirer ſon origine ; elle naît de l'envie de ſe diſtinguer, c'eſt par orgueil que nous ſommes polis, nous nous ſentons flattés d'avoir des manières qui prouvent que nous ne ſommes pas

(a) Oeuvres diverſes de M. l'Abbé de Bellegarde. *Tome 2.*

dans la baſſeſſe, & que nous n'avons pas
vécu avec cette ſorte de gens que l'on a
abandonnés dans tous les âges.

En ne voulant peindre que cette
politeſſe extérieure qui eſt une eſpéce d'hypocriſie dans les manières ,
une eſpéce de commerce de men-
ſonges officieux ; nous conviendrons
que c'eſt très-bien la peindre. Mais
feroit-ce là l'unique ſource de cette
envie que l'on a de ſe plaire , de
ſe témoigner des égards & de la déférence ? La politeſſe n'a-t-elle pas
des motifs plus nobles , auſſi puiſ-
ſans & auſſi ordinaires , l'humanité ,
la charité , la bienveillance ?

» Il y a un devoir , une obligation
» naturelle , que chacun doit s'effor-
» cer de remplir , quoiqu'elle ne ſoit
» point de rigueur , & que l'accom-
» pliſſement en ſoit laiſſé à l'honneur
» & à la conſcience ; c'eſt ce qu'on
» entend ſous le nom d'humanité ,
» de charité , ou de bienveillance ; à
» la vûe d'un homme qui ſouffre ,
» nous avons d'abord un ſentiment

» de compaſſion qui nous fait trou-
» ver beau & agréable de le ſecou-
» rir. (*a*)

On eſt poli vingt fois le jour par
ces différens motifs, contre une, par
l'envie de ſe diſtinguer & de montrer qu'on n'eſt pas né dans la baſſeſſe.

Quant à cette ſorte de gens que
l'on abandonne dans tous les âges,
ſi l'Auteur entend par-là le bas peuple, la protection qui lui eſt dûë n'eſt
point du reſſort de la politeſſe; c'eſt
au Gouvernement à le faire jouir
heureuſement & convenablement de
ſon état ; ce n'eſt point par politeſſe
qu'on le ſoulage d'un impôt, ni par
impoliteſſe qu'on le taxe trop ; l'un
& l'autre arrive par une adminiſtration bonne ou mauvaiſe, louable ou
blâmable ſelon ſon eſpèce.

L'époque de la politeſſe des Romains
eſt la même que celle de l'établiſſement
du pouvoir arbitraire; le Gouverne-
ment abſolu produit l'oiſiveté, & l'oiſi-

T. 1. p. 519.

(*a*) Burlamaqui, Principes du Droit naturel.

veté fait naître la politeſſe.

Doutant de l'exactitude de cette propoſition , nous avons conſulté quelques Auteurs , & nous avons trouvé que la politeſſe commença à s'introduire à Rome dès le tems que la République devint un Etat conſidérable.

· L'éloquence parut alors aux Romains un art néceſſaire pour parvenir aux plus grandes places. Charmés des diſcours des Orateurs Grecs , & voulant apprendre les régles de leur Art , ils attirèrent à Rome quelques-uns de ces hommes ſçavans ; & lorſque par leurs conquêtes , ils ſe furent ouvert le chemin de la Gréce , ils y envoyèrent étudier leurs jeunes gens qui en rapportèrent les ſciences & l'urbanité , c'eſt-à-dire , la politeſſe.

Les garans de ces faits ſont dans les mains de tout le monde. (*a*)

Et ſi ces garans peuvent être ci-

(*a*) Suet. vie d'Aug. & de Claude.═Dion Caſſ. ، 60.═Juv. Sat. 6. ═Plut. vie de Pomp. de Céſ.

tés eux-mêmes comme de bons modèles de politeſſe, qu'étoient donc
ces autres hommes du premier Ordre, les Scipions, les Lælius, les
Metellus, les Lucullus, les Piſons,
& tant d'autres nés long-tems avant
les Empereurs? Céſar enfin le plus
aimable & le plus poli des humains
avoit-il acquis ces qualités dans l'oiſiveté du Deſpotiſme? Et ne voyons-
nous pas au contraire que, long-tems
même avant la tranſlation de l'Empire Romain à Conſtantinople, les
ſciences & la politeſſe avoient infiniment dégénéré de ce qu'elles étoient
pendant les deux ou trois derniers
ſiécles de la République, & ſous les
premiers Céſars? (a)

L'Auteur attribuant à chaque forme de Gouvernement un genre de
politeſſe qui lui eſt excluſivement propre, il étoit juſte que l'Angleterre eût

& de Tib. Grac.=Plin. liv. 14. ch. 13. ==Cic. in
Brut. L. 1. de Off. L. 3. de Orat.=Val. Max. l. 2.
chap. 1. Les Com. de Plaute & de Terence, &c.
(a) Dion Caſſ. liv. 57.

le fien. Le voici.

On y eft toujours fi occupé de fes inté-
rêts, qu'on n'y a point cette politeffe qui eft To. 1.
fondée fur l'oifiveté, & réellement on n'en P. 519.
auroit pas le tems.

Il nous femble à nous autres habitans de terre ferme qu'il ne faut pas
plus de tems pour conftruire & débi-
ter une phrafe polie, qu'une phrafe
groffière ; une honnêteté, qu'une
injure; (*a*) & que fi en Angleterre on
préfère de fe traiter impoliment, c'eft
plûtôt manque d'éducation que manque de tems ; mais quoi qu'il en foit,
comme il femble décidé par le fuffrage des Nations qu'il vaut mieux être
poli que groffier, nous ne devons à
cet égard ni nous plaindre de notre
fort, ni envier celui de nos voifins.

Refte à fçavoir fi cet éloge & tant
d'autres de cette efpèce dont le chapitre 26. du livre 19. eft rempli fera
du goût de ces voifins. A en juger
par les manières de ceux que nous

(*a*) Tom. 1. p. 510. l'Auteur dit qu'ils fe répandent en vaines clameurs & en injures.

L iiij

voyons ici, nous pouvons affurer que ce portrait ne leur reffemble aucunement.

L'éducation dans les Etats que l'Auteur appelle defpotiques, paroît ici fous une forme extrêmement fingulière : elle fe réduit *à mettre la crainte dans le cœur ... le favoir y feroit dangereux, l'émulation funefte ..... l'éducation y eft donc en quelque façon nulle. Il faut ôter tout, avant de donner quelque chofe, & commencer par faire un mauvais fujet, pour faire un bon citoyen.*

To. I. p. 52.

On ne voit pas par là que l'éducation foit nulle ; on voit feulement qu'elle eft mauvaife : car s'il faut que le fujet d'un Etat defpotique foit tel qu'on nous le dépeint, pour faire un bon citoyen dans cet Etat ; c'eft une véritable éducation qui doit couter autant & peut-être plus de peines, que celle qu'on donne dans les autres efpèces de Gouvernemens.

Tout homme naît avec les principes de la droite raifon. C'eft le fonde-

ment fur lequel on appuye les préceptes, dont les progrès ne font faciles
& fenfibles, qu'autant qu'ils font con-
formes à cette raifon, fans quoi elle
ne pourroit les adopter ; il ne faut
point travailler à lui rien ôter ; il ne
s'agit que de la développer, la foutenir & la fortifier par des leçons & par
des exemples.

Dans l'éducation Defpotique, il faut
ôter tout ce qui appartient à la nature
raifonnable ; il faut refondre les hommes ; il faut les transformer en brutes,
en automates ; mais ne faut-il pas plus
de peines & de travail pour faire
abandonner aux hommes les routes
de la nature, que pour les porter à les
fuivre ? quelle occupation d'ailleurs
que cette dégradation de l'humanité,
pour les habitans de la plus grande &
de la plus belle partie du Monde, où
les fciences & les arts ont pris naiffance !

Mais comment cette fingulière
éducation s'accordera-t-elle avec ce
que nous lifons dans les hiftoires &

les relations des Monarchies d'Afie ? La Chine policée depuis tant de fiécles fourniroit des préceptes de Politique, d'Œconomie, d'éducation aux Gouvernemens les mieux ordonnés de l'Europe.

Les Perfans ont l'imagination vive, prompte, fertile, la mémoire aifée, féconde, le naturel pliant & fouple, l'efprit doux & facile, beaucoup de difpofition pour les arts libéraux & méchaniques ; & l'éducation y eft cultivée avec grand foin dans un nombre infini de Colléges (*a*) richement fondés.

Les Turcs font tellement décriés qu'à leur nom feul on fe forme une idée de la Nation la plus barbare, la plus groffière & la plus ignorante ; mais c'eft une injuftice : ils ont cultivé les fciences prefque dès le commencement de leur Empire & tout ce qu'on nous débite fur leur compte eft un erreur populaire.

Les Turcs appellent les Arabes

(*a*) Voyage de Chardin, T. 4. p. 92.

Gentils, *Arab-al-giaheliat*, qui fignifie Arabes ignorans, non qu'ils le
foient plus que les Arabes Mahometans, mais parce qu'ils ne font pas
Mahometans, & de-là ceux qui ne les
connoiffent pas, croient que ces Arabes font l'ignorance & la ftupidité
même. (*a*)

A tant de Docteurs de leur Religion & de leurs Loix que l'on trouve
parmi ces différentes Nations ; à tant
d'hommes inftruits dans toutes fortes
de fciences, d'arts & de profeffions,
on pourra juger fi les Orientaux font
auffi barbares & auffi ignorans (*b*) que
l'Auteur vient de nous le dire.

*L'extrême obéïffance fuppofe de l'igno-
rance dans celui qui obéit ; elle en fuppofe
même dans celui qui commande, il n'a
point à délibérer, à douter, ni à raifonner, il n'a qu'à vouloir.* To. 1, p. 52.

L'extrême obéïffance fuppofe de la
foumiffion dans celui qui obéit, & non
de l'ignorance. Si l'obéïffance fuppo-

(*a*). M. de Thou dans fon Hiftoire.
(*b*) Voyez d'Herbelot Bibliot. Orient. Pref.

foit l'ignorance, il s'enfuivroit que dans les Monarchies, dont la foumiffion eft le principe, les ordres du Monarque feroient toujours expofés à être exécutés de travers, parce que, fuivant ce que l'Auteur vient de dire, plus l'obéiffance dans celui qui exécuteroit feroit extrême, plus fon ignorance devroit être grande ; cependant les Souverains ne font pas dans l'ufage de faire faire preuve de ftupidité à leurs Miniftres, pour les charger de l'éxécution de leurs ordres.

Si l'ignorance ne doit pas être dans celui qui obéit, elle doit encore moins être dans celui qui commande; fi ce n'eft pas un imbecille ou un extravagant, fes ordres doivent être réfléchis, ou tout au moins raifonnables, fans quoi l'exécution prompte & littérale par l'effet de l'extrême obéiffance, entraîneroit l'Empire à une ruine certaine.

Cela n'empêche pas qu'un Chef ne puiffe être quelquefois fort ignorant. Mais il y a un Confeil qui y fupplée ;

& la qualité de Chef, quelle que foit, la nature du Gouvernement ou du commandement, loin de fuppofer l'ignorance dans ceux qui en font revêtus, fuppofe plutôt le contraire.

Pour les vertus, Ariſtote ne peut croire qu'il y en ait quelqu'une de propre aux Eſclaves, ce qui borneroit bien l'éducation dans le Gouvernement Deſpotique.

T. 1.
p. 520.

Quand Ariſtote auroit penſé férieuſement qu'il n'y a aucune vertu propre aux Eſclaves, feroit-ce une autorité fuffifante pour nous y foumettre, & pour la citer avec la confiance que méritent les verités reçuës? Mais Ariſtote doute, il n'affirme pas.

» On pourroit, dit ce Philoſophe, » propoſer une queſtion fur les Eſcla- » ves; favoir fi outre les vertus que » leurs fonctions & le fervice de la » maiſon exigent, il y en a d'autres » plus eſtimables qui leur ſoient pro- » pres, comme, par exemple, la tem- » pérance, le courage, la juſtice & » autres qualités de l'ame; ou s'il n'y » en a aucunes qui leur ſoient pro-

» pres, que celles du corps, que celles
» qui regardent leurs fonctions. Et la
» conclufion eft qu'ils ont befoin d'un
» peu de vertu, c'eft-à-dire autant
» qu'il leur en faut pour ne pas fe re-
» fufer par débauche ou par pareffe au
» fervice dont leur maître les a char-
» gés, & pour s'en acquitter avec
» moins de négligence. (*a*)

En effet il ne falloit rien de plus
aux Elotes des Lacédémoniens, aux
Périéciens des Cretois, aux Péneftes
des Theffaliens, à nos anciens Serfs,
membres de la terre qu'ils cultivoient,
& il n'en faudroit peut-être pas plus à
nos payfans d'aujourd'hui.

(*a*) *Primum igitur de fervis dubitare poffit aliquis, fit ne fervi virtus aliqua, præter eas quæ ad
inftrumenta & quæ ad minifteria pertinent, his ho-
noratior, verbi gratiâ, temperantia & fortitudo
& juftitia, & aliquis ex aliis talibus habitibus; an
verò nulla fit, præter minifteria ad corpus perti-
nentia. Dubitationem porrò habet, utrumcumque di-
xeris, &c. Ex quo intelligere licet ei exiguâ vir-
tute opus effe, nimirum tantâ quantâ fretus, neque
propter intemperantiam, neque propter ignaviam;
munus fibi à Domino impofitum defugiat, aut minùs cumulatè expleat.* Arift. de Rep. lib. 1. cap. 13.
p. 310. Parif. 1629.

En voulant leur faire un grand bien, il eſt à craindre qu'on ne leur ait fait un grand mal par l'établiſſement des Ecoles, & par une éducation qui ne convient point à leur état. Quand un payſan a quelque connoiſſance des lettres & de la procédure, s'il n'eſt pas perdu pour ſa paroiſſe, s'il ne l'abandonne pas pour aller s'éxercer ſur un plus grand Théatre, il en devient le fléau & le Tyran par ſes chicanes.

Après la connoiſſance des principes & des devoirs de Religion, il ne faut point d'autre ſcience à un valet que celle de bien ſervir ſon maître, & à un Payſan que celle de bien cultiver la terre ; avec des qualités différentes de celles que leur condition exige, l'un feroit très mauvais Domeſtique, l'autre très mauvais Laboureur.

C'eſt ce que l'on doit entendre par le paſſage d'Ariſtote : l'application que l'Auteur en fait généralement & indiſtinctement à tous les ſujets des

Gouvernemens qu'il appelle defpotiques, eft exagérée; c'eft réduire à l'é-
tat des brutes des créatures très-rai-
fonnables & fouvent très-fpirituelles;
c'eft choquer la raifon, démentir l'expérience, & ce que nous trouvons
dans nos livres. Quelle humiliation,
quelle dégradation pour Usbeck,
Ruftan, Zachi, Zéphis, Fatmé, Mir-
za & autres Perfans & Perfanes, dont
les lettres pétillent d'efprit! Car tous
ces perfonnages étoient efclaves, fuivant l'Auteur, (*a*) puifqu'ils étoient
fujets du Roi de Perfe.

To. 1.
p. 53. Avant que d'en venir à l'éducation
dans le Gouvernement Républicain,
l'Auteur a jugé à propos d'humilier
l'amour propre de notre fiécle, en
nous faifant connoître la différence
des effets de l'éducation, chez les anciens & parmi nous. C'eft le titre &
le fujet du Chapitre 4.

Ibid. *La plûpart des anciens vivoient dans*
des Gouvernemens qui ont la vertu pour
principe, & lorfqu'elle y étoit dans fa

(*a*) Voyez les Lettres Perfanes.

force,

force, on y faisoit des choses que nous ne voyons plus aujourd'hui, qui étonnent nos petites ames.

Sans nous jetter dans la recherche de cette multitude d'actions nobles & généreuses, que nous fourniroit l'Europe moderne, dans toutes les conditions; sans parler des actions héroïques des chefs des armées, dont nos histoires sont remplies, jugeons par un seul exemple pris dans le plus bas degré de la milice, de quoi seroient capables des hommes dont la naissance & les emplois animeroient les sentimens.

Un Grenadier absent par congé & prêt à se marier, ayant entendu dire dans son Village, qu'il devoit y avoir dans peu de jours une bataille en Flandre, (*a*) sa Maîtresse & lui vendent tout ce qu'ils ont; le Grenadier prend la poste, arrive à point nommé, se bat en Grenadier, & refuse de revenir chez lui, tant qu'il y a un coup de fusil à essuyer.

(*a*) C'étoit la bataille de Fontenoy.

I. Partie. M

Les grandes actions font trop fami-
lières parmi nous pour y prendre garde. Quelqu'un (*a*) écrivoit du Camp
devant Philisbourg à un de ses amis,
qu'il avoit vû cinquante mille Ale-
xandres à quatre sols par jour.

Les anciens avoient des mœurs dures & austères, nous les avons douces
& polies. La bravoure n'éxige point
qu'on soit fâcheux & crasseux. Nos
Officiers, au sortir de leur toilette
vont au combat avec la même gaye-
té, le même sang froid, & le même
empressement, que s'ils s'étoient fri-
sés pour aller au bal.

T. 1. p.　*Epaminondas la dernière année de sa*
53.　　*vie, disoit, écoutoit, voyoit, faisoit les*
　mêmes choses que dans l'age où il avoit
　commencé d'être instruit.

Si Epaminondas dans la dernière
année de sa vie disoit, écoutoit,
voyoit & faisoit les mêmes choses que
dans l'âge où il avoit commencé d'ê-
tre instruit, il y a cent contre un à
parier, qu'Epaminondas disoit des

(*a*) M. de Voltaire.

balivernes, faifoit des culbutes &
jouoit à la toupie.

Aujourd'hui nous recevons trois édu- Tome
cations différentes ou contraires ; celle de 1. p. 53.
nos peres, celle de nos maîtres, celle du
monde : ce qu'on nous dit dans la derniè-
re renverfe toutes les idées des premières.
Cela vient en quelque partie du contrafte
qu'il y a parmi nous entre les engagemens
de la religion & ceux du monde, chofe
que les Anciens ne connoiffoient pas.

Quoiqu'on ne voye pas fort clair
dans les détails domeftiques de cette antiquité reculée, cependant à la
feule lueur du bon fens, on pourroit
affurer que les anciens étoient comme nous dans le cas de donner & de
recevoir trois éducations.

On ne trouve aucune incompatibi-
lité entre les impreffions que l'on reçoit dans ces différens tems. Tout
tend au même but, qui eft de former
& d'inftruire l'efprit & le cœur. La
Religion Chrétienne défend la vengeance, & prefcrit l'humilité ; & c'eft
là peut-être le contrafte dont l'Au-

teur veut parler ; mais ces préceptes n'ont pas fait de l'Europe un monde de poltrons : & l'on remarque que les Officiers les plus attachés aux devoirs de cette Religion , font communément les plus exacts à remplir les devoirs de leur état , & les plus intrépides dans le danger.

Nous voici enfin parvenus à l'éducation du Gouvernement Républicain : c'est là , dit l'Auteur , que l'on a besoin de toute la puissance de l'éducation.

To. 1.
p. 54.
La vertu est un renoncement à soi-même , qui est toujours une chose très-pénible ; & l'on peut définir cette vertu l'amour des loix & de la patrie. Cet amour demande une préférence continuelle de l'intéret public au sien propre. Il donne toutes les vertus particulières , elles ne sont que cette préférence.

Selon toute apparence , la vertu Républicaine est faite comme la vertu Monarchique. Nous avons parcouru quelques États de l'une & l'autre espèce. Par-tout elle nous a paru la même; par-tout elle eſt la diſpoſition ou l'habitude de l'ame à faire le bien, à ſuivre ce qu'ordonnent les Loix, & ce que dicte la raiſon.

On peut fort bien aimer ſa patrie ſans renoncer à ſoi-même; peut-être même ſeroit-il vrai de dire que plus on aime ſa patrie, moins on renonce à ſoi-même.

Nous aimons l'eſpèce dont nous ſommes les individus; de-là vient l'humanité. Nous aimons ceux avec qui nous vivons & dans la ſociété deſquels la Nature nous a fait naître: de-là viennent l'amour de la Patrie, & toutes les autres vertus ſociables; mais cet amour de la Patrie qui fait du bruit, qui aime le grand jour, qui veut ſe manifeſter, n'eſt ſouvent qu'un chemin caché pour aller à la conſidération, à la gloire & aux dignités. C'eſt une ambition déguiſée ſous des noms révérés.

En général l'amour de la patrie n'eſt qu'un déſir extrême de voir l'Etat dans lequel on vit floriſſant & tran-

M iij

quille ; car on n'aime pas l'Etat, comme une Maîtresse, pour ses charmes & pour ses beaux yeux. Or cette prospérité & cette tranquillité publique assûrant en même tems la tranquillité particulière, le citoyen y trouve l'indépendance, la possession & la jouissance paisible de ses biens, l'espérance de les augmenter par la liberté du commerce, & celle d'être élevé à de plus grandes dignités.

Le nom de la Patrie est bien plus précieux,
Alors qu'en la servant on se sert encore mieux. (a)

Ne jugeons pas de l'amour de la Patrie par l'exemple de ces insensés qui poussoient le fanatisme jusqu'à se précipiter dans des abîmes. (b) Il n'en faut pas juger non plus par l'indifférence de ceux qui disent que la Patrie est par-tout, & qu'ils sont habitans de l'Univers. Il y a un juste milieu où la raison doit s'arrêter.

Non seulement l'amour de la Pa-

_____

(a) P. Corneille. ═ (b) Q. Curt. Chevalier Romain.

trie n'éxige point le renoncement à
foi-même, mais encore il lui eſt oppoſé; diſons plus, s'il étoit poſſible que
chaque membre d'une République
aimât ſa Patrie, juſqu'à renoncer à
ce qui lui eſt perſonnel, l'Etat périroit, parce que l'Etat n'eſt riche, puiſ-
fant & redoutable qu'autant que les
particuliers font un corps redoutable
par leurs richeſſes & par leur puiſſance. Qu'eſt-ce qui a fait la grandeur
& la force de Tyr, de Carthage, de
Marſeille, de Veniſe & de la Hollande? Ce n'eſt pas un amour ſtupide de
la Patrie, c'eſt une attention continuelle des citoyens à mettre à profit
toutes les occaſions légitimes de s'en-
richir. Les miſérables & les fainéans
n'ont ni Patrie, ni amour pour la Patrie, rien ne les y attache : mais cet
amour de la Patrie appartient à tous
les ſujets de tous les Gouvernemens,
quelle qu'en ſoit la forme : & ſi l'on
éxcepte quelques actes rigoureux du
ſiècle paſſé que l'on a cru néceſſaires
pour le maintien de la Religion, on

ne trouvera point que les Peuples des Monarchies abſoluës ou limitées, ayent abandonné leur Pays pour aller ſe réfugier dans des Pays Républicains. Voyons-nous les Turcs, les Perſans, les Moſcovites abandonner leurs foyers pour aller augmenter le nombre des habitans d'Amſterdam, de Veniſe ou de Gènes?

Pour prouver *ce renoncement à ſoi-même qui donne toutes les vertus particulières*, l'Auteur cite dans le livre ſuivant un exemple que lui fournit Tite-Live. Le voici.

T. I. p. 109.

On voyoit ſouvent chez les Romains le Capitaine ſervir l'année d'après ſous ſon Lieutenant. C'eſt que dans les Républiques la vertu demande qu'on faſſe à l'Etat un ſacrifice continuel de ſoi-même & de ſes répugnances.

La queſtion dont il s'agit ici s'étant muë à l'occaſion de la guerre contre Perſée, qui méritoit de grandes attentions à cauſe de ſon importance, le Conſul qui devoit commander l'Armée vouloit que, pour en faciliter la levée, on n'eût aucun égard aux anciens rangs.

Quelques Centurions en ayant appellé au peuple, & demandé la continuation du même emploi qu'ils avoient déja exercé, M. Popilius, homme Consulaire, plaida pour eux : sur quoi le centurion Spur. Ligustinus dit : » Mes compagnons, vous devez regarder comme honorables » tous les emplois où vous défendrez » la République.

Son discours & son exemple entraînèrent les plus jeunes Centurions; mais avant qu'il eût adopté ces nobles sentimens, ou plutôt avant qu'il eût été gagné par le Consul, le même Ligustinus avoit appellé comme les autres, de la proposition qui leur avoit été faite de servir dans un poste inférieur : ce qui ne prouve point que l'on fît aussi volontiers que l'Auteur le suppose, un sacrifice continuel de soi-même & de ses répugnances.

Dans la dernière révolution de Gènes, n'a-t-on pas vû les Nobles por-

ter le mousquet sous des Artisans, &
sans se plaindre, ni chicaner, se faire gloire de leur obéir? Est-ce le *sacri-*
fice continuel de soi-même & de ses répu-
gnances qui déterminoit les Gènois ?
non sans doute ; ce sont les circonstances qui forcent les régles & les
usages.

Ce qui se fit à Rome lors de la
guerre de Persée ; ce qui s'est fait à
Gènes dans la révolution, se feroit
fait en pareil cas dans les Monarchies. Nous pourrions en rapporter
une multitude d'exemples pris chez
nous-mêmes, non parmi de simples
Officiers, mais parmi les plus grands
Généraux.

Les armées du Roi Louis XIV.
ayant reçû plusieurs échecs en Pié-
mont, & sa bonne foi ne lui per-
mettant pas de soupçonner la fidélité
de M. le Duc de Savoye son allié,
malgré les avis que lui en donnoit le
Maréchal de Catinat qui commandoit
en chef, Louis le fit relever par le
Maréchal de Villeroy; mais M. de Ca-

tinat, fans égard à l'injuftice qu'on ve-
noit de lui faire, perfuadé que dans
ces circonftances il pouvoit être utile à fa patrie, continua de fervir volontairement en qualité de Lieutenant Général fous M. de Villeroy
qui n'étoit point fon ancien, ayant
été faits tous deux Maréchaux de
France le même jour 27 May 1693.

Le fecond exemple eft encore plus
frappant. Les Maréchaux de Foix
& de Chabannes ayant crû qu'il é-
toit du bien du fervice du Roi François I. de laiffer le commandement
de l'armée du Milanois à M. de Lautrec, ils offrirent de fervir fous lui en
qualité de Lieutenans Généraux,
quoique M. de Lautrec ne fût pas
Maréchal de France; & fur ces facri-
fices de l'intérêt perfonnel il n'y eut
ni procès ni difputes, comme il étoit
arrivé entre les Officiers Romains.

Ainfi, comme on l'a pû voir par nos
obfervations, l'exemple même des
Romains cité par l'Auteur combat
plûtôt fa propofition qu'il ne l'ap-

puye. Ceux que nous avons cités prouvent que, dans les Monarchies comme dans les Républiques, on fçait dans l'occafion facrifier l'intérêt particulier à l'intérêt public ; mais ce n'eft pas fur des événemens de cette nature, finguliers & rares, que l'on doit établir des régles conftantes & univerfelles.

Le chapitre 6. du liv. 4. pag. 55. tome. 1. porte pour titre. De *quelques inftitutions des Grecs*. L'Auteur y parle de celles de Lycurgue, de Platon, des Crétois, des Laconiens ; il y parle auffi de celles des Samnites & de l'hiftoire des Sévarambes, quoique l'Abruzze ne foit pas dans la Grèce, & que les Sévarambes foient dans les efpaces imaginaires.

De-là il paffe à l'Amérique Septentrionale : il y trouve M. Pen qu'il dit être un véritable Lycurgue, quoiqu'il n'y ait peut être pas plus de différence entre le blanc & le noir, qu'il y en a entre les inftitutions de ces deux hommes.

Enfuite il vient au Paraguay , qui lui fournit l'occafion de parler d'une Société qui a formé cet établiffement: il fait l'éloge de cette Société, & l'efprit de cet éloge n'eft pas moins difficile à faifir que l'efprit des Loix ; *Cette Société* , dit-il , *regarde le plaifir de commander comme le feul bien de la vie ; mais il fera toujours beau de gouverner les hommes , en les rendant plus heureux.* On ne peut pas affocier plus heureufement un éloge avec ce qui eft fort différent d'un éloge.

Tome 1. p. 57.

L'Auteur ajoute dans , une note , que les *Indiens du Paraguay ne payent qu'un cinquième des tributs , & qu'ils ont des armes à feu pour fe défendre.*

A l'égard de ce cinquième des tributs , on n'entend pas ce que cela fignifie ; & jufqu'à ce qu'on nous ait appris à quoi ce cinquième fe rapporte , & de quel tout il fait partie, nous n'en ferons pas plus inftruits ; mais nous fçavons d'ailleurs avec certitude que tous les tributs que les Indiens du Paraguay payent au Roi d'Efpa-

gne, ne confiſtent que dans une im-
poſition annuelle par forme de capi-
tation, à raiſon de trois livres par chaque chef de famille.

Quant aux armes à feu, il eſt vrai
qu'ils ſont armés & diſciplinés, &
ces armes, ils les ont ſouvent em-
ployées au grand avantage de l'Eſpagne contre les Portugais, & contre
les Indiens non ſoumis, en tenant la
campagne à leurs frais pendant des
cinq à ſix mois, ſans vouloir même
recevoir l'argent que le Gouverneur
leur offroit pour les indemniſer de
leurs dépenſes.

Maïs pourquoi, dira-ton, l'Auteur
ſe jette-t-il dans des diſcuſſions qui
ne paroiſſent pas de la moindre utilité? Vous vous trompez: à l'exemple
de l'abeille, il puiſe dans toutes les
inſtitutions ce qu'elles ont de meilleur; de ces différens ſucs, il en prépare un élixir politique, dont toutes
les doſes ſont exactement ſpécifiées,
& il en donne la recette au public par
un avis en forme d'affiche. La Voici.

Ceux qui voudront faire des institu- Tom.1.
tions pareilles, (à celles dont on vient P. 58.
de parler) *établiront la communauté des*
biens de la République de Platon, ce res-
pect qu'il demandoit pour les Dieux,
cette séparation d'avec les étrangers,
pour la conservation des mœurs, & la Cité
faisant le commerce, & non pas les ci-
toyens, ils donneront nos arts sans notre
luxe, & nos besoins sans nos désirs.

Et à propos de ces Cités qui doivent faire le commerce & non pas
les citoyens, il cite l'exemple des
Epidamniens ; mais il paroît qu'il n'a
pas bien lû le texte original où cette
circonstance est rapportée.

Les Epidamniens sentant leurs mœurs Ibid.
se corrompre par leur communication
avec les Barbares, élurent un Magistrat
pour faire tous les marchés au nom de la
Cité & pour la Cité.

L'Auteur prend ici un Agent pour
un Magistrat : ce qui vient d'un défaut d'attention à la signification du
terme dont se sert Plutarque qu'il cite, c'est celui de *Poletès* un vendeur,

ou marchand, lequel dans le cas dont il s'agiſſoit, faiſoit l'office de courtier, de Commiſſionnaire juré de la République. Et en effet pour la vente & achapt des denrées & marchandiſes néceſſaires au commerce & à la ſubſiſtance de tout un peuple, il falloit un homme du métier, connoiſſeur, inſtruit de la nature, de la qualité & du prix des choſes, & non un Magiſtrat.

L'Auteur ne nous dit point ſi les Epidamniens firent des marchés avantageux par l'entremiſe du Magiſtrat qu'il leur donne : quoi qu'il en ſoit, ſi le Parlement vouloit établir la même Police parmi nous, & que pour *faire tous les marchés au nom de la Cité, & pour la Cité*, il choiſît un de ſes Membres, il y a grande apparence qu'avec la meilleure volonté du monde, le commerce de Paris ſeroit culbuté en vingt quatre heures.

Le huitième & dernier chapitre de l'éducation a pour titre : *Explication d'un Paradoxe des Anciens par rapport*

port aux mœurs, & ce Paradoxe est que *Polybe*, *le judicieux Polybe*, *Platon*, *Aristote*, *Théophraste*, *Plutarque* & *tous les Anciens* disent que l'on ne peut faire de changement dans la musique qui n'en soit un dans la constitution de l'Etat. Ce n'est point une opinion jettée sans réfléxion, à ce que l'Auteur assure ; c'est un des principes de leur politique, c'est ainsi qu'ils donnoient des Loix, c'est ainsi qu'ils vouloient qu'on gouvernât les Cités.

Tom.1. p. 60.

Polybe, le judicieux Polybe, a dit que les Législateurs voulant tempérer la férocité des Arcadiens habitans d'un Pays triste & froid, obligés à une vie dure & laborieuse, les amenèrent à se réunir en société par l'institution des cérémonies religieuses, par les spectacles, les danses & la musique ; mais ni Polybe, ni Platon, ni Aristote, ni Théophraste, ni Plutarque, ni M. Burette, qui a si savamment développé le sistême musical des Anciens, ne nous ont dit que le code des Anciens fût un livre de mu-

I. Partie.   N

fique. Quelle eft donc la vérité ca-
chée fous les fables qu'on nous débite ?

» Thalès Poëte lyrique, fous prétex-
» te de compofer des chanfons, fai-
» foit tout ce que les plus graves Lé-
» giflateurs auroient pû faire. Toutes
» fes pièces étoient autant de dif-
» cours qui portoient les hommes à
» l'obéïffance & à la concorde, par le
» moyen de certaines mefures fi har-
» monieufes, & où il y avoit tant de
» juftefle, de force & de douceur,
» qu'infenfiblement elles adoucif-
» foient les mœurs de ceux qui les en-
» tendoient, & les portoient à l'amour
» des chofes honnêtes, en les pur-
» geant des animofités & des haines
» qui régnoient entr'eux ; de forte
» qu'il prépara en quelque façon les
» voies à Lycurgue, pour l'inftruction
» & la correction des citoyens. (*a*)

La mufique étoit donc un vehicu-
le agréable dont Thalès fe fervoit
pour faire goûter fes difcours à un

(*a*) Plut. de Dacier, Vie de Lycurgue.

peuple groffier, & pour les leur faire plus aifément retenir. Car dans ces temps la mémoire des hommes étoit le dépôt de l'Hiftoire & des Loix.

La mufique fans paroles peut bien exprimer par fa vivacité ou fa lenteur, une efpèce de gaieté ou de trifteffe, mais quelque expreffive qu'on la fuppofe, on ne gouvernera jamais des Cités, on ne fera point des réglemens & des Loix avec les fons d'une flute, ou d'un violon.

Tout ce qui a été débité fur la puiffance de la mufique d'Orphée, n'eft qu'un tiffu d'imaginations poëtiques. Orphée, en langue Phénicienne, fignifie un homme favant en toutes fortes de fciences; (a) c'eft la fource de toutes ces fables. Celle d'Amphion eft du même genre: les pierres qui venoient fe placer d'elles-mêmes au fon de fa lyre, font les difcours par lefquels il civilifa les peuples barbares,

(a) Voyez *Voffius de Art. poët. nat. & conftit. cap.* 13. & le commencement du Livre des Argonautiques qui porte le nom d'Orphée, dont Platon fait mention au huitiéme Livre de fes Loix.

N ij

& les engagea à vivre enfemble dans des Villes. (*a*)

Solon monté fur la pierre des Hérauts, chanta cette fameufe Elégie qui fut nommée *la Salamine*, (*b*) compofée de cent vers parfaitement beaux, par laquelle il obtint la révocation de la Loi que les Athéniens avoient faite, portant défenfe, fous peine de la vie, de propofer le recouvrement de l'Ifle de Salamine. Croira-t'on que la mufique fans le poëme eût produit un tel effet ?

La mufique fut toujours confidérée par les Anciens comme un préfent des Dieux. Quelques Auteurs attribuent à Mercure l'invention de la Mufique & de la Grammaire. Ils ne féparent jamais ces fciences, & Plutarque affure que, dans les premiers temps, la marque & le fceau du langage qui avoit cours, étoit la poëfie, affociée à la mufique, en forte que

(*a*) Voyez Pline, l. 7. ch. 55. == Ovid. *Metam.* == *Natalis Comes*, liv. 8. ch. 15.
(*b*) Plut. de Dacier, Vie de Solon.

l'Hiftoire, la Philofophie, les affaires les plus importantes & les plus fé-rieufes, fe traitoient en vers qui fe chantoient, & tout le monde étoit accoutumé à cette manière de s'é-noncer.

Ainfi ce que l'Auteur appelle un paradoxe, n'en eft plus un ; tout de-vient fimple & facile à comprendre. Il ne falloit ni explications, ni con-jeÉtures, ni citations ; il ne falloit que copier les Anciens & les Moder-nes, le paradoxe s'évanouiffoit.

Les exercices des Grecs n'excitoient qu'un genre de paffions, la rudeffe, la colère, la cruauté : la mufique les excite T. I. pa 63. *toutes, & peut faire fentir à l'ame la douceur, la pitié, la tendreffe, le doux plaifir. Nos Auteurs de morale, qui parmi nous profcrivent fi fort les Théa-tres, nous font affez fentir le pouvoir que la mufique exerce fur nos ames.*

Mais la douceur & la pitié font des vertus; la tendreffe & le doux plai-fir ne font pas des crimes. L'Auteur dit lui-même que la *Mufique eft de*

N iij

tous les plaisirs des sens celui qui cor-
To. 1.　*rompt le moins l'ame.* On peut donc en
p. 63.　jouir, sans blesser les mœurs & l'innocence, & sans que la conscience
en soit allarmée.

Jamais la musique n'a pû être par
elle-même l'objet des déclamations
d'aucun Moraliste, quelque sévère
qu'on le suppose; sans quoi il faudroit
la bannir de nos cérémonies religieuses; & le Prophéte Roi ne seroit
pas excusable.

L'Auteur applique à la musique
des préceptes moraux qui ne doivent
être appliqués qu'aux paroles licen-
tieuses de quelques Poëtes. Il ne
s'est pas prêté à ce que les Anciens
entendoient par le mot de musique,
sous lequel ils renfermoient non-seulement la danse, le chant, la poë-
sie, mais encore toutes les Sciences
& tous les Arts.

Hermès définit la musique, la
connoissance de l'ordre de toutes
choses : de-là toutes ces musiques
sublimes dont nous parlent les Philo-

fophes, mufique divine, mufique
du monde, mufique célefte, mufique
humaine, mufique active, mufique
contemplative, mufique énonciati-
ve, odéale, &c. (*a*)

De-là cette autre divifion que nous
trouvons encore dans les anciens, (*b*)
en rythmique, métrique, organique,
poëtique, hipocratique & harmoni-
que; pour la danfe, la récitation, le
jeu des inftrumens, les vers, les ge-
ftes des pantomimes & le chant.

C'eft fous ces vaftes idées qu'il faut
entendre plufieurs paffages des Anciens fur la mufique, qui fans cela
feroient inintelligibles. En effet com-
prendroit-on ce que dit Platon dans
fa République ? (*c*) La mufique, dit
» ce Philofophe, fortifie la raifon par
» fes préceptes : c'eft l'effet naturel
» de cette fcience ; fi on y exerce les
» femmes, on formera leur efprit, &

(*a*) *Odeum*, Theâtre, Mufique théatrale. *Dict.*
Encyclop.
(*b*) Voyez le Traité de la Mufique par M. Per-
rault.
(*c*) Page 127. & 128. Trad. de la Piloniere.

N iiij

» on le rendra propre aux fonctions
» de la Magiſtrature.

Et dans un autre endroit, (*a*) Socrate parlant à Adimante : » Voilà ce
» que nous avions à dire ſur la muſi-
» que, qui dans notre langage ren-
» ferme, comme vous le ſçavez, la
» fable & le diſcours ſérieux : il nous
» reſteroit à donner des règles pour
» la mélodie.

C'eſt donc par cette eſpèce de
muſique conſidérée dans le ſens é-
tendu, qu'on peut exciter les divers
mouvemens de l'ame, parce qu'elle
eſt priſe alors pour la poëſie & pour
l'éloquence, dont la force, la beauté, le nombre & l'harmonie peuvent
& doivent produire ces effets mer-
veilleux.

Je crois, dit l'Auteur, *que je pour-*
rois expliquer ceci, c'eſt-à-dire, comment les Anciens donnoient des
Loix, & gouvernoient les Cités par
la muſique, & voici ſon explication :
Il faut ſe mettre dans l'eſprit que

(*a*) Rép. de Platon, pag. 80.

Tome I. p. 61.

dans les *Villes*, *fur-tout celles qui a-*
voient pour principal objet la guerre,
tous les travaux, *& toutes les profef-*
fions qui pouvoient conduire à gagner
de l'argent, *étoient regardés comme*
indignes d'un homme libre. « *La plûpart*
» *des Arts*, *dit Xénophon*, *corrompent*
» *le corps de ceux qui les exercent*, *ils*
» *obligent de s'affeoir à l'ombre*, *ou au-*
» *près du feu ; on n'a de tems ni pour fes*
» *amis*, *ni pour la République.* » *Ce ne*
fut que dans la corruption de quelques
Démocraties, que les artifans parvinrent
à être Citoyens. C'eft ce qu'Ariftote nous
apprend, *& il foutient qu'une bonne*
République ne leur donnera jamais le
droit de Cité. L'agriculture étoit une
profeffion fervile.

On remarque par la fuite de l'explication de l'Auteur, qui eft longue, que la manière dont les Républiques grecques pourvurent au
Gouvernement de leurs Peuples,
dut leur coûter beaucoup de peines,
de foins & d'embarras, & que peut-
être n'en feroient-elles jamais ve-

nues à bout, fi elles n'avoient ima-
giné que la *muſique,qui tient à l'eſprit
par les organes du corps, étoit très-propre
à cela.* Cet expédient qu'elles ne dû-
rent qu'*à un coup de génie*, (a) mit
tout en régle , & par ce moyen *l'a-
me eut une part dans l'éducation qu'elle n'y auroit point eue.* Ceci étant
une affaire rangée ; voyons ſi Xénophon & Ariſtote dont l'Auteur appuie ſa penſée , dans ce dernier paragraphe, ont réellement penſé comme lui.

Xénophon au même, endroit qu'il
cite, dit que l'Agriculture étoit une
profeſſion honorée , il la fait recom-
mander par Socrate , comme une
fonction digne d'occuper les Rois,
& il le prouve par l'exemple de Cy-
rus. (b) Xénophon ne penſoit donc
pas que les travaux de cette eſpèce
fuſſent *indignes d'un homme libre*,
& que les hommes qui s'y exerçoient ne fuſſent bons ni pour leurs

(a) Préf. de l'Eſprit des Loix.
(b) *Xenophon dict. memor.*

amis, ni pour la République.

L'Auteur dit encore qu'Ariftote foutient qu'une bonne République ne donnera jamais le droit de Citoyen aux Artifans ; mais il auroit fallu citer fes propres termes & entrer dans fon efprit.

Ariftote perfuadé, comme on le reconnoît dans tous fes écrits, que la véritable Démocratie, c'eft-à-dire, la Démocratie abfolument populaire, n'alloit point au bien commun, étoit porté pour l'Ariftocratie ; mais cette Ariftocratie n'étoit point de l'ordre de celles que nous connoiffons, dans lefquelles l'autorité eft entre les mains des feuls Nobles, ou d'un certain nombre des principales familles de l'Etat ; tous ceux qui avoient rang de Citoyen, avoient un droit égal à l'Ariftocratie d'Ariftote ; par-là le Corps repréfentatif de la Souveraineté étoit moins nombreux que dans la véritable Démocratie, & plus nombreux que dans la véritable Ariftocratie ; c'étoit, à proprement parler , un mêlange des deux Gouvernemens, une Arifto-Dé-mocratie , & c'eft ce qu'Ariftote appèlle les bonnes Républiques.

Or , pour répondre aux vûës de cette efpèce de Gouvernement, A-riftote avoit raifon d'exclure les Arti-fan . Ces hommes , dit-il , qui exer-cent un métier fordide , ne font pas propres pour la Magiftrature & pour gouverner une ville ; (*a*) c'eft pour-quoi , ajoute-t-il , les Artifans n'é-toient point admis à la Magiftrature, avant que la Démocratie fût deve-nue extrême ; (*b*) c'eft-à-dire , avant qu'elle fût devenue abfolument po-pulaire.

Ariftote veut qu'on refufe aux Ar-tifans le droit de Citoyens , parce que, dans la forme du Gouvernement qu'il adopte , tout membre faifant

_____

(*a*) *Non ad regendum civitatem idonéum.* Arift. Polit. l. 3. c. 4. & non pas 3.

(*b*) *Quo circà apud quofdam prifcis temporibus Magiftratuum non erant participes opifices , ante-quam Democratia extrema & deterrima extitiffet.* Arift. ut fuprà.

partie du Corps des Citoyens avoit droit aux Magiftratures & aux autres Emplois de l'Etat, qu'il étoit cenfé capable d'exercer. Or il ne convenoit pas de rendre éligibles des gens adonnés à une profeffion méchanique, vile & fordide, qui fuppofe toujours une éducation groffière, & un défaut des connoiffances & des qualités néceffaires au Gouvernement d'un Etat.

L'Auteur en refufant aux Artifans le droit de Citoyen, n'a en vûë que la baffeffe de la profeffion qu'ils exercent, ce qui n'eft d'aucune confidération dans la véritable Démocratie, laquelle embraffe la généralité, & par conféquent toutes les conditions & toutes les profeffions. Ariftote n'a confidéré que les Emplois & les Magiftratures, que les Artifans auroient été en droit d'exercer dans la Démocratie véritable, qu'il appelle *extrême*; application fort différente de celle de l'Efprit des Loix.

CHAPITRE V.

Que les Loix que le Législateur donne doivent être relatives au principe du Gouvernement.

L'Auteur dit que, comme les Loix de l'éducation doivent être relatives au principe du Gouvernement, celles que le Législateur donne à toute la société font de même ; que ce rapport des Loix avec le principe, tend tous les ressorts du Gouvernement; que ce principe en reçoit à son tour une nouvelle force ; que c'est ainsi que, dans les mouvemens physiques, l'action est toujours suivie d'une réaction : & il commence son examen par l'Etat Républicain, auquel, comme nous l'avons vû, il donne la vertu pour principe.

To. I.
p. 65. *La vertu dans une République est une chose très simple : c'est un sentiment, & non une suite de connoissances. Le dernier*

homme de l'Etat peut avoir ce sentiment,
comme le premier.

Nous l'avons déja dit, la vertu Républicaine est faite, à ce qu'il semble, comme la vertu Monarchique ; elle n'est ni plus simple, ni plus composée dans un Gouvernement que dans un autre. L'Auteur a défini cette vertu l'amour de la Patrie ; cet amour est par-tout un sentiment relatif à l'intérêt ou à la gloire que nous retirons des services rendus à la patrie; un sentiment relatif à la sûreté & à la tranquillité que nous y trouvons, ou espérons y trouver. C'est aussi un sentiment d'habitude : les Sauvages aiment leurs forêts ; les Lapons aiment leurs glaces & leurs tanières.

Si *le dernier homme de l'Etat peut avoir ce sentiment, comme le premier,* ils concoureront également à l'utilité commune, mais par des routes différentes, parce qu'ils seront différemment affectés. Ce dernier homme borné dans ses connoissances, sera plûtôt entraîné par l'exemple, & par la

confiance qu'il aura dans l'exemple,
que par son propre sentiment; l'autre
sera conduit par des combinaisons
politiques, par les vuës d'un génie
étendu, par de grands intérêts per-
sonnels; tous agiront par le même
motif & pour le même objet: il n'y
aura de différence que dans la manière dont ils l'envisageront, l'un en petit, l'autre en grand. Cette manière
de sentir & de voir est propre à tous
les Gouvernemens. Elle peut y faire
naître & entretenir l'amour de la patrie, tel & autant qu'il est nécessaire
pour la conservation de chaque Gouvernement.

Tom. I.
p. 65. *Quand le peuple a une fois de bonnes
maximes, il s'y tient plus long-tems que
ce qu'on appelle les honnêtes gens : il est
rare que la corruption commence par lui,
souvent il a tiré de la médiocrité de ses
lumières un attachement plus fort pour
ce qui est établi.*

On peut croire en effet qu'en matière de sistêmes religieux ou politiques, le peuple n'est guères capable
d'enfante

d'enfanter des nouveautés, & que la médiocrité de ſes connoiſſances ne lui permet pas d'appercevoir des objets éloignés ; borné dans ſes vuës, ébloui par les apparences, il admire les choſes médiocres ; & manque de goût, de diſcernement & de ſentiment pour les grandes, il demeurera plus conſtamment attaché à ce qu'il voit, que ce qu'on appelle les honnêtes gens ; mais cette impuiſſance de créer des nouveautés, ne l'en rend que plus amateur : il les embraſſe avec avidité, & les ſuit avec fureur, parce qu'il n'en ſent pas les conſéquences. L'homme inſtruit évite ordinairement les guides dangereux, il combat leurs erreurs, & s'il eſt aſſez malheureux pour les adopter, on lui trouve aſſez de reſſources dans l'eſprit pour le faire rentrer dans le droit chemin.

Si on ſe livroit au ſens que préſentent aſſez naturellement les paroles de l'Auteur, on trouveroit que ce que l'on appelle les honnêtes gens, ſont

I. Partie.   O

de très-malhonnêtes gens ; d'où on pourroit conclure, qu'il faudroit n'avoir ni esprit, ni connoissances pour avoir de bons sentimens. Si nous avions besoin de preuves pour détruire cette proposition, nous en faudroit-il d'autre que celui qui la met en avant ?

Tome
1.p.66. *L'amour de la République dans la Démocratie est celui de la Démocratie. L'Amour de la Démocratie est celui de l'égalité ; l'amour de la Démocratie est encore celui de la frugalité générale.*

C'est-là sans doute en quoi l'Auteur fait consister la vertu Démocratique ; & alors loin de la trouver *une chose très simple*, nous trouvons qu'elle doit être fort composée, & qu'il faut nécessairement une *suite de connoissances*, pour connoître tous ces amours qui vrai-semblablement n'inspirent pas des passions bien violentes.

Quelques particuliers peuvent approuver la frugalité, & s'en accom-

moder par régime ; (a) mais qu'elle
puiffe être aimée de tout un peuple,
c'eft ce qui n'arrivera probablement,
que quand on formera une République d'Anachorètes.

Les hommes nés libres, indépendans & avec un droit égal à tout ce
que la terre enferme, font naturellement égaux entre eux. C'eft ce que
les Jurifconfultes appellent *æquabi-
litas Juris* ; c'eft là leur droit naturel :
ce droit fubfifte jufqu'à ce qu'ils fe
foient foumis aux Loix politiques de
la fociété, & alors l'autorité fouveraine prend la place de l'égalité &
de l'indépendance. Quant à la pré-
tendue égalité des Républiques, c'eft
une véritable chimère ; tous les Jurifconfultes en conviennent : un Républicain très inftruit le confirme. (b)

(a) Louis Cornaro, rare & mémorable exemple d'une longue vie, & d'une grande fobriété, vê-
cut cent ans ; & fur la fin de fa vie il ne prenoit
qu'un jaune d'œuf par jour, encore étoit-ce à deux
reprifes. *Juftiniani & Bembo Hift: Venet.*

(b) Burlamaqui, Principes du Droit Naturel,

L'amour de l'égalité dans une Démo-
To. 1. *cratie, borne l'ambition au seul désir,*
P. 66. *au seul bonheur de rendre de plus grands*
services à sa patrie ; . . . . . . ainsi les
distinctions y naissent du principe de l'é-
galité, lors même qu'elle paroît ôtée par
des services heureux ou par des talens
supérieurs.

L'Auteur s'écarte prodigieusement
de sa définition de la vertu républicaine ; ce n'est plus cette *chose très-*
simple, & l'idée qu'il en donne ici
paroît si compliquée, qu'à peine la
conçoit-on : mais supposant qu'on la
conçoive parfaitement, reste à sçavoir
dans quelle République a existé, ou
existe cette vertu qui se borne à
l'ambition, au seul désir de rendre
de plus grands services à sa patrie
que les autres citoyens ? Si cette
ambition se trouve, ce sera une ambition très heureusement dirigée ;
mais si, pour former une bonne Démocratie, il faut nécessairement des
citoyens qui pensent de la sorte ; il y

à lieu de croire que nous ne la verrons que quand il plaira à Dieu de créer exprès ces citoyens : miracle qui en éxigeroit deux autres ; car il faudroit faire compatir l'égalité avec les diſtinctions dont parle l'Auteur, & leur donner le mérite d'entretenir l'égalité, que juſqu'à préſent elles ont détruite, & qu'on ne cherche que pour la détruire.

L'amour de la frugalité borne le déſir d'avoir, à l'attention que demande le néceſſaire pour ſa famille, & même le ſuperflu pour ſa patrie. Ibid.

Comment ſeroit-il poſſible qu'un citoyen Démocratique, quelque ſobre, frugal & tempérant qu'on le ſuppoſe, eût aſſez de force pour ſe borner, & pour borner ſa famille, au ſimple néceſſaire, pendant qu'il poſſéderoit & qu'il auroit ſous la main un grand ſuperflu pour ſa patrie ? Quel uſage la patrie feroit-elle de ce ſuperflu ? Le donneroit-elle aux autres citoyens ? ils n'en auroient pas beſoin. La frugalité n'auroit pas été preſcrite

O iij

à une feule famille ; elle feroit générale. Ce fuperflu ne feroit pas plus
néceffaire au corps de la patrie ; cette patrie doit être pour les particuliers un modèle de frugalité. D'ailleurs fi fon établiffement a été fage-
ment fait, elle doit avoir fes revenus, fes troupes, fes vaiffeaux ; fi le
fuperflu des citoyens étoit de cette
nature, il feroit à charge à la patrie,
& s'il ne confifte ni en cela, ni dans
ce que nous entendons ordinairement par le terme de fuperflu, quel
eft-il donc? La frugalité des Romains
n'étoit pas tant un retranchement &
une abftinence des chofes fuperfluës,
qu'un ufage groffier de ce qu'ils a-
voient. Dans celle dont on nous parle, on ne voit que privations, déf-
œuvrement, défaut d'émulation, fainéantife. Seroit-ce là le caractère de
la vertu républicaine?

T. 1. p.
67. *Le bon fens & le bonheur des particuliers
confifte beaucoup dans la médiocrité de
leurs talens & de leur fortune ; une République où les Loix auront formé beau-*

coup de gens médiocres ; composée de gens
sages, se gouvernera sagement ; composée
de gens heureux, elle sera heureuse.

Il y a du bon sens à s'accommoder
de la médiocrité de sa fortune; c'est un
bonheur d'être content de la médiocrité de ses talens ; mais le bon sens
ne consiste pas précisément dans ces
médiocrités : c'est dans le jugement,
la raison, la pénétration, la capacité, &
c'est un don très rare qui n'appartient
pas à toutes les têtes. On ne pense pas
qu'il y ait jamais eu de République,
dont les Loix ayent eu pour objet de
former des gens médiocres : si elle
est composée de gens sages, nul doute qu'elle sera gouvernée sagement ;
si elle est composée de gens médiocres, par la même conséquence elle
sera gouvernée médiocrement ; mais
les gens sages ne sont point des gens
médiocres.

*Si elle est composée de gens heureux,
elle sera heureuse.* Il pourroit y avoir
dans une République un grand nombre de particuliers qui jouiroient de

tout ce qui contribue à rendre la vie agréable ; & qui par-là seroient personnellement heureux., sans que cependant la République en fût plus heureusement gouvernée. C'est la sagesse & la prudence, qui en faisant prévoir & éviter les dangers, font la prospérité d'un Etat & un Gouvernement heureux. Si on attendoit cette prospérité de ce qu'on appelle le bonheur, ce seroit placer témérairement sa confiance dans les événemens de la fortune : les sociétés politiques se déterminent par des règles, elles agissent sur des principes.

Ce n'est point ce qu'on appelle bonheur, ce n'est point ce qu'on appelle hasard, ce n'est point même ce qu'on appelle esprit, qui fait les grandes choses ; c'est le jugement qui est la plus sublime de toutes les qualités intellectuelles : c'est lui qui gouverne les Etats, qui discipline les armées, qui excelle dans les négociations, qui réussit dans les arts & dans les sciences.

L'esprit sert à faire éclater le jugement, le jugement sert à conduire
l'esprit : l'esprit est assez commun ;
le jugement est fort rare : l'esprit imagine, invente, subtilise ; le jugement
compare, examine, pèse, considère
& se détermine par de bonnes raisons : le jugement sans l'esprit est
quelque chose ; l'esprit sans le jugement, est moins que rien & nous
en voyons journellement des preuves.

Il y avoit une Loi à Athènes dont je To. 1.
ne sçache pas que personne ait connu P. 70.
l'esprit ; il étoit permis d'épouser sa sœur
consanguine, & non pas sa sœur utéri-
ne. Cet usage tiroit son origine des Ré-
publiques, dont l'esprit étoit de ne pas
mettre sur la même tête deux portions
de fond de terre, & par conséquent deux
hérédités.

Nous croyons que l'Auteur a tout
l'esprit qu'il faut, pour connoître l'esprit qui échapperoit à beaucoup d'autres esprits ; mais nous avons peine à
croire qu'il ait mieux connu l'esprit
des Loix d'Athènes, que les Athé-

niens mêmes ; & il paroît que ceux
qui ont parlé du passage dont il s'a-
git ici, ne l'ont point entendu dans
le sens qu'il le présente.

Cornelius-Nepos parle de ces sortes
de mariages en deux endroits : dans sa
Préface, c'est l'autorité sur laquelle
l'Auteur s'appuie ; & dans la Vie de
Cimon, il ne la cite pas, mais nous
en ferons usage.

A l'égard de la Préface, on peut
dire que ce monument ne prouve
rien, parce qu'il prouve trop : car on
y lit qu'il étoit permis à Athènes d'é-
pouser sa sœur germaine, *germanam
sororem*, ce qui signifie sœur de père
& de mère; surquoi plusieurs Auteurs,
& en particulier Meursius, accusent
Cornelius-Nepos de méprise. L'Auteur de l'Esprit des Loix auroit pû faire la même chose, & abandonner cette autorité, d'autant plus volontiers
qu'elle ne répond pas à son objet.

Dans la Vie de Cimon, Cornelius-
Nepos détermine la Loi, ou la Coutume d'Athènes, à la sœur consangui-

ne, & il prétend que Cimon usa de cette liberté ; c'eft-à-dire, qu'il époufa légitimement fa foeur, fille fimplement de fon père. Si l'Auteur de l'Efprit des Loix a prétendu que ce trait hiftorique favorifoit ce qu'il avance, il auroit dû préalablement réfoudre les difficultés fuivantes.

L'ancien Orateur Andocyde, dans fa harangue contre Alcibiade, dit pofitivement : Cimon fut profcrit pour un tems, parce qu'il avoit agi contre les loix en époufant fa propre foeur. *Recordamini majorum veftrorum quàm frugi & boni viri effent, qui Cimonem per teftulam è civitate ad tempus exterminarunt, proptereà quòd contra leges commififfet ; in eo quod fororem fuam uxorem duxiffet.*

Athénée liv. 13. dit que Cimon ayant eu un commerce illégitime avec fa foeur Elpinice, fut envoyé en exil : *Cùm Cimon contra leges cum Elpinice rem habuiffet . . . . . & in exilium pulfus effet.*

Suidas, au mot Κίμων (Cimon) dit

que Cimon ayant abusé de sa sœur
Elpinice, il fut accusé devant ses
concitoyens, & envoyé en exil
pour un tems : *Cimon quòd cum sorore
Elpinice concubuisset, in crimen vocatus
est apud cives suos, atque idcircò ab
Atheniensibus per testulam in exilium
ad certum tempus missus est.*

Voilà des autorités très-fortes & très-
capables d'infirmer celles de Cornelius-Nepos. Cependant comme Phi-
lon dit la même chose que celui-ci,
quelques modernes, tels que Meursius & Petitus, expliquant les Loix
Attiques, ont reconnu la Loi qui
permettoit le mariage de sa sœur consanguine ; ils ont tâché de répondre
aux témoignages contraires d'Andocyde, d'Athénée, de Suidas. L'ont-
ils fait avec succès ? C'est ce que les
Sçavans doivent décider.

Il nous suffit à nous d'observer que
l'Auteur de l'Esprit des Loix devoit
solidement constater l'existence de la
Loi, qui permettoit d'épouser sa sœur
consanguine, avant d'en extraire l'es-

prit de la Loi des partages ; car cet esprit ne s'étant apparu qu'à lui seul, comme il le dit, il auroit dû craindre l'erreur de ses sens, trompeurs surtout dans les apparitions d'esprits.

En suivant toujours les moyens d'entretenir l'égalité entre les citoyens par le partage des biens, l'Auteur fait intervenir les usages de Lacédémone ; mais nous ne reconnoissons pas plus de certitude dans cette citation, que dans la précédente.

Je trouve dans Strabon, dit-il, *que quand à Lacédémone, une sœur épousoit son frere, elle avoit pour sa dot la moitié de la portion de son frere.* To. 1. P. 71.

Dans le liv. 10. de Strabon cité par l'Auteur, il est uniquement question des Cretois ; & Casaubon avertit, qu'il ne s'agit aucunement des Lacédémoniens. C'est la version Latine qui a trompé l'Auteur de l'Esprit des Loix.

Enfin un *autre moyen* que l'Auteur indique *pour favoriser le principe de la Démocratie*, c'est la subordination.

To. 1.
p. 78.

Rien ne donne plus de force aux Loix, que la subordination extrême des Citoyens aux Magistrats. » La grande » différence que Lycurgue a mise entre » Lacédémone & les autres Cités, dit » Xénophon, consiste en ce qu'il a sur- » tout fait que les Citoyens obéissent aux » Loix. Ils courent, lorsque le Magi- » strat les appelle : mais à Athènes, un » homme riche seroit au désespoir que » l'on crût qu'il dépendît du Magistrat. »

L'Auteur cite Xénophon, de la République de Lacédémone ; mais en cet endroit Xénophon ne dit pas un mot d'Athènes : il ne parle que des autres Villes en général, dans lesquelles, selon cet Ecrivain, ceux qui étoient les plus puissans, ne vouloient pas seulement qu'on les soupçonnât de craindre les Magistrats. (a)

Que Xénophon ait eu intention de comprendre la Ville d'Athènes dans le terme générique dont il se sert, à la bonne-heure ; mais l'exacti-

_____

(a) *In aliis urbibus qui potentiores sunt, ne videri quidem volunt metuere Magistratus.*

tude permet-elle de faire parler un Auteur autrement qu'il n'a parlé, de fixer des objets incertains, de réduire le général au particulier, & de rendre pofitif & abfolu ce qui n'eft que vague & indéterminé? Quel étoit l'efprit de Xénophon? Il racontoit comment Lycurgue, avant d'établir fes Loix, avoit prévenu les Grands, & les avoit amenés à fa façon de penfer, par fes difcours; que par-là il avoit détruit la mauvaife honte, l'amour-propre & la jaloufie, & que les principaux couroient à la voix du Magiftrat par l'effet de leur convention avec le Légiflateur, à laquelle la perfuafion les avoit amenés : mais cette grande différence que Lycurgue avoit mife entre Lacédémone & les autres Cités, c'eft-à-dire, cet empreffement avec lequel les citoyens couroient, lorfque le Magiftrat les appelloit, a-t-il empêché les Lacédémoniens d'être vaincus? A-t-il empêché la deftruction de leur Empire par les Thébains, compris par Xénophon au nombre de ces hommes *qui auroient été au désespoir si l'on eût cru qu'ils dépendoient du Magistrat ?*

Au reste, la subordination des citoyens aux Magistrats est nécessaire dans tous les Gouvernemens, & la maxime de l'Auteur à cet égard n'est pas plus applicable à la Démocratie, qu'aux autres Gouvernemens.

To. I. p. 83.   *Il est sur-tout essentiel dans l'Aristocratie que les Nobles ne levent pas les Tributs ; le premier ordre de l'Etat ne s'en mêloit point à Rome. Dans une Aristocratie où les Nobles leveroient les Tributs, tous les particuliers seroient à la merci des gens d'affaires ; il n'y auroit point de Tribunal qui les corrigeât.*

Il faut que cela ne soit pas aussi essentiel que l'Auteur le dit ; car à Gènes les Gouverneurs des petites Provinces de l'Etat, tous pris dans le corps des Nobles, sont chargés de la levée des deniers publics. Ils sont même obligés d'en faire l'avance à leurs risques, avant d'entrer en charge, sauf à eux à se faire payer par les redevables

redevables de la manière qu'ils jugent la plus convenable. Cet ufage eft extrêmement ancien, & jamais l'on n'a dit, qu'à Gènes les particuliers fuffent à la merci des Gens d'affaires.

Ces Gouverneurs ou Nobles font foumis à la fouveraineté de l'Etat, c'eft-à-dire au corps des Nobles, ou plutôt aux Tribunaux établis par le corps des Nobles, pour connoître de ces matières; & s'ils faifoient quelques exactions ou véxations, ils feroient punis avec la même févérité, & peut-être avec plus de févérité, que ne le pourroient être en pareil cas, les gens du peuple. Il y a donc un Tribunal fupérieur qui corrige les Nobles dans l'Ariftocratie.

L'Auteur en difant qu'il n'y auroit point de Tribunal fupérieur pour les corriger, fuppofe fans doute que c'eft parce que, réuniffant en leur perfonne une partie de la fouveraineté, leur pouvoir feroit fi exorbitant, que qui que ce foit n'oferoit les attaquer; mais fi on n'ofoit les attaquer pour

I. Partie.   P

l'exaction ou le péculat, par la même raison on n'oferoit les attaquer
pour tous les autres crimes & excès
auxquels ils pourroient s'abandonner.
Comment l'Auteur n'a-t-il pas fenti
les conféquences de fa propofition?
comment a-t-il oublié que *le peuple*
*dans la Démocratie étant,*comme il le
dit, *Monarque à certains égards & Su-*
jet à certains autres, les Nobles font
auffi Souverains à certains égards, &
Sujets à certains autres; que dans la
première qualité ils font des Loix,
que dans la feconde ils font foumis
aux Loix, & que fi dans l'Ariftocratie *les Nobles ne peuvent être corrigés*
*par un Tribunal fupérieur,*parce qu'ils
font Monarques à certains égards,le
peuple dans la Démocratie ne recon-
noîtroit point de Tribunal fupérieur,
parce qu'il eft Monarque à certains
égards; en forte que par la même
raifon il feroit auffi effentiel que le
peuple ne levât pas les Tributs dans la
Démocratie, que l'Auteur dit qu'il
eft effentiel que les Nobles ne les le-

To. 1.
p. 13.

vent pas dans l'Aristocratie : en ce cas, qui est-ce qui les leveroit dans la Démocratie, puisque tout y est peuple?

Le premier ordre ne s'en mêloit point à Rome.

Quel étoit ce premier ordre à Rome ? C'étoit les Patriciens, les Sénateurs, les grands Magistrats, sans cesse occupés des grands intérêts de la République, de veiller à sa sureté, de rendre la Justice aux peuples, & dont tout le tems étoit rempli par les plus importantes occupations. D'ailleurs la République Romaine n'étoit point une Aristocratie ; le pouvoir législatif résidoit dans le corps du peuple, & c'est ce qui constituë la Démocratie ; ainsi à tous égards ce paragraphe est fort éloigné de l'exactitude requise.

Dans l'Aristocratie, il faut que les To. 1. *Loix défendent le commerce aux Nobles.* P. 84. *Des Marchands si accrédités feroient toutes sortes de monopoles ... Les Loix de Venise défendent aux Nobles le com-*

P ij

merce, *qui pourroit leur donner même in-*
nocemment des richeſſes exorbitantes.

Il eſt vrai que les Nobles Veni-
tiens ne s'appliquent plus au commerce, comme ils faiſoient autrefois;
mais ce n'eſt pas que cela ſoit oppoſé
à la forme de leur Gouvernement, ni
dans la crainte *qu'ils faſſent des mono-*
poles , & que le commerce leur donne in-
nocemment des richeſſes exorbitantes.
Dans tous les tems, Veniſe a été une
République de Marchands , telle que
l'eſt aujourd'hui la Hollande ; elle
n'a jamais été plus puiſſante , que
quand ſon commerce étoit le plus floriſſant;& ce n'eſt que de nos jours que
les Nobles ont renoncé au trafic.

Garzoni , Hiſtorien de Veniſe &
Noble Venitien,en convient lui-même & nous apprend que » depuis la
» célèbre navigation du Cap de Bon-
» ne-Eſpérance , Veniſe s'étant vû
» enlever une grande partie de ſon
» commerce par les étrangers , les
» Nobles s'appliquèrent à faire valoir
» leur argent par le produit plus ſûr,

» mais moins confidérable de la Ter-
» re ferme ; que la frugalité marchan-
» de fe convertit en luxe ; que la qua-
» lité de Bourgeois de Venife, fut
» moins recherchée, & que le nom-
» bre de fes habitans diminua confi-
» dérablement. (a)

Paruta, autre Noble Venitien, qui
a écrit l'hiftoire de fa République,
s'explique encore d'une manière plus
forte. » Les anciens fondateurs de
» notre Ville, dit cet Ecrivain, & les
» premiers inftituteurs de nos Loix,
» eurent un foin particulier que leurs
» concitoyens s'exerçaffent dans les
» voyages & le trafic de mer, & s'ef-
» forçaffent par leur induftrie & par
» leur travail d'augmenter leurs fa-
» cultés particulières & les richef-
» fes publiques .... Des jeunes gens
» de la première Nobleffe avoient
» coutume de naviguer, foit dans la
» vuë d'exercer le commerce, foit
» pour apprendre la navigation & les
» autres connoiffances maritimes ; il

(a) Garzoni Hift. di Venet. *l.* 8.

» arrivoit de-là qu'outre les richeffes,
» ils acquéroient encore une grande
» expérience de beaucoup de chofes;
» de manière que, lorfqu'au retour de
» leurs voyages, ils étoient employés
» dans les affaires du Gouvernement,
» ils exerçoient les charges en gens
» habiles & expérimentés. Il en ré-
» fultoit un autre bien, c'eft que la
» frugalité, la modeftie, la vertu &
» en général toutes les bonnes mœurs
» régnoient avec beaucoup plus d'em-
» pire dans une ville, où la jeuneffe
» s'exerçant à des occupations hon-
» nêtes, ne fe laiffoit point corrom-
» pre dans le luxe par de mauvaifes
» pratiques. (*a*)

Sagredo nous rapporte dans fon
Hiftoire de Venife (*b*) qu'il n'y a pas
deux cens ans qu'André Gritti, d'une
des premières maifons de Venife,
exerçoit le trafic à Conftantinople,
où il vivoit comme un fimple particulier : *Si tratteneva come privato in*

(*a*) Paruta, *lib.* 4. = (*b*) Sagredo, Hift. di
Venet. *p.* 322. *Edit. de Venife.* 1677.

quefta Citta. Ce qui ne l'empêcha
pas d'être Doge , & un Doge de
grande diftinction.

Que conclurons-nous donc de ce
que l'Auteur nous dit à ce fujet ? qu'il
a pris un événement produit par le
hazard , arrivé dans une feule République Ariftocratique , (*a*) pour une
Loi fondamentale de l'Ariftocratie ;
& un vice qui s'eft introduit dans
l'Etat de Venife , pour un acte de la
plus fine politique de Gouvernement.

Cependant pour appuyer fon fentiment il compare cette Loi de Venife à la Loi Claudia , qui , dit-il ,
fuivant Tite-Live , livre 21. défen-
doit aux Sénateurs d'avoir en mer un
vaiffeau , qui tînt plus de quarante
muids. Cela eft vrai ; mais il faudroit
citer exactement & dire , comme
Tite-Live , que par-là Flaminius ne
cherchoit qu'à venger fes anciennes
querelles avec le Sénat , que cette

(*a*) Tout le monde fçait que les Nobles Génois & Luquois font le Commerce.

P iiij

Loi fut regardée comme injufte, &
que ce fut contre la volonté de tout
ce Corps qu'elle fut portée. (*a*) A la
verité cette autorité ne favoriſeroit
plus ce que l'Auteur a eu intention
de prouver dans cet endroit, mais
auſſi elle ne ſeroit pas ſujette à critique.

To. 1
p. 85.
*A Rome, on pouvoit faire rendre à
tous les Magiſtrats raiſon de leur conduite excepté aux Cenſeurs.*

Voyez Tite-Live, liv. 49, dit l'Auteur dans une note: & comment le
pourroit-on voir, ce livre 49. puiſque de 140 dont l'hiſtoire de Tite-
Live eſt compoſée, il ne nous en eſt
parvenu que 35, c'eſt-à-dire trois Dé-
cades & demie, qui font la première,
la troiſième, la quatrième & la moitié
de la cinquième ?

Au reſte on peut, dans toute eſpèce

(*a*) *Inviſus etiam Senatui (Flaminius) ob
novam legem quam iniquè Q. Claudius Trib. ple-
bis adverſùs Senatum uno Patrum adjuvante C.
Flaminio tulerat , ne quis Senator quive Senatoris
pater fuiſſet , maritimam navim , quæ plus quàm
trecentarum amphorarum eſſet , haberet.*

de Gouvernement, faire une Loi qui oblige, comme à Rome, les Magiſtrats & tous autres Officiers publics à *rendre raiſon de leur conduite, excepté les Cenſeurs*; il n'y a rien en cela qui convienne plus particulièrement au Gouvernement républicain qu'au Gouvernement monarchique, & nous en avons la preuve dans ce qui s'eſt pratiqué en France.

Les différens Officiers publics étoient autrefois révocables à la volonté du Prince. Philippe le Bel après une réformation générale, en deſtitua une grande partie, & Charles Dauphin, Régent du Royaume, les deſtitua tous pendant la captivité du Roi Jean ſon Père ; mais les circonſtances l'ayant déterminé à caſſer & annuller ſon Ordonnance, il les rétablit dans leurs états, honneurs & droits, par l'Edit du 28 Mars 1359.

Cependant ces Officiers ſe voyant expoſés à l'incertitude & à l'inconſtance, exerçoient ſouvent leurs fonctions avec négligence, peut-être même avec infidélité ; ils quittoient le pays après leur révocation , & laiffoient derrière eux des plaintes dont leur retraite rendoit le remède difficile. Afin d'y pourvoir , Charles VI. ordonna par fon Edit de l'an 1388, qu'après leurs charges finies , ils feroient obligés de demeurer quarante jours fur les lieux pour répondre juridiquement aux griefs que le peuple voudroit propofer contre eux : ce qui fut pratiqué par la fuite , & a donné lieu , depuis l'établiffement de la vénalité,au droit qui fe leve maintenant fur tous les Offices , appellé difpenfe de quarante jours.

Il n'y a point de Souverain, quelle que foit la forme du Gouvernement de fon Empire, qui ne foit & ne doive être le Cenfeur de fon Etat, fans être lui-même foumis à la cenfure; mais comme il ne pourroit pas étendre l'exercice de cette cenfure fur toutes les parties qui l'exigent, il en commet le foin à ce que nous appellons le miniftère public. Que ce miniftère s'en acquitte bien ou mal, ce n'eft pas-là de quoi il s'agit, il fuffit que la Loi, ou l'équivalent de la Loi exifte dans tous les Etats, pour que l'on puiffe dire que la remarque de l'Auteur, par laquelle il attribue cette police privativement à la forme Républicaine, n'eft aucunement fondée.

Suivant l'Auteur, le principe de la Monarchie étant l'honneur, il eft fans difficulté que l'honneur doit être le principe des Loix de la Monarchie ; & c'eft, dit-il, relativement à cet honneur que *les Subftitutions font utiles dans la Monarchie, & ne conviennent pas dans les autres Gouvernemens.*

To. 1.
p. 87.

Les Républiques n'ont pas encore adopté ces maximes : on trouve les Subftitutions établies dans toutes celles qui fuivent le droit Romain, ou qui ont pris le droit Romain pour la bafe de leurs Loix. Les Subftitutions étoient connuës & autorifées dès-le tems de la République Romaine ; *la Trabellanique* (a) qui contient toutes

(a) Voyez Digefte. l. 28. c. 6.

les difpofitions de la Subftitution, n'eft autre chofe que la compilation des ufages qui fe pratiquoient à cet égard du tems de la République.

La liberté de fubftituer a été permife dans tous les tems ; elle eft la même, dit Domat, que celle d'inftituer des héritiers, & de faire des legs, & quiconque peut faire des héritiers ou des légataires, peut auffi fubftituer d'autres perfonnes pour recueillir les uns après les autres les biens qu'il aura affectés. (a)

L'objet des fubftitutions ou fidéicommis, eft de conferver les biens & les terres dans les familles. Dans plufieurs pays de l'Europe, elles fubfiftent tant que la ligne mafculine directe fubfifte, & fouvent la Loi admet la ligne féminine. En France elles ont eté réduites par différentes Ordonnances à un petit nombre de dégrés, & affujetties à beaucoup de formalités, pour en empêcher la multiplicité.

(a) Domat, Loix Civiles. Tom. 1. Tit. 3. Sect. 1 p. 511.

On ne les regarde donc pas dans la Monarchie comme néceſſaires & comme dépendantes du principe de ce Gouvernement,puiſqu'il cherche à les détruire, ou du moins à les diminuer.

L'honneur a encore établi la Loi du Retrait lignager dans la Monarchie, parce que, dit l'Auteur, *il rend aux familles Nobles les terres* To. 1. *que la prodigalité d'un parent avoit alié-* P. 87. *nées.*

Mais le Retrait lignager n'eſt pas moins connu dans les Républiques que dans les Monarchies : la Loi n'en eſt pas générale en France, elle n'a pas lieu dans toutes les Provinces; (a) dans ces provinces il y a des cantons exceptés. (b) Et la faculté du Retrait lignager eſt acquiſe aux Roturiers comme aux Nobles, ſans que les

(a) Les Coutumes de S. Dizier & de S. Omer, n'admettent pas le Retrait lignager. *Brodeau, ſur la Rubriq. du Tit. 7. de la Cout. de Paris.*

(b) La Ville, Châtel & Châtellenie d'Iſſoudun. Coutume de Berry, *par la Thomaſſière, Titre* 14. *Art.* 30. *p.* 501.

principes du Gouvernement en
foient choqués, comme l'Auteur le
prétend.

T. r.
p. 87. *On peut dans les Monarchies per-*
mettre de laiffer la plus grande partie
de fes biens à un feul de fes enfans ; cette
permiffion n'eft bonne que là.

Le Droit Romain permet de laiffer la plus grande partie de fon bien
à un feul de fes enfans. Les Romains
avoient puifé cette Loi chez les
Grecs. Le Droit Romain a été reçû,
& eft en ufage dans la plus grande
partie de l'Europe, Monarchies ou
Républiques. Comment peut-on
donc dire que cette permiffion ne
foit bonne que dans la Monarchie ?

Le Droit Romain a jugé qu'il falloit laiffer à chacun la liberté entière
de régler fes difpofitions par fa propre volonté. (*a*) La Jurifprudence de
France, dans le Pays Coutumier, en
a jugé autrement ; elle a cru qu'il ne
falloit pas aller contre les règles de

(*a*) *Uti quifque legaffet fuæ rei, ita jus efto.*
Inftit. de lege falc.

l'équité naturelle, qui appelle les plus
proches parens aux succeffions. Les
Coutumes de France auroient donc
été contre le principe de la Monarchie, & les Provinces régies par le
Droit Civil, c'eft-à-dire, par le Droit
Romain, auroient donc agi confor-
mément à ce principe. Comment
concevoir que la même caufe pro-
duife des effets fi différens? & comment la partie qui s'eft écartée de la
route des principes, n'en a-t-elle pas
été ébranlée jufqu'aux fondemens?
C'eft que les principes font frivoles
& imaginaires.

Les Subftitutions, le Retrait lignager & la faculté de laiffer la plus
grande partie de fon bien à un de
fes enfans, voilà en quoi confiftent
toutes les Loix que le Légiflateur
doit donner relativement aux principes de la Monarchie; c'eft du moins
toutes celles qu'on trouve dans ce
Chapitre, qui a pour titre : *Comment*
les Loix font relatives à leur principe
dans la Monarchie ; d'où l'on doit con-

clure que la fcience légiflative de c
Gouvernement, n'exige pas des con
noiffances fort étenduës.

On voit, dans le Chapitre fuivant, qu
la promptitude de l'exécution dans l
Monarchie, lui donne un grand avan
tage fur le Gouvernement républi
cain; mais l'Auteur avertit que, comm
cette promptitude pourroit dégénére
en rapidité, il faut que les Loix
mettent une certaine lenteur ; &
cette occafion il remarque que l
Cardinal de Richelieu, dans fon Tef
tament politique, *veut que l'on évit*
dans le Gouvernement (monarchique
les épines des compagnies qui formen

To. 1.
p. 89.
des difficultés fur tout. D'où il tire cett
conféquence, que *quand cet homm*
n'auroit pas eu le défpotifme dans l
cœur, il l'auroit eu dans la tête.

C'eft aux Logiciens à voir fi cett
conféquence eft jufte, & aux Méta
phyficiens inftruits de la partie qu
l'ame habite, & familiarifés avec l
manière dont elle dirige fes opéra
tions, à nous faire connoître la dif
férence

férence qu'il y a entre avoir le despotisme dans le cœur, ou l'avoir dans
la tête. Pour nous, sans oser nous
élever aux sublimes régions de la
Métaphysique, & seulement bornés
à la considération des faits, nous sça-
vons que nous sommes tranquilles
maintenant, & qu'avant ce tems les
campagnes étoient remplies de troupes & de pillards ; qu'il y avoit une
multitude de châteaux fortifiés, d'où
l'on faisoit des courses sur les voisins,
& des irruptions sur les passans ; que
depuis l'avénement d'Henri II. à la
Couronne, jusqu'au dernier Décem-
bre 1580. il en couta la vie à plus de
sept cens mille personnes, qu'il y eut
neuf villes, deux cens cinquante-deux
villages, & cent vingt-huit mille deux
cens cinquante-six maisons brûlées.
(a) Faudroit-il regretter ces tems de
trouble, d'horreur & de confusion ?

» Les Loix seules doivent régner ;
» le bien public doit être la régle im-
» muable de ces Loix ; les Princes

(a) Voyez Froumenteau.

I. Partie.   Q

» renverfent le deffein de tout Gou-
» vernement quand ils agiffent con-
» tre le bien public ; mais aucun peu-
» ple, au moins que je fçache, dit le
» célèbre Grotius, n'a encore imagi-
» né qu'il fût permis à chaque parti-
» culier d'expliquer les Loix à fa
» mode, de juger du bien public, de
» fixer les bornes de l'autorité fou-
» veraine. Les meilleurs & les plus
» fages deffeins, ajoute-t-il, ont fou-
» vent une iffuë malheureufe. Le fuc-
» cès couronne quelquefois des entre-
» prifes injuftes ou téméraires. Pré-
» tendra t-on borner le pouvoir fou-
» verain fur les apparences & les é-
» vénemens ?

Le Sénat de Rome inftruit & tou-
ché des défordres qui régnoient dans
l'adminiftration, s'affembla, agita la
matière, recueillit les voix & conclut, (a) quoique plus autorifé que
nous ne le fommes, à en laiffer le
réglement au jugement de Vefpafien.

(a) Tacit. Hift. Rom. l. 4.

L'Auteur a deftiné les chapitres 11. & 12. de ce même cinquiéme Livre à développer *l'excellence du Gouvernement Monarchique* ; c'eft le titre de ces deux chapitres. Dans le premier on trouve que cette excellence confifte à valoir mieux que le Gouvernement defpotique ; c'eft à quoi elle fe borne.

To. 1. p. 89. & 92.

Dans le Gouvernement defpotique le Peuple mené par lui-même, porte toujours les chofes auffi loin qu'elles peuvent aller ; dans le Gouvernement Monarchique, *les Puiffances intermédiaires* (a) *ne veulent pas que le peuple prenne trop le deffus....* Auffi toutes nos Hiftoires *font-elles pleines de guerres civiles fans révolutions, pendant que celles des Etats defpotiques font pleines de révolutions fans guerres civiles.*

To. 1. p. 90. & 91.

Ne croiroit-on pas, d'après cet expofé, que les principales fonctions des Puiffances intermédiaires dans la

(a) Les Puiffances intermédiaires font, felon l'Auteur, *Tome* 1. *pag.* 26. les Corps politiques qui annoncent les Loix quand elles font faites, & les rappellent quand on les oublie.

Q ij

Monarchie, feroient de conduire les guerres civiles avec tant de fageffe, de prudence & de défintéreffement, que les deux partis ne puffent acquérir trop de fupériorité l'un fur l'autre, & fe maintinffent par-là dans un jufte & durable équilibre ?

To. 1.
P. 91.

Ceux qui ont écrit les guerres civiles de quelques Etats, ceux mêmes qui les ont fomentées, prouvent affez combien l'autorité que les Princes laiffent à certains Ordres pour leur fervice, leur doit être peu fufpecte, puifque dans leur égarement même, ils ne foupiroient qu'après les loix & leur devoir, & retardoient la fougue & l'impétuofité des factieux plus qu'ils ne pouvoient la fervir.

Mais ces certains Ordres n'avoient-ils rien de mieux à faire, que de fomenter les guerres civiles, de s'égarer & de foûpirer après les loix & leur devoir ? Les uns féduits par des apparences trompeufes, fe crurent dans le chemin de la vérité ; les autres fans réfléchir, fe laifsèrent entraîner par le torrent des factions ;

mais aucuns de ceux qui fe trouvèrent dans ces circonftances malheu-
reufes, n'imaginèrent de convertir
leur égarement en éloge, leurs fautes en preuves de fervice, & leur dé-
fertion en témoignages d'attachement. Ils n'avoient pas affez d'efprit
pour cela. Ils avouèrent bonnement
leurs torts ; leur repentir & la bonté
du Souverain firent le refte.

En confidérant dans l'efprit de
l'Auteur tout ce qui fe paffa de la part
des Puiffances intermédiaires dans
ces tems de calamité, toutes leurs
actions font grandes, nobles, géné-
reufes, utiles à l'Etat; mais on a peine à concevoir comment, dans la Monarchie, où il nous a dit qu'il n'y avoit
ni vertu, ni vraie gloire, ni amour de T. 1. p.
la Patrie; il a pû fe trouver des hom- 36.
mes capables de la magnanimité des
fentimens que l'on trouve dans ceux-
ci. Auffi, par un jufte retour fur lui-
même, s'eft-il cru obligé de rendre
aux fujets de la Monarchie cette vertu
& cette grandeur dont il les avoit privés. Q iij

To. I.
p. 92.
Qu'on n'aille point chercher de la magnanimité dans les Etats despotiques : le Prince n'y donneroit point une grandeur qu'il n'a point lui-même. Chez lui il n'y a point de gloire.

C'est dans les Monarchies que l'on verra autour du Prince les sujets recevoir ses rayons ; C'est-là, que chacun tenant, pour ainsi dire, un plus grand espace, peut exercer ces vertus qui donnent à l'ame, non pas de l'indépendance, mais de la grandeur.

Voilà donc la Monarchie rétablie dans tous ses droits ; on lui accorde ces vertus qui la mettent presque de niveau avec le Gouvernement républicain ; ces vertus qui donnent à l'ame des citoyens une force démocratique, qui leur inspirent ces sentimens nobles & généreux qui n'appartiennent qu'à l'Etat populaire. To. I.
p. 36. *Le tableau de ces vertus héroïques que nous trouvons dans les Anciens, & dont on dit que nous avons seulement entendu parler*, ne sera donc plus pour nous un sujet de reproche & d'humiliation. Il nous sera per-

mis d'être gens de bien ; peut-être
même nous fera-t-il permis d'en avoir To. 1.
p. 39.
l'intention ; ce chapitre devient une
espéce de Traité de paix sur ces différens points , entre l'Auteur & ceux
qui n'approuvoient pas la dégradation de la Monarchie.

Quand les sauvages de la Louïsiane To. 1.
p. 92.
veulent avoir du fruit , ils coupent l'ar-
bre au pied ; voilà le Gouvernement
despotique.

C'est-là toute la comparaison , &
même tout le chapitre. *Il est court ce*
chapitre , dira-t-on : cela est vrai ;
mais c'est un chapitre de l'Auteur ,
qui émule de Tacite , *abrége tout* ,
parcequ'il voit tout. (a)

Cependant si on examine bien ce
chapitre ou cette comparaison , on y
trouvera que ce n'est pas sans raison
que l'Auteur, en enseignant aux Sou- To. 1.
p. 195.
verains les moyens très-efficaces
pour empêcher la destruction des
trois espéces de Gouvernemens que
la Providence a confiés à leurs soins,

(a) Tome 2. de l'Esprit des Loix , *pag.* 415.

donne au Gouvernement qu'il appelle defpotique une très - grande
étenduë de terrain.

Et en effet il eft indifpenfable que
tout Defpote abattant les têtes de fes
fujets pour en avoir la dépouille, comme les Sauvages abattent les arbres
de la Louïfiane pour en avoir le fruit,
il eft, dis-je, indifpenfable qu'il ait
la précaution de fe munir d'un vafte
pays, fans quoi il verroit bientôt la
fin de fes récoltes.

On reconnoîtra encore la néceffité fi juftement recommandée par
l'Auteur de *lire fon Livre en entier ,*
pour découvrir les vérités qu'il expofe,
qui ne fe font bien fentir , qu'après avoir
vû la chaîne qui les lie à d'autres. (a)

Par exemple , on n'auroit fenti
aucune des grandes vérités dont le
tiffu hiftorique & politique du Gouvernement defpotique eft formé, fi
on n'avoit pas été jufqu'à cette page
92. Mais fi-tôt qu'on a jetté lesyeux
fur la comparaifon qui y eft conte-

(a) Préface de l'Efprit des Loix.

nuë , les nuages fe diffipent & la chaîne des vérités, en fe développant, conduit tellement à l'évidence, que l'on fe croit au milieu de ces vaftes Empires , vuides de loix, d'honneur & de vertu , remplis de fang, de carnage & d'horreur.

Par tout ce que l'Auteur nous a dit fur les Gouvernemens defpotiques, il eft facile de convenir avec lui qu'ils *font un des malheurs de la nature humaine* ; mais c'eft un grand bonheur qu'il n'y en ait pas davantage , vû l'extrême facilité d'établir & de conduire ces Empires.

Un Gouvernement Defpotique faute, pour ainfi dire, aux yeux ; il eft uniforme par-tout ; comme il ne faut que des paffions, tout le monde eft bon pour cela. To. 1. P. 100.

" Sçavez vous bien , M. Guillaume, *dit Patelin*, que vous auriez gouverné un Etat ? Comme un autre , " répond M. Guillaume. (*a*) " C'eft fans doute d'un Etat defpotique que

(*a*) Scène 5. du premier Acte de l'Avocat Patelin.

l'Avocat Patelin entendoit parler ; car la conduite en est si aisée que l'homme le plus imbécille, une *botte* même est capable de cette conduite. En voici la preuve.

To. 1.
P. 94.

Charles XII. étant à Bender, trouvant quelque résistance dans le Sénat de Suède, écrivit qu'il leur envoyeroit une de ses bottes pour les commander : cette botte auroit gouverné comme un Roi Despotique.

L'Auteur a sans doute pris ce trait dans la vie de Charles XII. par M. de V...... car nous ne le trouvons point ailleurs, mais il ne le rapporte pas exactement.

Selon M. de V...... le Sénat
» de Suède, sous prétexte des bruits
» de la mort du Roi, supplia la Prin-
» cesse Ulrick Eleonore sa sœur, de se
» charger de la Régence, qu'elle ac-
» cepta ; mais quand elle vit que le Sé-
» nat vouloit l'obliger à faire la paix a-
» vec le Czar & le Roi de Danne-
» marck qui attaquoient la Suède, cet-
» te Princesse jugeant bien que son
» frère ne ratifieroit jamais la paix, se

» démit de la Régence, & envoya le
» détail de cette affaire en Turquie. »
Ce fut à Démotica que M. de V....
dit que » le Roi reçut le paquet , &
» qu'il écrivit au Sénat de Suède ,
» que , s'il prétendoit gouverner, il
» lui envoyeroit une de ses bottes ,
» & que ce seroit d'elle dont il fau-
» droit qu'il reçût les ordres.

On voit par-là que le Roi n'étoit
point à Bender , comme le dit l'Auteur , mais à Démotica , où l'on sçait
qu'il demeura près d'un an.

On voit que de la part du Sénat, il
ne s'agissoit point de résistance aux
ordres du Roi , mais de deux entreprises très graves qu'il avoit fait contre son Souverain; l'une d'avoir établi
une Régence de sa propre autorité ,
l'autre d'avoir voulu contraindre la
Régente à faire la paix sans consulter
celui en qui seul résidoit ce droit : c'é-
toit usurper la souveraine puissance.

Enfin on voit que le Roi, irrité de
la conduite du Sénat , veut lui faire
entendre par l'aigreur de sa réponse ,

que nul autre que lui ne peut s'arro-
ger le droit de commander dans son
Royaume. C'est le sens dans lequel
cette réponse a été éntenduë par tous
les lecteurs de M. de V..... & par
M. de V.... lui-même. On en peut juger par ce qui la précède. » Le Roi,
» dit-il, regardoit ce corps comme
» une troupe de Domestiques, qui
» vouloient commander dans la mai-
» son en l'absence du maître. »

La narration de M. de V ..... satisfait la raison *& cette botte qui auroit*
gouverné comme un Roi despotique,
ne la satisfait pas.

Tom.1.
p. 94. *La conservation de l'Etat n'est que la*
conservation du Prince, ou plutôt du
Palais où il est enfermé.

Dans cette page il s'agit de la Suède du tems de Charles XII. Dans la
page suivante, il s'agit du Czar Pierre, & ce Palais où le Prince est renfermé doit les regarder tous deux : on
sçait en effet que ce furent des Souverains très renfermés dans leur palais.

Quant à l'enchaînement des évène-
mens, ils (les Princes Defpotiques) Ibid.
ne peuvent le fuivre, le prévoir, y pen-
fer même ; la politique, fes refforts &
fes loix y doivent être très bornées , & le
Gouvernement politique y eft auffi fimple
que le Gouvernement civil.

Pour appuyer ce paffage l'Auteur
cite encore Chardin. A la verité ce
voyageur (*a*) dit qu'il n'y a point en
Perfe de Confeil d'Etat établi & réglé, comme dans les Gouvernemens
d'Europe ; mais il ajoute que le Roi
agit felon la direction du premier Miniftre & des principaux Officiers de
l'État ; que quoiqu'il n'y ait point
de Confeil fixe & régulier , les
Grands ne laiffent pas de conférer des
affaires tous les matins à la porte du
Serrail , dans un appartement qui y
eft expreffément deftiné. Cette forme ne reffemble pas à la nôtre , on
ne lui donne pas le nom que nous
lui donnons ; mais le fonds n'a-t-'il
pas le même objet ? Et comment

(*a*) Chardin , p. 25. Tom. 6.

imaginer que les choses puffent être autrement & aller toutes feules ?

A l'égard de l'enchaînement des événemens que les Princes appellés Defpotiques ne peuvent ni fuivre ni prévoir , & auquel même on prétend qu'ils ne peuvent penfer , nous avons la Mofcovie fous nos yeux. Nous fommes en état d'en juger par nous-mêmes , & pour ce qui regarde l'Orient, l'Auteur s'eft encore difpenfé de fuivre ici la route que fon guide le Chevalier Chardin lui a tracée.

La République de Venife ayant de grands ménagemens à garder avec la Porte, elle a beaucoup d'attention à n'y envoyer pour Ambaffadeurs que des gens confommés dans la Politique , & qui n'ignorent rien de toutes les rufes & les adreffes des plus habiles Miniftres. M. Querini réüniffant fupérieurement toutes ces qualités , fut nommé par la République à l'Ambaffade de Conftantinople en 1671 & voici ce qu'en dit le Chevalier Chardin.

» J'ai ouï dire à M. Querini, en des
» viſites que j'ai eu l'honneur de lui
» faire, que la politique des Turcs
» paſſoit de beaucoup celle des Euro-
» péens ...... Il avouoit de bonne
» foi que la conduite du Viſir étoit
» un abîme pour lui, qu'il n'en pou-
» voit ſonder le jugement, la pré-
» voyance, la pénétration, le ſe-
» cret, l'artifice & tous les détours : il
» aſſuroit que s'il avoit un fils, il ne
» lui donneroit point d'autre école
» de Politique que la Cour Ottoma-
» ne. (a) »

Reconnoit-on à ce diſcours la ſou-
veraine incapacité dont l'Auteur taxe
les Princes d'Orient ?

Un pareil Etat (Deſpotique) *ſera*   Tome
dans la meilleure ſituation, lorſqu'il   I. p. 95.
pourra ſe regarder comme ſeul dans le
monde, qu'il ſera environné de déſerts,
& ſéparé des peuples qu'il appellera Bar-
bares. Ne pouvant compter ſur la mili-
ce, il ſera bon qu'il détruiſe une partie
de lui-même.

(a) Chardin, T. 1. p. 75. de ſes Voyages.

Rien de plus certain que , lorſqu'un Souverain quelconque pourra ſe regarder comme ſeul dans le monde, environné de déſerts, il ſera dans la meilleure ſituation du côté de la crainte de ſes voiſins , puiſqu'il n'y en aura aucuns pour lui faire peur ; mais s'il n'a pas pris la même précaution du côté de la mer , & qu'il ſe trouve de ces Nations qui *ſe ſentant capables d'inſulter par-tout* , *croyent que leur pouvoir n'a pas plus de bornes que l'Océan* , (a) cette ſituation ceſſera de le mettre à couvert , & il n'y a dans le monde aucune Deſpotie qui ſoit à l'abri de ces inſultes.

Auſſi paroît-il que les Deſpotes n'ont pas toujours crû que la pratique de la loi des déſerts fût toujours un moyen ſûr contre les malveillans. La Loi des déſerts dira-t-on ? Sans doute. Tout ne doit-il pas être Loi dans l'Eſprit des Loix ? Celle-ci ſe trouve dans le Chap. qui a pour titre : *Comment les*

(a) Tom. 1. p. 515. L'Auteur parle de l'Angleterre.

Loix

Loix sont relatives aux principes du To. 1.
p. 93.
Gouvernement despotique, la dévastation circulaire que les Despotes doivent faire autour d'eux est donc une
loi de la Despotie ? L'Auteur prétend que c'est une loi de rigueur.
Nous prétendons le contraire, &
nous le prouvons.

Du tems du Despote Charles XII.
la Suède n'étoit pas plus environnée
de déserts qu'elle l'est aujourd'hui ;
& le Despote Pierre, loin de former
des déserts autour de lui, s'approchoit
du pays habité autant qu'il le pouvoit ;
il y faisoit même bâtir des Villes.

Peut-être que si ce Prince qui pos-
fédoit un grand Etat, avoit été plus
instruit dans les sciences, il auroit
moins craint *de ravager ses frontières*
pour rendre son Empire inaccessible ;
mais il n'avoit pas le bonheur de sça-
voir, *qu'il est reçu en Géométrie que, plus* To. 1.
p. 209.
les corps ont d'étenduë, plus leur circonfé-
rence est relativement petite, & par conféquent que la dévastation de ses frontières ne lui auroit causé, relative-

I. Partie.   R

ment, qu'un médiocre dommage.

En effet fi l'Empire de Ruffie a, comme on le dit, environ 1200 lieuës de diamétre, en dévaftant feulement une vingtaine de lieuës de la circonférence, *pour être dans la meilleure fituation*, il n'auroit perdu que 72000 lieuës quarrées, ce qui ne vaut pas la peine d'en parler, & n'eft pas comparable à la fatisfaction d'être inacceffible.

Mais l'Auteur ne confondroit-t-il point ce qu'il nous dit des Etats defpotiques avec ce qu'il a lû fur les Républiques de la Germanie ? car il eft certain qu'on ne trouve aucun monument qui nous apprenne que ces dévaftations circulaires ayent été ordonnées par les Loix du Defpotifme au lieu que nous trouvons dans Céfar que c'étoit l'ufage des Républiques de la Germanie : elles confidéroient dit-il, comme un titre de grandeur d'être bornées par des déferts & de terres inhabitées : plus cette folitude étoit vafte, plus elles fe croyoient redoutables aux autres Nations. (*a*)

On vient de lire à la fin de ce paragraphe, que le Defpote *ne pouvant compter fur la milice, il fera bon qu'il détruife une partie de lui-même.*

Nous n'avons jamais pû concevoir ce que cela fignifie ; peut-être que les Defpotes l'entendront mieux, & qu'ils profiteront du mot de l'énigme ; mais s'ils prennent cette phrafe dans le fens qui fe préfente naturellement, on peut répondre que l'avis de l'Auteur fera en pure perte, étant certain qu'aucun n'imaginera qu'il foit bon de détruire lui-même une partie de lui-même.

La force n'étant pas dans l'Etat, mais dans l'armée qui l'a fondé, il faudroit pour défendre l'Etat, conferver cette armée ; mais elle eft formidable au Prince : comment donc concilier la fureté de l'Etat avec la fureté de la perfonne ?

To. I.
p. 95.

La force eft toujours dans l'Etat quel

(*a*) *Civitatibus maxima laus erat quàm latiffimas circùm fe vaftatis finibus folitudines habere. &c.* Cefar de Bell. Gall.

R ij

qu'il foit , & elle ne peut pas être
ailleurs. L'armée fait la force de l'E-
tat, & l'Etat fait la force de l'Armée;
l'Armée n'a pas plus fondé les Etats
defpotiques, que les autres Etats. Plufieurs Empires & fociétés fe font for-
més avant que l'on connût les Armées ; il eft arrivé depuis une infinité
de révolutions où les Armées ont eu
part ; mais ça été indifféremment
pour toutes fortes de Gouvernemens.
La République Romaine s'établit &
fe maintint par la force des armes;
les Barbares la divifèrent en plufieurs
Dominations par la force des armes;
la République de Hollande s'eft formée & maintenuë par la force des armes, &c.

Si cette armée devient *formidable*
au Prince , il n'aura qu'à fe conduire
comme Schah-Abas le Grand : la
milice s'étoit renduë maîtreffe du
Royaume , les Chefs fe l'étoient par-
tagé entr'eux : il les détruifit fucceffivement par une nouvelle milice
qu'il leur oppofa. Cet événement eft

rapporté fort au long au commencement du sixième livre des voyages de
Chardin.

Ou bien il n'a qu'à se conformer à
la conduite de Pierre le Grand, dont
il paroît que l'Auteur n'a pas suivi
exactement les Mémoires, comme
nous allons bien-tôt le reconnoître.
Par ces moyens ou d'autres que les
circonstances suggéreront aux Princes, ils sçauront *concilier la sureté de
l'Etat avec la sureté de leurs personnes.*
Mais ne diroit-on pas que dans ces
Etats despotiques, les Princes sont
sans cesse exposés à se voir plonger le
poignard dans le sein par leur milice?
Si on comparoît les histoires de nos
Monarchies, de nos Républiques même, avec celles des Gouvernemens
despotiques, on ne trouveroit peut-
être pas moins d'entreprises & d'exécutions violentes dans les premiers
de ces Gouvernemens, que dans les
derniers.

*Voyez, je vous prie, avec quelle indus-
trie le Gouvernement Moscovite cherche* To. 1.
P. 95.

R iij

à sortir du Despotisme, qui lui est plus pesant qu'aux peuples mêmes : on a cassé les grands Corps de Troupes ; on a diminué la peine des crimes ; on a établi des Tribunaux ; on a commencé à connoître les loix ; on a instruit les peuples.

Il est bien vrai que les Strelitz qui étoient une milice d'environ trente à quarante mille hommes, très entreprenante & très insolente, ayant trempé dans une conspiration qui se forma contre le Czar, pendant qu'il étoit allé voyager en Allemagne, il les cassa, & en fit mourir une grande partie par différens supplices ; mais sitôt qu'il eût exterminé ce corps redoutable à la souveraine puissance, il en forma un autre infiniment plus nombreux, qui monte à plus de deux cens mille hommes, qui subsiste encore aujourd'hui, qui fait la force & & la puissance de cet Empire, & sur lequel ce Prince & ses successeurs se sont rendus aussi absolus que les Strelitz prétendoient l'être sur eux ; en sorte qu'il faudroit dire que le Czar

fortit perfonnellement du Defpotifme en caffant des corps mal difcipli-
nés, & qu'il augmenta l'efclavage
de fes fujets par l'établiffement d'autres corps plus nombreux, & plus foumis à fes ordres.

Les peines des crimes n'ont point
été diminuées; elles font telles qu'elles étoient & jamais il n'a été fait de
fi cruelles exécutions que fous le règne du Czar Pierre, qui eft le tems
dont parle l'Auteur. Il envoya au fupplice, avec les Strelitz, plus de deux
cens autres perfonnes des principaux
de l'Empire. Il fit mourir fon fils &
une infinité de complices. Et c'eft
toujours une maxime reçûë en Ruffie, que le crime d'un feul envelo-
pe dans les mêmes malheurs tous les
parens & alliés. Il eft vrai que le même Czar Pierre établit des Tribunaux,
qu'il fit de nouvelles Loix, qu'il appella dans fon Empire les fciences &
les arts, qu'il chercha à rendre fes fujets des hommes, & qu'il y réüffit;
mais fa puiffance en fut elle plus li-

R iiij

mitée ? celle de ſes ſucceſſeurs en eſt-elle moins abſoluë ?

T. 1. p. 26.

Mais il y a des cauſes particulieres qui raméneront peut-être le Gouvernement Moſcovite au malheur qu'il voudroit fuir.

Comme cela ne s'entend pas , nous ſommes obligés de faire pluſieurs queſtions.

Qu'eſt-ce que le Gouvernement Moſcovite ? Ce ne peut-être que le Deſpote lui-même , puiſque ſelon l'Auteur , *on ne reconnoît dans ce*

T. 1. p. 105.

Gouvernement d'autre pouvoir & d'autre loi que ſa volonté momentanée , & qu'il eſt néceſſaire que les Magiſtrats qui veulent pour lui , veuillent ſubitement comme lui.

Qu'eſt-ce que *le malheur qu'il voudroit fuir ?* On ne peut pas dire que ce Gouvernement , tel que l'Auteur vient de le dépeindre , regarde le Deſpotiſme comme un malheur , & encore moins qu'il cherche à le fuir; ce ſeroit chercher à ſe fuir ſoi-même.

Qu'eſt-ce *que les cauſes particulières*

SUR L'ESPRIT DES LOIX. 265
qui le raméneront peut-être à ce malheur
qu'il voudroit fuïr ? Nous venons de
voir qu'elles ne peuvent se trouver ni
dans le Monarque, ni dans les Magistrats : ce sera donc dans le peuple ;
mais en suivant toujours l'Auteur, ce
peuple n'a que *l'instinct, l'obéiffance*
& le châtiment ; *& à l'exemple des bê-*
tes, le Despote ne doit fraper son cerveau
que de deux ou trois mouvemens, & pas
davantage : ce ne font pas là des dispositions propres à former des projets
de cette importance, à les mûrir,
à les préparer, à les exécuter. Con-
cluons donc que tout ceci est inintelligible.

 Par la Loi de Bantam le Roi prend   T. 1.p.
toute la fucceffion ; même la femme, les   97.
enfans & la maison. On est obligé pour
éluder la plus cruelle difpofition de cette
Loi, de marier les enfans à huit, neuf
ou dix ans, & quelquefois plus jeunes,
afin qu'ils ne fe trouvent pas faire une
malheureufe partie de la fucceffion du pè-
re. Et en note : *La Loi du Pégu est*
moins cruelle : fi l'on a des enfans, le

Roi ne fuccéde qu'au deux tiers.

Il eſt manifeſte par cette note, que l'Auteur veut faire entendre qu'au Pégu, quand il y a des enfans, le Roi n'hérite que des deux tiers de ces enfans; car cette cruauté moindre au Pegu, qu'à Bantam, ne peut avoir d'application qu'à ces enfans: on n'accuſe pas de cruauté un Prince qui prend une maiſon, on l'accuſe d'injuſtice.

L'Auteur cite le Tom. 3. page 1. du Recueil des voyages qui ont ſervi à l'établiſſement de la Compagnie des Indes Hollandoiſe; nous trouvons ce trait Tom. 5. page 90. Edit. de Rouen 1725. Le voici.

» La ſucceſſion d'un homme qui » meurt ſans enfans eſt dévoluë au » Roi; mais s'il laiſſe des enfans, le » Roi n'en a que les deux tiers & les » enfans ont l'autre tiers. »

On entend par-là que, dans le premier & le ſecond cas prévû par cette Loi, il ne s'agit que du partage des effets de la ſucceſſion, & non du par-

tage des enfans ; & que par conféquent l'Auteur s'eft trompé en infi-
nuant que le Roi du Pégu prend les
deux tiers des enfans. Ainfi cette
cruelle difpofition, ces enfans qu'on
eft obligé de marier à huit ou neuf
ans, cette malheureufe partie de la
fucceffion du père; toutes ces belles
chofes s'évanouiffent, en reftituant à
la Loi fon véritable fens.

Artaxerxès fit mourir tous fes enfans T. 1. p.
pour avoir conjuré contre lui : il n'eft pas 99.
vrai-femblable que cinquante enfans con-
fpirent contre leur père, & encore moins
qu'ils confpirent parce qu'il n'a pas vou-
lu céder fa concubine à fon fils aîné.

Si cela n'eft pas vrai-femblable, il
eft certain que ce n'eft pas la faute
de l'Auteur ; car il a fait pour cela
tout ce qu'il a pû dans le difcours
qui précéde. L'ambition, dit-il, eft
irritée dans des Etats où les Princes
du Sang voyent que s'ils ne montent
pas fur le trône, ils feront enfermés,
ou mis à mort. Les Princes des Etats
defpotiques ont tant d'enfans, qu'ils

ne peuvent guères avoir d'affection pour eux. Ces raisons & plusieurs autres que l'Auteur rapporte, mais que nous passons sous silence pour abréger, devoient lui paroître suffisantes pour établir la vrai-semblance de cette exécution ; & cette vrai-semblance lui auroit paru encore plus forte s'il avoit bien compté tous les enfans d'Artaxerxès.

Artaxerxès, selon Justin, liv. 10. avoit cent quinze enfans ; mais trois seulement *ex justo matrimonio* ; sçavoir, Darius, Ariarathès, & Ochus. Darius associé à la Royauté, fit révolter contre Artaxerxès cinquante de ses freres, ou plutôt quarante-neuf. La conjuration découverte, Artaxerxès fit mourir ces cinquante rebelles, & après sa mort, Ochus son troisième fils légitime succéda au trône.

Il est donc démontré qu'Artaxerxès ne fit pas mourir tous ses enfans, puisqu'il en restoit encore soixante & cinq ; qu'Ochus l'un d'eux lui succéda ; & cet Ochus étoit si bien son fils, qu'ayant fait mourir tous ses proches après être monté sur le trône, Justin dit qu'il vouloit n'être pas plus innocent que ses frères, *ne innocentior fratribus parricidis haberetur.*

En supposant qu'Artaxerxès n'eut que cinquante enfans, on voit qu'il y en avoit trois légitimes, *ex justo matrimonio*, & les autres nés de concubines; distinction qu'il étoit à propos d'observer. On voit encore que Darius qui étoit véritablement l'aîné des trois enfans légitimes, pouvoit fort bien ne l'être pas de tous les autres; ce qui jette encore de la confusion dans la narration de l'Auteur, sur ce qu'il dit que la conspiration des cinquante enfans d'Artaxerxès étoit parce qu'il n'avoit pas voulu céder sa concubine à son fils aîné.

L'Auteur dit qu'il ne peut se résoudre à finir ce Livre, (*a*) sans faire encore quelques applications de ses

(*a*) C'est le cinquième du Tom. 1. de l'Esprit des Loix, p. 108.

trois principes ; & voici fur quoi portent ces applications.

To. 1.
p. 108. *C'eſt une queſtion de ſçavoir, ſi les Loix doivent forcer un Citoyen à accepter des emplois publics. Je dis qu'elles le doivent dans le Gouvernement républicain, & non pas dans le Gouvernement monarchique ; dans le premier, les Magiſtratures ſont des témoignages de vertu, des dépôts que la Patrie confie à un Citoyen qui ne doit vivre, agir & penſer que pour elle : il ne peut donc pas les refuſer. Dans le ſecond, les Magiſtratures ſont des témoignages d'honneur ; or telle eſt la bizarrerie de l'honneur, qu'il ſe plaît à n'en accepter aucun que quand il veut, & de la manière qu'il veut.*

Ce que l'Auteur donne ici comme une queſtion, n'en eſt une ni dans la thèſe générale, ni dans la thèſe particulière.

Dans la thèſe générale ; quelle que ſoit la forme d'un Gouvernement républicain, ou monarchique, tous les ſujets, en tant que ſoumis au Gouvernement & membres d'un

même Etat, font foumis à certains
devoirs & à certaines obligations, à
moins qu'ils n'ayent des priviléges attachés à la perfonne ou à la qualité ,
ou des excufes légitimes;& ces priviléges & ces excufes font amplement
détaillés dans les Loix Romaines. (*a*)

Soit que l'on confidère dans les emplois publics l'honneur & la dignité
qui peuvent s'y trouver,le travail & les
dépenfes qui peuvent y être attachés,
il eft jufte que les avantages ou les in-
commodités foient partagés entre les
Sujets,& qu'ils y foient appellés chacun à leur tour, felon leur capacité; &
fi ceux qui ont été nommés refufent
d'exercer la charge , ils peuvent y être
légitimement contraints par l'autorité
du Prince , ou par les voïes ordinaires de la juftice, de la même manière
que l'on pourroit contraindre un Tu-
teur d'accepter & de gérer la tutelle
à laquelle il auroit été nommé. (*b*)

(*a*) Vide *De muner. & honor. & de mun. patrim.
de decurion. de excufat. mun. de jure immun. &c.*
(*b*) *Si quis Magiftratus in municipio creatus,
munere injuncto fungi detrectet , per Præfides*

Dans la thèfe particulière le Citoyen d'une Monarchie n'eft pas
moins membre de l'Etat que le Citoyen républicain, & il doit être é-
galement foumis aux charges publiques : *un Citoyen républicain*, dit l'Auteur, *ne doit vivre, penfer & agir que
pour la République*. Le citoyen de la
Monarchie doit avoir les mêmes fentimens.

S'il en étoit autrement, cet honneur bizarre qui ne fait que ce qu'il
veut, & que comme il le veut ; cet
honneur fingulier que l'Auteur donne pour principe du Gouvernement
monarchique, ne feroit qu'un principe dangereux de mutinerie & de
fédition, qu'il faudroit s'efforcer de
détruire par les peines & les châtimens, fi les remontrances étoient inutiles ; fans quoi l'Etat périroit.

To. 1.   *Le feu Roi de Sardaigne* (Victor
p. 109.   Amédée) *puniffoit ceux qui refufoient*

munus agnofcere cogendus eft, remediis quibusTu-
tores quoque folent cogi ad munus quod injunctum
eft agnofcendum. Lib. 9. ff. de muner. & honor.

                                    les

les dignités & les emplois de son Etat :
il suivoit, sans le sçavoir, des idées républicaines : sa manière de gouverner
d'ailleurs prouve assez que ce n'étoit pas
là son intention.

Par les raisons que nous venons
d'exposer, le Roi de Sardaigne faisoit trés-bien de punir ceux qui refusoient les dignités & les emplois de
son Etat ; c'est en vertu de la puissance souveraine que la République
contraint ses citoyens à accepter les
charges ; c'est en vertu du même pouvoir que le Roi de Sardaigne vouloit
que ses sujets les acceptassent.

Magistrat suprême, il pouvoit & devoit remplir les emplois vacans de la
Magistrature, pour que la Justice fût
administrée, pour que l'ordre, la
régle & la police fussent maintenus
dans toutes les parties de son Etat. Monarque, il pouvoit & devoit punir
ceux qui refusoient les dignités & les
emplois auxquels l'exercice de la
Justice & de la Police étoient attachés : il connoissoit les droits & les

I. Partie.   S

devoirs de la souveraineté, il les remplissoit. S'il *suivoit sans le sçavoir des idées républicaines*, c'est une preuve de ce que nous avons dit, qu'à cet égard les règles de la République & les règles de la Monarchie sont les mêmes; & si *sa façon de gouverner prouve que d'ailleurs son intention n'étoit pas de gouverner à la façon républicaine*, c'est qu'il sçavoit qu'il gouvernoit une Monarchie, & non une République; ce qui feroit un éloge, quoiqu'il ne paroisse pas que ce soit l'intention de l'Auteur.

La division des Magistratures en civiles & militaires fut, dit-il, une suite de la constitution de Rome; & on lit dans une note qu'*Auguste ôta aux Sénateurs, Proconsuls & Gouverneurs le droit de porter les armes:* Note, à ce qu'il prétend, tirée du trente-troisième Livre de *Dion;* ce que nous trouvons assez difficile, puisque les trente-quatre premiers sont perdus. Si l'on veut que ce soit le cinquante-troisième, on répond:

T. 1. p.
111.

Que Dion ne comprend point les Sénateurs dans cette privation du droit de porter les armes. Il n'étoit permis, dit cet Ecrivain, ni au Proconsul, ni au Propréteur, ni au Préfet de porter le glaive ; par où on leur ôtoit le droit de punir de mort les soldats. (*a*) On voit que ce passage ne fait aucune mention des Sénateurs. Mais il y a plus.

Le même Dion reconnoît que les Sénateurs & les Chevaliers avoient le droit ou les ~~droits~~ de porter l'épée, & de punir de mort les soldats : *Nam & Senatoribus & Equitibus quibus alterum conceditur, alterum quoque adest* ; d'où il est évident qu'à cet égard l'Auteur n'a été exact, ni pour l'endroit de la citation, ni pour l'application qu'il en fait.

)*a*) *Neque enim Proconsuli, aut Proprætori, Præfectove licebat gladio se accingere, quò ipsa potestas necandi militis adimebatur.*

S ij

CHAPITRE VI.

Conféquences des différens Principes
des trois Gouvernemens par rapport aux Loix fomptuaires, au
luxe, & à la condition des
femmes.

Tom. 1.
p. 151.

LE luxe eft toujours en proportion
avec l'inégalité des fortunes : fi
dans un Etat les richeffes font également
partagées, il n'y aura point de luxe ; car
il n'eft fondé que fur les commodités qu'on
fe donne par le travail des autres. Pour
que les richeffes reftent également partagées, il faut que la Loi ne donne à chacun que le néceffaire phyfique : fi on a au-
de-là, les uns dépenferont, les autres
acquèreront, & l'inégalité s'établira.

Le luxe eft toujours en proportion
avec l'inégalité des perfonnes. Il s'en
manque beaucoup que cette propofition donnée comme générale foit
jufte, étant très poffible qu'une Ré-

publique ou un Royaume, soit infiniment plus riche qu'une autre République ou un autre Royaume, & que cependant il y ait beaucoup plus de luxe dans l'Etat moins riche, que dans l'Etat plus riche. Il suffit pour cela qu'il y ait dans le premier autant de richesses qu'il en faut pour nourrir le luxe, & que dans le second, il y ait des Loix qui empêchent le luxe. Et cette proposition n'est pas plus juste, prise dans le cas particulier; car un homme fort riche, mais fort raisonnable, fera moins de dépense de luxe, qu'un homme moins riche, mais fastueux & étourdi.

Si dans un Etat les richesses sont également partagées, il n'y aura point de luxe. Si, suivant la première proposition, le luxe est toujours en proportion avec l'inégalité des fortunes, l'égalité des fortunes doit produire une égalité de luxe, & non une privation de luxe. Si l'Auteur objecte que tous les Sujets étant également riches, aucun ne voudroit travailler les ma-

tières de luxe, on répondra qu'il eſt
impoſſible qu'un Etat policé puiſſe ſe
paſſer d'Artiſans, ſans quoi la nation
feroit inceſſamment détruite par la
faim, & par la rigueur des ſaiſons,
à moins qu'une Nation voiſine atti-
rée par le gain ne vînt à ſon ſecours;
& alors les voiſins fourniroient non-
ſeulement le néceſſaire, mais encore le ſuperflu; & les richeſſes étant
égales il y auroit, comme on l'a dit,
égalité & non privation de luxe.

Pour que les richeſſes reſtent égale-
ment partagées, il faut que la Loi ne
donne à chacun que le néceſſaire phyſique.
Mais le néceſſaire phyſique eſt du
pain & de l'eau, & l'on ne peut pas
raiſonnablement aſſujettir des Nations à un tel régime. D'ailleurs ſi c'eſt
là tout ce que la Loi ſomptuaire permet, le partage des richeſſes ſera inutile par deux raiſons: la première, parce que cette Loi ayant interdit toute eſpèce de dépenſe, on n'expoſera
rien en vente qui puiſſe déterminer à
la tranſgreſſer; la ſeconde, parce que le

néceffaire phyfique n'éxigeant point de richeffes pour fe le procurer, on pourroit fe difpenfer des foins & de la peine d'un partage égal des richeffes, puifqu'elles feroient méprifées par tout le monde, par l'impoffibilité d'en faire ufage; car ce qui eft inutile eft à charge & incommode.

Enfin propofer une Loi d'égalité, eft propofer une impoffibilité; la fubordination & la diftinction entre les perfonnes étant une condition néceffaire au maintien de l'ordre public, fans lequel la fociété civile ne peut exifter.

Cette egalité eft l'endroit foible d'un fameux ouvrage; (a) c'eft par-là principalement qu'il a été regardé comme chimérique, & c'eft par-là qu'Ariftote l'a attaqué dans fes Politiques : » La Société civile ne peut, dit » ce Philofophe, fubfifter fans des » différences & des diftinctions entre » les Perfonnes : & les richeffes & les

_____
(a) La Rép. de Platon.

S iiij

» talens produifent ces diftinctions »
C'eft en effet l'efprit politique de
toutes les Nations, & on ne peut regarder l'egalité des conditions dans
la Société, que comme une fource de
fainéantife & de mifère. (a)

T. 1.
p. 132.

*Suppofant le néceffaire phyfique égal
à une fomme donnée, le luxe de ceux
qui n'auront que le néceffaire fera é-
gal à zero. Celui qui aura le double,
aura un luxe égal à un; celui qui aura le double du bien de ce dernier, aura un luxe égal à trois; quand on aura encore le double, on aura un luxe
égal à fept, de forte que le bien du particulier qui fuit, étant toujours fuppofé
double de celui du précédent, le luxe
croîtra du double, plus une unité dans
cette progreffion.* o. 1. 3. 7. 15. 31. 63.
127.

On ne voit aucune raifon ni aucune néceffité que le luxe croiffe ainfi
en raifon des richeffes : il y a des

(a) Voyez à cet égard les maximes de la Politique Chinoife dans le vingt-fixième Recueil des
Lettres édif.

pays fort riches, où il n'y a point de luxe. Le luxe est une affaire de caprice & de police, qui ne peut être soumise à l'exactitude du calcul, comme un problême de Géométrie.

L'Auteur fait encore un autre calcul ; il dit que, dans la République de Platon, le luxe auroit pû se calculer au juste sur les quatre sortes de Cens qu'il avoit établis, parce que dans *le premier cens, le luxe étoit égal à zero, il* Tom.I. *étoit égal à un dans le second, à deux* P. 152. *dans le troisième, à trois dans le quatrième, & il suivoit ainsi la proportion arithmétique.*

Le calcul des proportions arithmétiques ou des progressions géométriques n'est ici ni plus juste, ni plus utile l'un que l'autre ; on ne peut fixer d'autre terme au luxe que l'impuissance & la pauvreté absoluë ; & en partant de ce point, on trouvera que le luxe peut s'introduire en cent façons dans toutes les conditions ; il suffit pour cela que dans toutes il excéde le nécessaire absolu, & il peut l'excéder dans toutes les chofes qui font néceffaires à l'ufage des hommes.

Platon eut pour but d'infpirer la vertu, de donner horreur du vice, de faire aimer le jufte, & faire haïr l'injufte. C'eft le titre de fon ouvrage, c'eft à quoi il s'attache : il emploie pour cela tous les raifonnemens que beaucoup de génie & le défir du fuccès pouvoient lui fuggérer ; & il y a ajouté quelquefois le calcul. S'il veut faire connoître combien la vertu eft préférable au vice, il fait d'un Prince fage & d'un tyran les deux extrêmes d'une progreffion Géométrique 9. 27. 81. 243. 729. par où il prétend démontrer qu'un tyran fera dans un efpace de tems donné 729 fois moins heureux qu'un bon Roi ; d'où il tire fa preuve des avantages du jufte fur l'injufte. (*a*) Il y a apparence que ce calcul a fervi de modèle au premier que l'Auteur nous donne fur le luxe ; mais quoi qu'il en foit, dans l'un on voit un deffein, une application, un

_____

(*a*) République de Platon, pag. 280.

but & dans l'autre on ne voit rien de
tout cela.

Le luxe est en raison composée de l'iné-
galité des fortunes, qui est entre les Ci-
toyens, & de l'inégalité des richesses
des divers Etats......Le luxe est enco-
re en proportion avec la grandeur des
Villes, & sur-tout de la Capitale, en
sorte qu'il est en raison composée des ri-
chesses de l'Etat, de l'inégalité des fortu-
nes des particuliers, & du nombre
d'hommes qu'on assemble en certains
lieux. To 1. P. 153.

A quoi nous conduiront toutes ces
raisons composées? Que le luxe soit
en raison simple, ou en raison double,
en sera-t-il moins nuisible, si par sa
nature il est nuisible? L'Auteur fait
bien l'énumeration des maux qu'il
cause dans une République; mais pour
y parer, il ne nous indique que des
moyens impraticables; c'est que les
richesses soient également partagées,
parce que cette égalité de distribu-
tion fait, dit-il, l'excellence d'une
République.

Si c'étoit une vérité, à la naissance des Républiques auxquelles on pouvoit faire prendre le pli qu'on vouloit, on seroit fort embarrassé pour remettre aujourd'hui cette Loi en vigueur, non-seulement par la difficulté qu'il y auroit de dépouiller les propriétaires, mais encore parce que l'insolence & la fainéantise, plus dangereuses que le luxe même, seroient la suite de cette égalité : il faut donc s'en tenir aux loix que la sagesse des peuples Démocratiques ne manquera pas de faire, suivant que les circonstances, & l'état présent des choses le requéreront.

To. I.
p. 155.
Le luxe que la garnison de Rhège commença à connoître, fit qu'elle en égorgea les habitans.

On est maintenant à couvert de ces excès par la bonne discipline militaire qui est établie dans toute l'Europe, & il sera toujours très rare de trouver des ames aussi perverses que celles des Campaniens. (*a*) Si l'on at-

(*a*) Les habitans de la ville de Reggio , située à la pointe de l'Italie la plus voisine de la Sicile ,

tribue au luxe leurs horribles actions,
il faudra donc aussi attribuer à la même cause les pillages & les cruautés
que les Pandoures ont commis pendant cette dernière guerre ; ce sera
donc le luxe qui aura causé le massacre
des Vêpres Siciliennes, & tant d'autres semblables événemens dont les
guerres & les troubles des Etats ont
fait naître l'occasion.

*Si-tôt que les Romains furent corrom-
pus, leurs désirs devinrent immenses :*
on peut en juger par le prix qu'ils mirent
aux choses .... Les jeunes garçons n'a- Ibid.

voyant d'un côté Pyrrhus en mer ponr venir à
Tarente ; & de l'autre les Carthaginois, qui in-
festoient toutes les côtes de la mer Ioniene ; &
craignant d'être envahis par les Grecs où par les
Carthaginois, eurent recours à la République Romaine, qui quoique surchargée d'un grand nombre
d'ennemis, ne crut pas devoir refuser du secours à
une Ville qui pouvoit lui être utile dans les guerres présentes. On leva donc, par l'ordre du Sénat, une légion dans la Campanie, pays barbare ;
& l'on en donna le Commandement à Décius
Jubellius, de la même Nation ; lequel, voyant
cette Ville riche & opulente, n'ayant pas des
sentimens plus nobles que ses soldats, résolut d'en
égorger les habitans & de piller leurs richesses, ce
qu'il exécuta à la fin d'un repas auquel il les avoit
invités.

voient point de prix.

On ne se feroit point attendu à trouver une telle remarque parmi les inconvéniens du luxe.

To. 1.
p. 155. *L'Aristocratie mal constituée a ce malheur, que les Nobles y ont les riches-ses, & que cependant ils ne doivent pas dépenser ; le luxe contraire à l'esprit de modération en doit être banni.*

Il s'agit ici de la République de Venise. Cet Etat subsiste depuis plus de 1300 ans ; cependant, suivant l'Auteur, il est mal constitué, en ce que les Nobles y ont les richesses, & ne peuvent pas dépenser : mais il y a un moyen de prévenir cet inconvé-nient dont il nous entretiendra inces-samment ; attendons, pour admirer la sagesse & la prévoyance des Magis-trats aristocratiques, que nous en soyons à l'expédient dont ils se sont avisés.

Le luxe contraire à l'esprit de modé-ration doit être banni de la République. Qu'est-ce que cela signifie? Le terme de modération seul, a une infinité d'acceptions : la modération eft la marque d'un efprit fage & tranquille ; c'eft une vertu qui gouverne, qui retient, qui règle toutes les paffions, la joie, l'emportement, la vengeance, la colère ; c'eft le frein de l'ame. Si ce n'eft pas là ce que l'Auteur a eu en vûe, & que fon intention ait été d'apliquer au luxe le terme de modération, nous ne voyons pas qu'il y puiffe convenir ; car tout luxe eft une fuperfluité, quelqu'en puiffe être l'objet ; ainfi tout luxe fera *contraire à l'efprit de modération* : il doit être banni de la République fans réferve, & aucun tempérament ne peut lui en permettre l'entrée.

Il n'y a donc que des gens très-pauvres qui ne peuvent pas recevoir, & des gens très-riches qui ne peuvent pas dépenfer.

To. 1.
P. 156.

Pauvres & riches, recevoir & dépenfer font de fort belles antithèfes ; mais fi les habitans de Venife, (car ceci doit regarder encore cette République) font très-pauvres, & qu'ils ne puiffent recevoir, le peuple y eft donc réduit à la plus affreufe mifère: c'eft donc une Ville de gueux & de mandians. Si les gens très-riches, toujours par-tout en petit nombre, ne peuvent dépenfer, il n'y a donc ni arts, ni manufactures ; & d'où fort donc cette opulence & cette magnificence qui frappe les étrangers ? D'où fortent tous ces beaux ouvrages qui fe confomment dans le pays, ou qui fe débitent à l'étranger ? D'où fort ce grand commerce que Venife fait en Europe & dans le Levant ? Quand a été portée cette loi qui défend de recevoir à ceux à qui on veut bien donner ? Exifte-t-elle à Venife, exifte-t-elle dans aucun Etat du monde ?

To. 1. *A Venife, les Loix forcent les Nobles*
p. 156. *à la modeftie, ils font tellement accoutumés à l'épargne, qu'il n'y a que les Courtifanes qui puiffent leur faire donner de l'argent ; on fe fert de cette voie pour entretenir l'induftrie.*

C'eft ici que nous admirerons la fageffe & la prévoyance des Magiftrats ariftocratiques aristocratiques. Quelle étenduë de génie!Quelles vûës profondes ne faut-il pas avoir pour tourner à l'accroiffe-ment des richeffes, à la perfection & à l'utilité du commerce, ce que le commun des hommes y croiroit le plus oppofé! Combien les Magiftrats Vénitiens ne font-ils pas fupérieurs aux Magiftrats de Rome! Ceux-ci, comme nous venons de le voir, né-gligens, inattentifs, avoient telle-ment laiffé augmenter le prix des chofes, (a) que les befoins des ci-toyens ne pouvoient être fatisfaits, quelqu'argent qu'ils offriffent. Ceux-là, non-feulement rendent les cho-fes (b) communes, mais encore ils les rendent propres à multiplier l'ef-pèce par une circulation d'autant plus rapide, que les fujets qu'ils y employent ont une difpofition géné-rale, naturelle & innée à recevoir beaucoup & à dépenfer de même. Avec quel art n'ont-ils pas profité de

(a) Des jeunes garçons. === (b) Les Courti-fanes.

I. Partie.   T

ces heureuses circonstances pour les rendre utiles à la patrie! Avec quel art l'Auteur n'a-t-il pas profité de ces heureux modèles pour les proposer !

To. 1.
p. 156. *Les bonnes Républiques de la Grèce avoient à cet égard des institutions admirables. Les riches employoient leur argent en fêtes, en chœurs de musique, en chariots, en chevaux pour la course, en Magistratures onéreuses : les richesses y étoient aussi à charge que la pauvreté.*

Sans institution ni loix expresses, tous les pays ne sont-ils pas dans le cas des Républiques Grecques? Quel est le Gouvernement où les Citoyens revêtus d'emplois considérables ne soient pas obligés à de certaines dépenses dont les autres Citoyens ne sont pas tenus ? Les Généraux d'armée, les Commandans, les Gouverneurs de Provinces & de Places, les Ministres, les Chefs des Tribunaux supérieurs, &c. peuvent-ils se dispenser d'une représentation presque toujours onéreuse? Les personnes riches par l'hérédité de leurs pères, ou

par la fortune, ne font-elles pas for-
cées par les loix de la fociété à remettre par leurs dépenfes une partie
de leur biens dans le commerce ?

Au refte, eft-ce une expreffion
bien jufte de dire que, les *richeffes*,
font auffi à charge que la pauvreté ? Ces
deux états font-ils comparables ? Les
Grecs affez riches pour donner des
fêtes publiques, ne jouiffoient-ils pas
de tous les avantages que l'abondance & la fuperfluité ont fur la mifère
& la néceffité ?

Ce n'eft plus maintenant du luxe
des Républiques ; ce n'eft plus de
Gouvernemens étrangers qu'il s'agit;
c'eft de la Monarchie, c'eft d'un
Gouvernement femblable à celui
fous lequel nous vivons.

Les Suions, Nation Germanique, To. 1.
(a) rendent honneur aux richeffes, dit P. 156.
Tacite, ce qui fait qu'ils vivent fous le
Gouvernement d'un feul ; cela fignifie
bien que le luxe eft fingulièrement pro-

(a) Ce font les peuples que nous connoiffons
aujourd'hui fous le nom de Suédois.

pre aux Monarchies, & qu'il n'y faut point de Loix somptuaires.

Nous ne penfons pas que ni Taci-te ni ceux qui l'ont traduit, ou fait fur fes Ouvrages des Commentai-res, des Réflexions, des Obferva-tions, des Notes, ayent jamais ima-giné de tirer de ce paffage une con-féquence auffi peu relative, ou plu-tôt auffi étrangère à fon texte. Taci-te fort éloigné de penfer au luxe, ou aux Loix fomptuaires des Suions, n'a eu d'autre intention que de donner une idée des forces de terre & de mer, & du gouvernement de ces peuples.

» Au-delà & dans l'Océan même,
» dit-il, font les Suions puiffans fur
» mer & fur terre: leurs vaiffeaux font
» différens des nôtres ; car ils ont
» deux proües pour aborder de tous
» côtés, & ne portent point de voi-
» les ; ils ne fe fervent pas même de
» rames à notre manière, car ils les
» tranfportent tantôt d'un côté &
» tantôt d'un autre, felon qu'il eft

» plus commode, comme on fait par-
» mi nous fur quelques rivières. »

» Ils eftiment les richeffes, & ils
» obéïffent à un Prince dont l'auto-
» rité eft abfoluë ,& non précaire ,
» comme celle des autres ; ils ne font
» pas maîtres de leurs armes, comme
» les autres peuples d'Allemagne ,
» mais on les enferme fous la garde
» d'un efclave. La mer qui les envi-
» ronne , les défend affez des furpri-
» fes, ils fçavent que le foldat oifif
» eft fujet à devenir infolent ; d'ail-
» leurs il n'eft pas avantageux à un
» Prince de laiffer des armes à la dif-
» pofition d'un citoyen , foit libre ou
» affranchi , de la Nobleffe , ou du
» Peuple. (a)

C'eft tout ce que Tacite a dit des
Suions. Or , demandons maintenant
fi cette defcription *fignifie bien* , comme on nous l'affûre, *que le luxe eft
fingulièrement propre aux Monarchies ,
& qu'il n'y faut point de Loix fomptuaires ?*

(*a*) Traduction d'Amelot de la Houffaye.

T iij

Le docte Cluvier, (*a*) à qui on ne
reprochera pas de n'avoir pas entendu Tacite, n'a eu garde d'appercevoir une telle conféquence dans ce
paffage, fur lequel il a cependant
beaucoup réfléchi. Il trouve feulement que le Gouvernement des
Suions étoit une Monarchie parfaite
dans toutes fes parties; dans laquelle,
dit-il, le plus riche de la Nation
exerçoit un empire abfolu, fans bornes, fans emprunter fon autorité de
qui que ce foit, & fans être affujetti
à aucune Loi.

Peut-être que les Suions, Nation
pauvre, ne choififfoient le plus riche
d'entre-eux, que parce qu'ils n'é-
toient pas en état de fubvenir aux
dépenfes que tout Gouvernement
exige; peut-être n'avoient-ils revêtu leur Roi d'une autorité fans bornes, que pour contenir dans le devoir des égaux auxquels ils crai-
gnoient d'être foumis; mais quelles
que foient les conjectures que l'on

(*a*) *Philipp. Cluvierus de Germaniâ antiquâ.*

pourroit faire, il femble que la dernière chofe que l'on puiffe appliquer
aux Suions, eft le luxe & les Loix
fomptuaires. Ces Peuples, felon Tacite, n'avoient ni Villes, ni Bourgs ;
ils fe logeoient dans des huttes de terre, près de quelque fontaine, ou de
quelque bois ; ils n'avoient pour tout
habit qu'un faye attaché avec une é-
pine. Ce n'eft pas là un luxe qui eût
befoin de Loix fomptuaires.

Si l'amour des richeffes fuppofoit
le Gouvernement abfolu d'un feul ;
fi cet amour fuppofoit le luxe parmi
les Peuples où il auroit pénétré, il
n'y auroit point d'Etat qui ne fût
une Monarchie abfoluë, & point
de Royaume où le luxe ne fût porté
à l'excès ; car il n'y a point de Royaume où l'amour des richeffes n'ait pénétré.

Lorfque les marchandifes qui fervent au luxe, croiffent ou font fabri-
quées dans l'Etat même, & lorfque
le fuperflu paffe à l'étranger ; le luxe,
loin d'être nuifible, contribue à la

richeffe de l'Etat ; alors il ne faut point de Loix fomptuaires, & l'Auteur a raifon : mais fi ces marchandifes de luxe fe tirent du dehors, & que pour les acquérir, l'argent forte de l'Etat, il faut néceffairement des Loix fomptuaires, que ce foit République ou Monarchie ; & alors il a tort.

Guillard, quoique né dans un tems où les principes de l'Œconomique étoient peu connus, a cependant écrit très-raifonnablement fur le luxe. » On ne doit pas, *dit-il dans fes Avis*, » faire des Loix fomptuaires qui foient » de durée ; il faut de toutes dépen- » fes & fuperfluités laiffer faire la dé- » cifion au tems. » Il fçavoit qu'à cet égard, il faut fe modéler fur les circonftances, & fuivre les progrès ou la décadence des arts & de l'induftrie.

Selon M. Melon, dans fon Effai Politique fur le Commerce, quelquefois outré dans fes principes, & fouvent raifonnable: » Le luxe eft en » quelque façon le deftructeur de la

» pareffe & de l'oifiveté ; l'homme
» fomptueux, dit-il, verroit bientôt
» la fin de fes richeffes, s'il ne tra-
» vailloit pour les conferver, & en
» acquérir de nouvelles. »

D'autres difent que l'idée que l'on
fe forme du luxe, n'eft qu'un refte de
préjugé des anciens règlemens ; que
ces Loix, alors utiles parce qu'elles
étoient fondées fur certaines caufes,
ne doivent plus fubfifter, dès que ces
caufes ne fubfiftent plus ; que la loi
eft faite pour les chofes, & non les
chofes pour la Loi, qui doit être
changée toutes les fois qu'elle ceffe
de promettre les avantages que fon inftitution avoit eus pour objet ; qu'ainfi le terme de luxe confidéré dans
cet efprit, eft un vain nom, qu'il
faut bannir de toutes les opérations
de la police, parce qu'il ne porte
que des idées vagues, confufes, fauf-
fes, dont l'abus peut arrêter l'induftrie, même dans fa fource : enfin,
difent-ils, le luxe eft le fils de l'a-
bondance & le nourricier des arts.

Les draps fins étoient autrefois défendus en France, parce que l'on étoit obligé de les tirer de l'étranger ; mais depuis que nous les fabriquons nous-mêmes, on en favorife la confommation. Le Gouvernement protége les Manufactures par des Loix, & les foûtient par des fonds qu'il prête aux Entrepreneurs.

» Si les Incas avoient eu le tems » de faire des Loix fomptuaires avant » que les Efpagnols les euffent fubju- » gués, ils auroient peut-être défen- » du à leurs fujets d'acheter des col- » liers & des bracelets de verre : mais » ils n'auroient pas regardé comme » luxe, leurs chenets & leurs mar- » mites d'or & d'argent. » (a) Tel eft auffi notre ufage : nous confommons ce qui croît & ce qui fe fabrique chez nous : nous défendons ce qui nous vient d'une main étrangère.

Le luxe peut donc être regardé comme un bien, s'il attire dans un Etat l'argent de l'étranger, fans nuire

(a) M. Melon, Effai fur le Commerce.

à la culture des terres. Mais fi cet étranger attentif à retenir fon argent chez lui, s'interdit l'ufage des fabriques de luxe de cet Etat, l'induftrie, qui avoit été utile jufqu'alors, ceffera dès ce moment de lui être avantageufe.

Il faut de néceffité qu'il y ait une proportion entre les deux fources des richeffes, le produit des terres & l'induftrie; c'eft pourquoi, fi une nation fe tournoit tellement vers le luxe que les Laboureurs abandonnaffent la culture des terres, pour devenir Artifans du luxe, il en réfulteroit que les terres étant moins cultivées, produiroient moins; que l'on éprouveroit plus fouvent des difettes, qui obligeroient d'avoir recours aux étrangers, & que fi elles étoient fréquentes & confidérables, la Nation qui les fouffriroit, feroit fortir beaucoup plus d'argent pour y remédier, qu'elle n'en feroit rentrer par les produits de fon induftrie, fur-tout fi ces étrangers s'accordoient pour s'en paffer.

Le feul moyen d'arrêter ce mal fans nuire aux arts & aux manufactures, & de rétablir l'équilibre entre la culture des terres & l'induftrie, feroit de diminuer l'intérêt de l'argent.

Le gros intérêt que les particuliers retirent de leur argent les porte à vivre dans l'oifiveté : ils entretiennent un grand nombre de valets enlevés aux campagnes, ils convertiffent en bijoux & en vaiffelle de gros fonds, inutiles pour eux & pour la circulation. Si l'intérêt de l'argent étoit bas, ils auroient recours à l'induftrie pour foûtenir le même état, ils mettroient en mouvement des fonds morts ou languiffans; l'Agriculture & le commerce s'animeroient, on feroit de nouvelles entreprifes & de nouveaux établiffemens dans les Colonies, qui font pour l'Etat & pour les particuliers une véritable richeffe; on fe raprocheroit des nations rivales dont les richeffes font toujours en action; avec ces précautions, fi le luxe eft un mal, c'eft un mal qui procureroit

de grands biens. Il feroit alors comme les poifons dont un habile Artifte
fçait tirer des remèdes très falutaires.

Au refte nous n'avons pas affez de
confiance dans nos lumières pour
prononcer fi le luxe dont on fait une
queftion du premier ordre, eft véritablement un bien ou un mal ; mais
nous croyons pouvoir dire que ,
quand il s'eft une fois introduit dans
un grand Etat, on ne peut l'en bannir qu'avec de grandes précautions,
fans quoi on s'expoferoit, finon à la
perte totale , du moins à une très-
grande diminution dans le commerce, les arts, les manufactures & les
revenus publics.

Pour que l'Etat monarchique fe fou- To. 1.
tienne, le luxe doit aller en croiffant du P. 157.
Laboureur à l'Artifan, au Négociant,
aux Nobles, aux grands Seigneurs,
aux Traitans principaux, aux Princes;
fans quoi tout feroit perdu.

Si cette propofition étoit vraie, il
faudroit donc confidérer le luxe comme le principe de la Monarchie, puif-

que fans l'éxiftence & le progrès du luxe, l'Etat monarchique ne fe foutiendroit pas, & que *tout feroit perdu.*

On ne croit pas que perfonne puiffe foutenir férieufement une pareille thèfe ; le principe de la Monarchie n'a rien à démêler avec le luxe ; il y a des Monarchies où il n'y a point de luxe, d'autres où il y en a peu, d'autres où il y en a beaucoup, & elles n'en font pas moins des Monarchies fubfiftantes. Si une Monarchie ou tout autre Etat eft gouverné avec fageffe, le luxe fera toujours fubordonné à la nature, à la ftérilité ou à l'abondance des productions & au génie des habitans groffiers ou induftrieux.

Ce font là les oracles qu'il faut confulter ; cette néceffité, cet enchaînement, cette progreffion de luxe dont l'Auteur nous parle, du Laboureur à l'Artifan, au Négociant, au Noble, &c. ne paroît nullement fondée. Le luxe d'une Nation eft reftraint au vingtième de cette Nation : fi le Laboureur ou l'Artifan donnent dans le luxe, ce ne peut-être que par le travail multiplié du Laboureur, ou de l'Artiſan, & l'Etat jouit du fruit de ce travail. S'ils n'y donnent pas, c'eſt que la nature & l'abondance des productions, ou peut-être les loix ſomptuaires s'y oppoſent; alors le travail eſt moins multiplié, la maſſé des bénéfices de l'Etat eſt moins conſidérable; mais le principe du Gouvernement n'en ſubſiſte pas moins, & tout n'eſt pas perdu.

Dans le Sénat de Rome, compoſé de To. 1. *graves Magiſtrats, de Juriſconſultes,* p. 157. *& d'hommes pleins de l'idée des premiers tems, on propoſa ſous Auguſte la correction des mœurs & du luxe des femmes. Il eſt curieux de voir dans Dion avec quel art il éluda les demandes importunes de ces Sénateurs: c'eſt qu'il fondoit une Monarchie, & diſſolvoit une République.*

L'Auteur voit ſous Auguſte le Sénat compoſé de ces graves Magiſtrats, de ces hommes pleins de l'idée des premiers tems; & les Ecrivains contemporains ou preſque contemporains (*a*) nous difent que ce corps étoit fi rempli de fujets vicieux, qu'Augufte réfolut d'y porter la réforme, & de le remettre fur le pied des anciens tems de la République ; c'eft-à-dire, de réduire à trois cens honnêtes gens, s'il les pouvoit trouver, les mille Sénateurs dont le Sénat étoit alors compofé ; il y réüffit en partie, non fans peine ; mais ce n'eft pas là de quoi il s'agit principalement. Examinons les citations de l'Auteur.

On trouvera dans Dion que les Sénateurs irrités de la réforme du Sénat dont nous venons de parler, & cherchant à mortifier Augufte dans toutes les occafions, faifirent avec empreffement celle de la réforme des mœurs, fur lefquelles l'Empereur paroiffoit avoir intention de faire de nouveaux réglemens.

Ces graves Magiftrats, ces Jurifconfultes, ces hommes plein de l'idée des

_____

(*a*) Velleius Paterculus, Plutarque, Suétone, Appien, Dion Caffius.

premiers

premiers tems le prièrent avec les plus
grandes inſtances de remédier à l'incontinence des femmes & des jeunes
gens, non par l'amour du bien public,
mais par malignité, & par le ſeul plai-
ſir de l'embarraſſer ; parce que, ſuivant
le même Dion, il ſe paſſoit chez lui
des choſes qui ne devoient pas lui permettre d'entretenir le public de pareilles matières ; auſſi évita-t-il le piè-
ge, en ſe contentant de diſcours vagues & généraux ſans donner de Loi.

Mais ces charitables Conſeillers, non
contens de leur tentative, imaginèrent
d'autres moyens pour le mettre dans
la néceſſité de ſtatuer. Ils firent conduire devant lui un jeune homme,
dont, ſuivant la loi, le mariage devoit
être déclaré illégitime. Auguſte le
confirma cependant ; & voici ſon Arrêt avec les motifs: » Veu la confuſion
» que les guerres civiles ont introdui-
» te dans les loix ; nous jugeons le ma-
» riage valide, bien entendu que de
» pareils déſordres ne feront plus to-
» lérés. »

I. Partie.   V.

C'eſt cette pièce que l'Auteur appelle curieuſe, parce que dans ce moment il prétend avoir pris Auguſte ſur le fait, *diſſolvant une République, & fondant une Monarchie.*

Auguſte ne penſoit ni à tant, ni à de ſi jolies choſes. Il craignoit d'autoriſer le libertinage en pardonnant; il craignoit de punir dans autrui le déſordre dont il étoit impunément coupable : il rejetta le mal ſur la confuſion des guerres civiles, il le pardonna & l'arrêta pour l'avenir. (*a*)

S'il y a quelque choſe de curieux dans cette conduite, c'eſt la ſageſſe & la préſence d'eſprit avec laquelle Auguſte ſe tira d'affaire : tenons nous en là, & voyons les choſes ſimplement & comme elles ſont.

To. 1.
p. 158
Sous Tibère, les Ediles propoſérent dans le Sénat le rétabliſſement des anciennes loix ſomptuaires : ce Prince, qui avoit des lumières, s'y oppoſa. L'Etat ne pourroit ſubſiſter, diſoit-il, dans la

(*a*) Voyez l'Hiſt. Rom. des Pères Catrou & Rouillé, Vie d'Auguſte.

fituation où font les chofes. Comment Ro-
me pourroit-elle vivre ? Comment pour-
roient vivre les Provinces ? Nous avions
de la frugalité, lorfque nous étions Ci-
toyens d'une feule ville; aujourd'hui nous
confommons les richeffes de tout l'Univers.
On fait travailler pour nous les maîtres
& les efclaves. Il voyoit bien qu'il ne
falloit plus de loix fomptuaires.

Ce n'eft pas parce que la République étoit devenuë une Monarchie,
que Tibère refufa le rétabliffement
des anciennes Loix ; mais parce qu'il
fçavoit qu'ayant un plus grand empire à gouverner, il falloit une mécani-
que différente, pour lui imprimer
un mouvement convenable à fa conftitution préfente. Les inftans de la
naiffance d'une fociété, de fon accroiffement, de fa décadence, éxigent
une conduite & un régime différent.
Tibère avoit les vûës plus étenduës
que les Ediles, & outre les grands
principes qui le retenoient, il avoit
encore des raifons qui dérivoient de
l'état préfent du Gouvernement.

» Ces Loix, *difoit-il*, autoriferont » les délations & ruïneront des famil- » les illuftres. Nous avons de plus » grands abus à réformer. Celui-ci fe « réformera par lui-même ; la néceffi- » té rendra plus fages ceux que le lu- » xe a ruïnés, & le dégoût ceux qui » font riches. *Nos pauperes neceffitas,* » *divites fatias in melius mutet.* Si quel- » que Magiftrat fe fent affez d'efprit » & de courage pour empêcher que le » mal n'aille plus loin, j'accepte vo- » lontiers fon fecours ; mais fi l'on ne » me demande une réformation que » pour avoir la gloire de paroître en- » nemi des vices, & pour me laiffer » porter enfuite toute la haine, je » vous déclare que mon deffein n'eft » pas de me faire de nouveaux enne- » mis. Si j'effuïe fouvent pour le bien » de l'Etat des querelles dangereufes » & fouvent injuftes, il eft raifonna- » ble de m'en épargner d'inutiles, & » dont ni vous ni moi ne pouvons ti- » rer aucun avantage. Pourquoi la • frugalité étoit-elle en règne autre-

» fois? Parce que chacun modéroit
» fes défirs, parce que nous ne poffé-
» dions qu'une Ville. Les guerres é-
» trangères nous ont appris à diffiper
» le bien d'autrui, & les guerres ci-
» viles à confumer le nôtre . . . . . Per-
» fonne n'ignore que l'Italie a befoin
» du fecours des Provinces, que la
» vie du Peuple Romain eft toujours
» à la merci de la mer & des tempê-
» tes, que ce ne font point nos mai-
» fons de plaifance, ni nos parcs qui
» nous défendent, ni qui nourriffent
» tant de maîtres avec un nombre de
» valets. Ce font là les foins du Prin-
» ce, & fans ces foins la Ville péri-
» roit. »

On a dans ce morceau quelques
parties de la belle lettre que Tibère
écrivit au Sénat, que Tacite nous a
confervée dans le troifième livre de
fes Annales, & de laquelle il ne paroît pas que l'Auteur ait bien pris le
fens; on en pourra juger en la comparant avec fon texte.

Il admire la briéveté de Ta-

V iij

T. 2. p. cite, qui abrégeoit tout, dit-il, par-
415.   ce qu'il voyoit tout. On peut & on
doit l'admirer, on peut même vouloir l'imiter ; mais on ne peut pas voir
ce qu'il n'a pas écrit ; & ce qu'il a é-
crit, on doit le voir & le rapporter tel
qu'il eſt.

T. 1. p.   *Lorſque ſous le même Empereur [Ti-*
158.   *bère] on propoſa au Sénat de défendre*
aux Gouverneurs de mener leurs femmes
dans les Provinces, à cauſe des dérèglemens
qu'elles y apportoient ; cela fut rejetté.
On dit que les exemples de la dureté des
anciens avoient été changés en une façon
de vivre plus agréable. On ſentit qu'il
falloit d'autres mœurs.

Ce fut Sévérus Cécinna qui propoſa cet avis, lequel, ſuivant Tacite,
(*a*) eut peu d'approbateurs ; & ce fut
Valérius Meſſalinus , qui fit la ré-
ponſe que l'Auteur rapporte en mar-
ge : *Multa duritiei veterum meliùs &*
lætiùs mutata , qu'il traduit par *la du-*
reté des anciens , &c.

Or il ſemble que ces mots dans la

(*a*) *Tacit. Ann. l. 3.*

bouche de Valérius Meffalinus n'indiquent que les circonftances dures & fâcheufes dans lefquelles on s'étoit anciennement trouvé, ce qui eft bien conforme à la fuite de fon difcours : *Neque enim, ut olim, obfideri urbem bellis, aut provincias hoftiles effe.* La Ville n'eft plus comme autrefois agitée par les guerres, nous ne fommes plus environnés de provinces ennemies, les temps font devenus moins fâcheux, ils ont changé en mieux : *Melius & lætius mutata.*

L'Auteur toujours rigide envers les femmes, ne rapporte que ce qu'il trouve à leur charge. Cécinna, pour appuyer fa propofition, dit qu'elles portoient le déréglement dans les provinces ; il y adhère. Meffalinus dit que les hommes rejettoient leur propre lâcheté fur les femmes, & qu'il n'eft pas jufte, pour quelques maris de cette efpèce, de priver les autres des compagnes fidéles de leur bonne & mauvaife fortune ; l'Auteur le paffe fous filence. Mais revenons à ce que

l'Auteur appelle *fonder une Monarchie,*
& diſſoudre une République.

Si jamais homme a connu l'eſprit
des autres hommes, & les moyens
de réünir la puiſſance diviſée ; ſi jamais perſonne à ſçu comment il falloit s'y prendre pour *diſſoudre une Ré-*
publique & fonder une Monarchie, c'eſt
aſſurément Céſar ; cependant voici
ce que l'hiſtoire dit ce Prince.

　» En vain juſqu'alors on avoit mul-
» tiplié les loix pour réformer le luxe
» des Romains. Il ne permit qu'à de
» certaines perſonnes diſtinguées &
» âgées , & ſeulement à certains
» jours,de ſe ſervir de litières ou chai-
» ſes portées par ſix ou huit eſclaves:
» il retrancha les habits de pourpre
» avec des ornemens de pierreries, il
» veilla ſoigneuſement à écarter la
» ſomptuoſité des tables , & ſur ce
» point ſa rigidité fut extrême. Il diſ-
» tribua des gardes dans les marchés
» pour ſaiſir les vivres défendus ; &
» ſouvent on vit des ſatellites ravir
» de deſſus les tables des mets qu'on

» y avoit fervis contre fa défenfe. (a)

On voit ici que le fondateur de l'Empire Romain, l'homme du monde par conféquent qui s'appliquoit le plus à établir une Monarchie, & à détruire une République, fait des loix fomptuaires & déploye toute fon autorité pour maintenir ces loix. Quoi de plus contraire au fiftême de l'Auteur?

Loin que le luxe parût propre à la forme du Gouvernement monarchique, il paroiffoit au contraire lui être oppofé, & ne convenir qu'à la forme Républicaine. C'eft dans le fein de la République qu'il avoit pris naiffance, c'eft par la nature de ce Gouvernement qu'il acquit tant de force & de fupériorité fur les loix, qu'il réfifta pendant plus de cent ans à celles que firent les Empereurs, après l'établiffement de la Monarchie, pour le déraciner; c'eft ce qu'il fera facile de reconnoître par le difcours de Tacite.

(a) Hift. Rom. des PP. Catrou & Rouillé T. 17. L. 2 pag. 226.

» Après la lecture de ces lettres,
(ce font ces mêmes lettres que Tibère écrivit au Sénat, dont nous
avons ci-devant parlé) » il fut com-
» mandé aux Ediles de laiſſer les cho-
» ſes comme elles étoient, & le luxe
» de la table, qui fut exceſſif depuis la
» bataille d'Actium, juſqu'à l'avéne-
» ment de Galba à l'Empire, c'eſt-à-
» dire, par l'eſpace de cent ans, s'a-
» bolit enfin peu à peu. Si l'on veut
» ſçavoir les cauſes de ce changement,
» les voici. Autrefois (dans le tems
» de la République) » les perſonnes
» confidérables par la naiſſance ou
» par les richeſſes, ſe laiſſoient aller à
» la paſſion de paroître magnifiques,
» parce qu'il étoit permis alors de ga-
» gner l'affection du peuple, & de
» cultiver l'amitié des Rois & des
» alliés, pour en être réciproque-
» ment courtiſé ; plus on étoit ſplen-
» dide en maiſons, en meubles, en
» équipages, plus on acquéroit de ré-
» putation & de cliens ; mais depuis
» qu'on eût commencé à verſer le

» fang des riches, & à tourner en
» crime la faveur du peuple, chacun
» devint plus fage. D'autre côté les
» hommes nouveaux, qui fe tiroient
» fouvent des Villes municipales, des
» Colonies, & même des Provinces,
» pour être aggrégés au Sénat, y ap-
» portèrent leur frugalité domefti-
» que, fans jamais changer de genre
» de vie, quoique plufieurs qui a-
» voient vieilli dans les emplois, fuf-
» fent devenus extrêmement riches ;
» mais le principal auteur de cette fa-
» çon de vivre refferrée fut Vefpafien,
» qui fe conformant lui-même à l'an-
» cienne œconomie, fit naître à tout
» le monde le défir de l'imiter : ai-
» guillon plus fort que toutes les loix
» & que la crainte des fupplices. (*a*)

Nous ne croyons pas que ce texte
ait befoin de commentaire, & nous
croyons qu'après tout ce que nous venons de dire, la conclufion de l'Au-

(*a*) Voy. Tacit. Edit. de Juft. Lipf. pag. 95. & la
trad. d'Amelot de la Houffaye, Annales. l. 3. T. 2.
pag. 138.

teur ne paroîtra pas la plus jufte qui foit dans fon ouvrage. La voici.

T. 1. p. 158. *Le luxe eft donc néceffaire dans les Etats monarchiques.*

Oui & non. Il eft néceffaire quand les circonftances que nous venons de rapporter concourent à fon établiffe-ment : c'eft-à-dire, quand l'Etat don-ne plus qu'il ne reçoit. Il n'y eft pas néceffaire, il y eft même dangereux, quand ces circonftances y font oppo-fées, c'eft-à-dire, quand l'Etat reçoit plus qu'il ne donne : c'eft à la fageffe & non à la forme du Gouvernement d'en décider.

T. 1. p. 158. *Tout ceci mène à une réfléxion : les Républiques finiffent par le luxe, les Monarchies par la pauvreté.*

Si une République, au moment de fa naiffance, pouvoit former un grand Etat, où la matière & les ouvriers du luxe abondaffent, elle commence-roit, ou du moins elle pourroit com-mencer par le luxe ; mais comme les commencemens en font ordinaire-ment foibles & laborieux, parce qu'il

faut enlever par la force & par la conf-
tance un pays & des fujets à quelque Puiffance voifine; cette République, après avoir furmonté tant
d'obftacles, fe trouve pendant un
tems languiffante, épuifée, confinée
dans quelque coin, privée des chofes néceffaires, & à plus forte raifon
des Arts & des Manufactures. Elle
court au plus preffé, elle fortifie fes
places, elle remplit fes arfenaux, fes
magafins, elle affure la forme de fon
Gouvernement, elle régle fes revenus, elle fe met en état de fe faire
refpecter. Quand toutes ces chofes font faites, elle peut admettre le
luxe, fi les productions de fon fol,
l'étenduë de fon pays & l'induftrie de
fes citoyens le permettent ; & ce luxe lui fera avantageux par les richeffes
qu'il apportera du dehors, tant qu'elle tirera plus de fon induftrie qu'elle
ne lui coutera.

Voilà comment les Républiques finiffent par le luxe, fans que par le mot
de *finir*, on doive entendre la diffolu-

tion & l'anéantiffement du Gouvernement Républicain; mais feulement comment elles parviennent au luxe. L'Auteur de *la voix libre du Citoyen*, dont les lumières, l'expérience, le jugement & le rang font une autorité refpeEtable, dit que » les Républi-» ques finiffent par l'abus que les Ci-» toyens font de leur liberté. » Il doit s'y connoître : nous aimons mieux l'en croire.

Si quelques Monarchies ont fini par la pauvreté occafionnée par le luxe, c'eft fans doute qu'elles fe font épuifées à tirer du dehors les matières de luxe ; & parce que les Princes ou leurs miniftres négligeant le commerce, n'ont pas affez fait d'attention à la balance d'entrée & de fortie, qui indique fi l'étranger eft créancier ou débiteur ; ce qui eft la bouffole & la régle des opérations du commerce & du Gouvernement œconomique.

Le luxe eft un commerce qui a fes règles & fes axiômes : fi on l'abandonne à lui-même, c'eft un courfier fougueux qui renverfe fon maître dans quelque précipice ; fi on lui donne un frein & qu'on fçache le conduire, il devient une bête de fomme, dont on tire de grandes utilités ; c'eft fous ce point de vuë qu'il doit être confidéré, & non d'après le préjugé & les déclamations de ceux qui en parlent fans le connoître.

L'Auteur, pour appuyer l'axiôme politique par lequel il vient de terminer le quatrième chapitre des loix fomptuaires, cite ce paffage du troifième livre de Florus : *Opulentia paritura mox egeftatem.* Il le tronque, nous allons le reftituer : *Magnificus apparatus conviviorum, & fumptuofa largitio, nonne ab opulentiâ pariturâ mox egeftatem?* La pauvreté ne fera-t-elle pas inceffamment le fruit de ce fuperbe appareil de feftins, de ces fomptueufes & exceffives largeffes caufées par l'opulence ? D'où Florus prend occafion de déclamer contre l'avarice & l'ambition, comme étant la fource de tous les maux qui ont affligé la République, qui ont caufé les guerres de Marius & de Sylla, qui ont pouffé Catilina contre fa patrie, & qui ont mis les armes à la main de Céfar & de Pompée.

Mais quelle analogie peut-il y avoir entre ce que Florus nous dit, & la conclufion de l'Auteur? L'ambition & l'avarice n'ont-elles pas été dans tous les tems, les paffions favorites de la plûpart des hommes? N'a-t-on pas vû, prefque à la naiffance de la République, la cruauté des Ufuriers forcer le peuple à fe retirer en armes fur le mont facré, menacer de ruïner la Ville, & d'en faire un affreufe folitude; & ne l'auroit-il pas exécuté fans la fageffe éloquente de Menenius Agrippa? N'a-t-on pas vû l'excès auquel les Décemvirs avoient porté la licence, & quelles en auroient été les fuites, fans l'action barbare de Virginius? N'a-t-on pas vû le tumulte du mont Janicule, caufé par l'ambition des Plébeïens, qui vouloient entrer dans les familles Patriciennes

triciennes? Enfin n'a-t-on pas vû les violences exercées à caufe du partage des honneurs & de la Magiftrature avec la Nobleffe?

Dans quels cas les loix fomptuaires peuvent être utiles dans une Monarchie. C'eft le titre du chap. 5 du liv. 7 pag. 159 tom. 1.

Si tous les axiômes de l'Efprit des Loix réünis dans la page précédente, font véritables, il ne doit y avoir aucun cas où les loix fomptuaires foient utiles dans une Monarchie. Ainfi il paroîtroit inutile de s'arrêter à ces fortes de loix. Cependant voyons à quoi ce chapitre nous conduira.

Il établit deux fortes de frugalités, la frugalité abfoluë, & la frugalité relative. *Un Etat*, dit-il, *peut faire des loix fomptuaires dans l'objet d'une frugalité abfoluë : c'eft l'efprit des loix fomptuaires des Républiques.* Commençons par celles-ci.

Ce fut dans l'efprit de la République, ou dans quelques cas particuliers, qu'au milieu du treizième fiècle, on fit en Arra-

I. Partie.   X

gon des loix somptuaires. Jacques premier
ordonna que le Roi, ni aucun de ses sujets,
ne pourroient manger plus de deux sortes
de viandes à chaque repas, & que chacune ne seroit préparée que d'une seule
manière ; à moins que ce ne fût du gibier
qu'on eût tué soi-même.

Le Royaume d'Arragon étant une
Monarchie, pourquoi le Souverain
auroit-t'il été chercher l'esprit de la
République, pour gouverner son
Royaume, plûtôt que de se servir de
l'esprit propre à la Monarchie ; &
l'Auteur voulant donner un exemple
de l'esprit des Loix de la frugalité absoluë dans les Républiques, pourquoi
présente-t'il celui d'une Monarchie,
au lieu de celui d'une République ?
S'il n'y a point de ces sortes d'exemples dans les Républiques, il étoit inutile d'en agiter la question : mais quoiqu'il en soit, pour soumettre à son
idée la loi somptuaire du Roi d'Arragon, c'est-à-dire, pour persuader qu'elle fut portée dans l'esprit de la frugalité
absoluë, il retranche la moitié de ce

qui étoit permis par cette loi;car pre-
mièrement elle ne comprend point
dans la prohibition les chairs falées &
féches: *Carnes vero falfæ & ficcæ in iftis
duabus carnibus minimè computantur.*
(*a*)Secondement outre le gibier qu'on
auroit tué foi-même, elle permet encore le gibier donné & le gibier a-
cheté.

Pour venir à fon but, l'Auteur eft
donc plus auftère que la loi, & cette
loi fut, dit-il, portée *dans l'efprit de la
République,ou dans quelques cas particuliers.* Lequel eft-ce des deux? Quelle partie de cette alternative doit-être
l'objet des attentions du Lecteur?
Quelle inftruction recevra-t'il d'une
propofition vague & indéterminée?

A l'égard de la frugalité relative,
l'Auteur ne l'attribuë à aucun Gouvernement en particulier; mais il
prétend que c'eft l'Efprit des Loix
que l'on a faites de nos jours en Sué-
de. Comme il n'explique point fur
quoi portent ces loix, nous ne fçau-

(*a*) *Marca Hifpanica.*

X ij

rions tirer aucune conféquence , ni aucune utilité de fa differtation.

La frugalité Arragonnoife avoit, felon lui , la Table pour objet , & celui de la frugalité Suédoife étoit la cherté des marchandifes étrangères.

Le terme de frugalité , en tant qu'il a rapport à la tempérance & à la réduction de la bonne chère , eft jufte ; mais appliqué à une défenfe de tirer des marchandifes du dehors, il devient inintelligible.

Les recherches de l'Auteur fur les loix fomptuaires des Monarchies étrangères ne vont pas plus loin ; & il y a apparence que le filence qu'il garde fur les nôtres , eft fondé fur ce qu'il affure qu'il n'en faut point dans la Monarchie.

Pourquoi en avons nous donc des recueils depuis Charlemagne (a) jufqu'à préfent , qui contiennent une grande quantité de difpofitions dont

(a) Capit. de l'an 808. art. 5. tom. 1. pag. 464. Baluz. = Phil. Aug. 1190. Phil. le Bel 1294. établit la diftinction des étoffes, & des habits de chaque état ; ce qui avoit encore lieu au quinzième fiècle.

il auroit été peut-être auffi utile de connoître l'efprit que celui des loix fomptuaires d'Athènes, de Crète, de Thèbes, de Lacédémone, de Cynéte, d'Arcadie, de Theffalie, du Japon, de la Chine, de Bantam, de Patane, du Paraguay, &c. fur lefquelles l'Auteur s'eft étendu au-delà même des bornes qu'il s'eft prefcrites fur les autres parties.

Il paroît, felon lui, que le Gouvernement Anglois eft à l'égard du luxe comme certains pays qui, dit-on, ne fouffrent ni plantes, ni animaux venimeux, & dans lefquels ceux d'une terre étrangère ne peuvent vivre. Ce luxe qui caufe ailleurs tant de maux, voyez ce qu'il eft en Angleterre ; voyez fon caractère de bénignité : car c'eft de l'Angleterre, quoique l'Auteur ne la nomme pas, qu'il eft queftion dans le texte qui fuit.

Il y auroit un luxe folide, fondé non pas fur le rafinement de la vanité, mais fur celui des befoins réels . . . . on y jouïroit d'un grand fuperflu ; & cependant

X iij

To. 1.
P. 519.

les choses frivoles y seroient proscrites ; ainsi plusieurs ayant plus de bien, que d'occasion de dépense, l'employeroient d'une manière bizarre.

Mais les besoins réels ne sont pas un luxe, & toutes les fois que la dépense des Anglois n'excédera pas ces besoins réels, le rafinement de la vanité n'y aura que faire.

Mais encore qu'est-ce qu'un grand superflu, si ce n'est un grand luxe? Les besoins réels ne peuvent-ils être satisfaits, que par une grande superfluité ; & par-tout où cette grande superfluité se trouve, n'est-elle pas une chose frivole & un véritable luxe?

Enfin *employer d'une manière bizarre*, le bien qui reste après les besoins réels remplis, c'est admettre un luxe bizarre ; mais ce n'est pas exclure le luxe : car de toute dépense employée en choses inutiles ou superfluës, soit que la bizarrerie, l'extravagance ou le bon goût guide cette dépense, il résulte toujours un luxe, qui ne

diffère que de nom ; & mal pour mal
on doit préférer celui qui préfente
des objets agréables & amufans, à celui qui n'offre que des objets bizarres,
fantafques, extraordinaires, ridicules.

CHAPITRE VII.

De la continence publique.

ON eft étonné de trouver la continence publique confonduë a-
vec les Loix fomptuaires, comme fi le
luxe & l'incontinence étoient la même chofe. L'Auteur ayant cru qu'on
pouvoit lui en demander la raifon,
dit, que c'eft parce que *l'incontinence*
eft toujours fuivie du luxe , qu'elle le
fuit toujours , ... & que les mouve-
mens du cœur étant en liberté , on ne
peut gêner les foibleffes de l'efprit. La
première partie de ces raifons n'eft
pas jufte ; nous le prouverons : quant
à la feconde on ne l'entend pas , &
par conféquent on n'y peut rien répondre.

To. 1.
P. 172.

X iiij

To. I.
p. 163.
Il y a tant d'imperfections attachées à la perte de la vertu dans les femmes, toute leur ame en est si fort dégradée ; & ce point principal oté en fait tomber tant d'autres, que l'on peut regarder, dans un Etat populaire, l'incontinence publique comme le dernier des malheurs & la certitude du changement dans la constitution.

On convient qu'il y a beaucoup d'imperfections attachées à la perte de la vertu dans les femmes ; mais l'incontinence publique ne sçauroit exister sans celle des hommes. Si elle est un vice dans les premières, elle est également un vice dans les seconds. L'incontinence publique est un grand mal ; mais il ne l'est pas plus dans un Etat populaire, que dans un Etat aristocratique ou monarchique. L'incontinence est un malheur dans les mœurs ; mais elle n'est pas le dernier des malheurs dans la politique.

Avec la corruption des mœurs, avec la corruption des loix, les Gouvernemens n'en subsisteront pas moins, &

tant que leurs principes seront sains , les
mauvaises loix , les mauvaises mœurs
auront l'effet des bonnes : la force du
principe entraîne tout. C'est de quoi,
l'Auteur nous assure positivement,
tom. 1. pag. 189. ainsi nulle inquié-
tude à cet égard.

Aussi les bons Législateurs ont-ils exi- To. 1.
gé des femmes une certaine gravité de P. 164.
mœurs ; ils ont proscrit de leurs Républiques non seulement le vice , mais l'apparence même du vice ; ils ont banni jusqu'à ce commerce de galanterie , qui produit l'oisiveté , qui fait que les femmes
corrompent avant même d'être corrompuës , qui donne un prix à tous les riens ,
& rabaisse ce qui est important , & qui
fait que l'on ne se conduit plus que sur les
maximes du ridicule , que les femmes
entendent si bien à établir.

Les bons Législateurs, non-seulement des Républiques , mais encore
de toutes les formes de Gouvernemens possibles , ont proscrit ou dû
proscrire le vice , & jusqu'aux apparences du vice ; & comme l'inconti-

nence eſt auſſi blâmable dans les hommes que dans les femmes, & qu'il
faut qu'ils y contribuent chacun pour
moitié, ils n'ont pas dû la condamner
dans celles-ci, qu'ils ne l'ayent con-
damnée dans ceux-là.

Au reſte la galanterie ne produit
point l'oiſiveté : ce ſeroit bien plûtôt
l'oiſiveté qui produiroit la galanterie.
Ainſi les Légiſlateurs voulant bannir
la galanterie, auroient bien mieux fait
de bannir l'oiſiveté par un travail &
des occupations tellement ſucceſſi-
ves, pour les hommes & pour les
femmes, qu'ils n'euſſent pas été en-
nuyés d'un loiſir qu'ils ne ſçavent remplir que par des frivolités.

*Les femmes corrompent même avant
d'être corrompuës.* Peut-être qu'à force de réflexion, on trouveroit le ſens
de cette manière de parler ; mais
quelque choſe qu'elle ſignifie, on
peut l'appliquer également aux hommes ; car ſi c'eſt la vûë des femmes,
qui donne des tentations aux hommes, & qui les corrompt, les hom-

mes peuvent auffi corrompre de la même manière avant que d'être corrompus. Pour éviter toutes ces corruptions, faut-il renfermer les deux fexes chacun de leur côté & faire une prifon de l'Univers?

Il peut être vrai qu'il y ait des femmes qui *donnent un prix aux riens, & rabaiffent ce qui eft important ;* mais ce n'eft point à la galanterie, ni aux imperfections attachées à la perte de la vertu, que l'on doit attribuer leur ignorance; c'eft à la mauvaife éducation qu'il faut s'en prendre ; on leur a refufé tous les fecours. Ceux qui ont fait des loix n'avoient qu'à dire qu'on leur apprendroit toutes les fciences & tous les arts : on a fait le contraire; c'eft pour elles un malheur qu'on ne doit pas confondre avec l'idée d'un tort : on peut juger des progrès qu'elles auroient faits, par les fuccès de celles qui ont franchi les bornes étroites dans lefquelles leur mauvaife éducation les avoit refferrées.

L'on ne fe conduit plus que fur les ma-

ximes *du ridicule , que les femmes en-*
tendent si bien à établir.

Il paroît bien singulier que les hommes, qui font les Souverains de la société , ayent eu la foiblesse de laisser
établir des maximes, auxquelles ils se
font tellement soumis , qu'ils ne se
conduisent plus que par elles. Sont-
ils excusables de les avoir adoptées ?
font-ils fondés à s'en plaindre ?

To. 1.
p. 164.
Les femmes ont peu de retenuë dans
les Monarchies , parce que la distinction
des rangs les appellant à la Cour, elles y
vont prendre cet esprit de liberté, qui est
le seul que l'on y tolère ; chacun se sert de
leurs agrémens & de leurs passions, pour
avancer sa fortune.

De sept à huit millions de femmes
qu'il peut y avoir dans le Royaume ,
il y en a peut-être une centaine que la
distinction des rangs appelle habituel-
lement à la Cour ; & dans ce nombre, il y en a plusieurs très-aimables
& très raisonnables, d'après lesquelles l'Auteur auroit pû porter un jugement différent. Nous lui demandons

la permiſſion de n'être pas d'accord
avec lui ſur ce point.

Nous ne prétendons pas dire cependant qu'il n'y ait à la Cour comme à la Ville, des femmes d'une conduite & d'un caractère fort mépriſables : mais ce ſont des caractères particuliers qui ſe trouvent dans les Républiques comme dans les Monarchies, & ce n'eſt pas ſur des exemples ſinguliers qu'il faut faire le procès à la moitié du genre humain.

Comme la foibleſſe des femmes ne leur To. 1.
permet pas l'orgueil, mais la vanité, le P. 164.
luxe régne toujours avec elles.

Ceci ne paroît pas bien intelligible. L'orgueil & la vanité ſont des
foibleſſes de l'ame, qui dérivent du
même principe, qui appartiennent indiſtinctement à l'humanité, & qui
ſont également mépriſables. Quelle
eſt donc l'intention de l'Auteur, en
attachant à l'orgueil une idée plus
noble qu'à la vanité? Le deſtineroit-il
aux hommes ? Auroit-il miſſion pour
diſtribuer à ſon gré les maux dont la

fatale curiofité d'Epiméthée affligea l'humaine nature? Quoiqu'il en foit, nous ayant dit, tom. 2. page 5. que dans le Gouvernement d'un feul, le luxe étoit fondé fur l'orgueil, il en réfultera le même inconvénient, & le luxe régnera toujours avec les hommes par l'orgueil, comme il régne toujours avec les femmes par la vanité.

To. 1.   *Dans les Républiques les femmes font*
P. 165. *libres par les loix & retenuës par les mœurs : le luxe en eft banni, & avec lui la corruption & les vices.*

Dans les Républiques les femmes ne font pas plus libres par les loix, que dans les Monarchies. Les loix de toute l'Europe font à peu près les mêmes à cet égard ; & il n'y a aucune différence dans la morale. Quant au fait, nous avons parcouru quelques Etats Républicains, mais nous n'y avons pas fait des remarques auffi étenduës. Nous y avons trouvé quelques loix fomptuaires, nous y avons vû le luxe gêné dans quelques parties

& libre dans d'autres , & par-tout de la corruption & des vices comme dans les autres Etats ; parce que les Républiques, comme les autres E-tats , font habitées par des hommes & par des femmes.

Les Monarchies ont leur luxe par-ticulier ; les Républiques ont le leur. Un François galonne fon habit , un Hollandois achète l'oignon d'une fleur 10 à 12000 livres; chacun a fon caprice & fa folie ; & il en eft de même de ce que l'Auteur appelle la corruption. Un François vaut peut-être mieux qu'un Vénitien ; un Hol-landois vaut peut-être mieux qu'un Efpagnol; peut-être eft-ce le contrai-re ; peut-être fe valent-ils bien les uns les autres ; peut-être tous ne va-lent-ils rien ; & toutes ces alternati-ves peuvent éxifter , fans qu'il foit né-ceffaire d'y faire intervenir la forme du Gouvernement.

Dans les Villes Grecques où l'on ne vivoit pas fous cette Religion qui établit que chez les hommes même , la pureté

To. 1. p. 165.

*des mœurs eſt une partie de la vertu ;
dans les Villes Grecques, où un vice a-
veugle régnoit d'une manière effrénée,
l'amour n'avoit qu'une forme qu'on n'oſe
dire;tandis que la ſeule amitié s'étoit re-
tirée dans le mariage. La vertu, la
ſimplicité, la chaſteté des femmes y
étoient telles, qu'on n'a jamais guères
vû de peuple qui ait eu à cet égard une
meilleure police.*

L'amitié ſeule étant reſtée au mariage, comment à-t-il pû ſe faire que
la Gréce ait été ſi peuplée, qu'elle ſe
ſoit vuë forcée à différentes fois de ſe
débarraſſer de ſes ſujets par de nombreuſes tranſmigrations? Et comment
auroit-il pû ſe faire que la chaſteté des
femmes, (du moins quant au fait)
eût reçu la plus legére atteinte, ſi les
hommes ont été auſſi fidéles obſer-
vateurs de la police Grecque, qu'il
y a lieu de le préſumer d'après ce
qu'on nous dit ?

Mais eſt-il bien vrai que les Villes
Grecques euſſent permis ce vice af-
freux, & qu'il y régnât d'une manière

re effrénée ? Eft-il bien vrai que *les* T. 1. p.
Thébains pour adoucir les mœurs de leurs 63.
Jeunes gens, établirent par leurs loix un
amour qui devroit être profcrit par toutes
les Nations du monde ?

Ces villes, comme l'Auteur l'obferve, ne vivoient pas fous notre Religion ; mais quand il feroit poffible
qu'il n'y eût eu en Grèce ni religion,
ni Morale, la politique n'auroit jamais fouffert, encore moins autorifé,
un vice fi oppofé à la puiffance de
tout Etat. La raifon ne peut fe foumettre à ces idées, & elle fe trouve
d'accord fur ce point avec ce que
penfoient les Sages qui vivoient dans
ces fiècles reculés.

» Les Magiftrats voulant amollir (*a*)
» la trempe trop forte du courage de
» leurs jeunes gens, rendre leur na-
» turel plus fouple, plus liant, &
» dompter la férocité de leurs mœurs,
» mêlèrent le jeu de la flute parmi
» leurs occupations férieufes, & par-
» mi leurs plaifirs ; ils affaifonnèrent

(*a*) Plut. Dacier, vie de Pelop. Tom. 3. p. 122.

Y

» leurs exercices d'un peu d'amour
» &c. »

Gorgidas forma de ces jeunes gens
le Bataillon facré, compofé d'amans
& d'aimés ; fuivant leur première inf-
tution, ceux dont il étoit compofé
combattoient féparés & répandus
dans les premiers rangs de la bataille.
Mais ayant fait éclater leur courage
à la journée de Tégyre, Pelopidas les
réunit & les maintint depuis dans un
feul corps, parce qu'il avoit reconnu
que l'émulation & la jaloufie échauf-
foient le courage, augmentoient l'ar-
deur, & que ces braves gens fe fervoient mutuellement d'aiguillon.

Dans le réglement des Magiftrats Thébains, & dans les motifs
de la difcipline de cette milice, on
ne trouve qu'une politique fage &
raifonnée, on n'y découvre point çet
amour criminel qui fait rougir. On y
To. 1. voit au contraire avec Platon un
p. 63. » amour vertueux, qui forme une
» efpèce de fociété de courage & d'é-
» mulation, un amour pur & fans ta-

» che, un amour honnête qui porte
» au bien. Tel étoit, dit ce Philoso-
» phe, celui des jeunes gens du Batail-
» lon facré, & tel étoit celui de So-
» crate pour Alcibiade. (a) »

» Périffent malheureufement » dit
Philippe de Macédoine, après la bataille de Chéronée, où ce Bataillon
avoit été détruit en combattant vail-
lamment, » périffent tous ceux qui
» font capables de foupçonner que
» de fi braves gens ayent pû faire ou
» fouffrir des chofes fi honteufes. »
C'eft ainfi que penfe Plutarque dans
fes paralléles des Hiftoires Grecques
& Romaines, c'eft dans cet efprit
que les Républiques de la Grèce faifoient les règlemens de leur police.

Quoique tous ceux qui étoient
nés Citoyens d'Athènes, duffent a-
voir voix délibérative, auffi-tôt qu'ils
avoient atteint l'âge de puberté, cependant ils en étoient privés fans
retour, lorfqu'ils étoient reconnus

(a) Voy. les remarques fur la vie de Pélopidas.
Dacier, To. 3. p. 122.

Y ij

» pour des brutaux, qui dans la débau-
» che s'étoient emportés jusqu'à ou-
» blier leur sexe. » Ce sont les termes
de Plutarque, & il nous apprend encore, dans la vie de Lycurgue, » qu'à
» douze ans, les enfans de Lacédé-
» mone commençoient à avoir des
» amans, en s'attachant à ceux qui
» étoient les mieux faits, & qui ex-
» celloient sur tous les autres, & qu'a-
» fin que tout se passât dans l'honnê-
» teté & la bienséance, les vieillards
» étoient chargés d'y avoir l'œil. »

Quant au vrai amour, dit Plutarque,
T. 1. p. *les femmes n'y ont aucune part ; il par-*
165. *loit comme son siècle.*

Plutarque a fait un traité en Dialogue sur l'amour, dont les principaux interlocuteurs sont Protogène & Daph-
née. Le premier parle contre le mariage, le second en relève les avantages ;
& c'est le premier, l'adversaire du
mariage, qui dit *que quant au vrai a-
mour les femmes n'y ont aucune part.* On
lui rapporte plusieurs exemples d'un
fidèle & véritable amour, entre les

hommes & les femmes, & particulièrement celui de Sabinus & d'Epo-
nine, rare & parfait modèle de l'a-
mour conjugal. L'ennemi du mariage eft vaincu, le mariage de Daph-
née fe conclud, & la converfation
entre tous les interlocuteurs fe termine par ces mots : » Allons rendre
» graces au Dieu Amour de ce maria-
» ge : allons-nous-y-en, afin que nous
» rions, & nous mocquions de cet
» homme, (en montrant l'adverfaire
» du mariage.) Allons adorer & re-
» mercier le Dieu ; car il eft du tout
» évident qu'il a pour agréable & fa-
» vorife ce fait ici. »

Pourquoi fupprimer la partie effentielle du plaidoyer, pourquoi ra-
porter plûtôt le difcours fcandaleux,
que le difcours raifonnable ?

L'Auteur cite encore Xénophon
au Dialogue d'Hiéron ; mais quoique
Xénophon ne blâme pas ici directement l'inclination déréglée d'Hiéron, il la condamne d'une manière
fort expreffe en plufieurs autres en-

Y iij

droits de fes ouvrages. Dans fon fef-
tin chapitre 8. § 22. il appelle cet a-
mour » un commerce infâme qui a
» produit des défordres abominables.
Dans les chofes mémorables de Socrate liv. 1. chap. 3. § 11. le même
Auteur rapporte un Dialogue entre
Socrate & Critias, où il employe
les termes les plus vifs & les plus flé-
triffans contre cette aveugle paffion.

Une telle matière ne doit jamais
être agitée fans néceffité ; ici rien ne
l'éxigeoit. Lorfque la néceffité requiert qu'on en parle, ce doit toujours
être avec les ménagemens & les pré-
fervatifs que la pudeur, la décence
& le refpect pour les mœurs éxigent.

» Si nous fommes obligés, *dit Plu-*
» *tarque dans la vie de Cimon*, de par-
» ler de l'emportement des paffions,
» nous devons plûtôt les regarder
» comme des manques de vertu, que
» comme des vices, & les marquer
» légérement, en refpectant la na-
» ture humaine. »

Si l'on n'avoit pas lû le livre de

l'Efprit des Loix, on auroit peine à
imaginer la quantité de chofes étrangères que l'Auteur a fçu affocier au
luxe. Qui fe feroit attendu, par exemple, à trouver dans le chapitre deftiné
à cette matière, & ce que nous venons d'entendre, & des differtations
expreffes fur la condition des femmes, dans les différens Gouvernemens; fur le Tribunal domeftique
chez les Romains; fur la tutelle des
femmes; fur les peines établies contre leurs débauches par les Empereurs; fur la coutume des Samnites,
dans le choix que les jeunes gens faifoient des filles qu'ils devoient épou-
fer; fur les dots & avantages nup-
tiaux dans les diverfes conftitutions?
&c.

L'Auteur nous apprend fur cette
dernière partie, que la communauté des biens introduite par les loix
Françoifes entre le mari & la femme,
eft très convenable dans le Gouvernement monarchique; mais cette
heureufe concordance difparoît &

nous nous trouvons réduits à douter, si-tôt qu'il nous montre l'esprit qui a dicté ces Loix. En effet on voit à la pag. 173. T. 1. que c'eſt parce qu'on a cherché à *intéreſſer les femmes aux affaires domeſtiques*, & *à les rappeller comme malgré elles au ſoin de leur maiſon*. Et à la page 175. *qu'il eſt contre la nature & contre la raiſon, que les femmes ſoient maîtreſſes dans la maiſon*. (a)

Si l'Eſprit de la Loi de la Communauté des biens à été *d'intéreſſer les femmes aux affaires domeſtiques*, il eſt contradictoire avec l'eſprit de la loi, de dire qu'il eſt contre la nature & la raiſon qu'elles ſoient maîtreſſes dans la maiſon. La femme eſt la compagne du mari, & ce n'eſt pas comme eſclave qu'elle doit être admiſe à gérer les affaires communes.

Comment d'ailleurs la nature & la raiſon auroient-elles interdit une choſe qu'il feroit contre la nature &

(a) Ne croiroit-on pas cette maxime tirée d'une certaine chanſon de Colinet & de Perrette que tout le monde ſçait? *Oh oh, ce dit-il, c'eſt la raiſon que je ſois maître en ma maiſon, &c.*

la raison d'interdire, non-feulement pour ce qui appartient à la feule administration domestique, mais encore pour celle du dehors? La loi n'autorise-t'elle pas les femmes en plusieurs cas? A-t'elle trouvé trop de foiblesse dans les filles majeures, les femmes féparées, les Veuves, les Abbesses & les Supérieures de Communautés? La plûpart des femmes de Marchands, Négocians, Entrepreneurs, Navigateurs, ne gouvernent-elles pas toujours le dedans de leurs maisons, & souvent les affaires du dehors? Combien de fortunes dérangées par des maris dissipateurs, imprudens, paresseux, ineptes, imbeciles, rétablies par la vigilance & l'intelligence de leurs femmes?

La nature & la raison éxistent dans toutes les parties du monde; donc, suivant l'Auteur, il y auroit impossibilité physique, que dans aucune partie du monde les femmes pussent être maîtresses dans la maison. Cependant nous sommes furs d'après les

relations des voyageurs, (*a*) que dans
les Ifles Marianes , les femmes jouif-
fent dans la maifon de la plénitude de
l'autorité ; que les maris font foumis
& obéiffans à leurs ordres ; qu'ils n'o-
feroient même leur faire la plus lé-
gére infidélité ; que quand ils y manquent , ou qu'ils font les mutins , les
femmes les châtient , & que fi elles
prévoient que ces maris puiffent fe
rébeller , elles appellent les femmes
du voifinage , & avec leur fecours fe
font une bonne , prompte & rigoureu-
fe juftice , en pillant leurs biens , ou
les maltraitant outrageufement , s'ils
ne fe mettent à l'abri de cette correction par la fuite.

Plutarque, dans le parallèle de Numa & de Lycurgue, nous dit que » les
» femmes de Lacédémone étoient
» maîtreffes abfoluës dans la maifon,
» & qu'elles difoient leur avis dans
» le Confeil fur les affaires les plus im-
» portantes. » Et comment l'Auteur
à qui l'Hiftoire Romaine doit être

(*a*) Hift. gén. de tous les peuples du Monde.

extrêmement familière, ignore-t'il qu'à Rome, » une femme sage & » complaisante étoit maîtresse dans la » famille autant que le mari ; qu'à la » mort de son époux, elle entroit en » possession de ses biens avec les mê- » mes droits qu'une fille a sur l'héri- » tage de son père ; que s'il mouroit » sans enfans, & sans avoir fait de » testament, tout l'héritage lui appar- » tenoit &c. »

Telles furent, dit Denys d'Hali- carnasse, les belles loix que porta Ro- mulus. (*a*) Et Tacite ne nous dit-il pas que les femmes avoient si bien rompu les liens de la loi Oppienne, que non-seulement elles gouver- noient leurs maisons, mais encore les Tribunaux de Judicature ; avec cette différence qu'elles se faisoient mieux obéïr que leurs maris? (*b*)

Ces exemples & le bon sens prou- vent suffisamment, qu'il n'est ni con-

(*a*) Denys d'Halicarnasse To. 1. p. 122.
(*b*) Ann. de Tacite l. 3. tom. 2. p. 85 Trad. d'A- melot de la Houssaye, Harangue de Cecinna.

tre la nature, ni contre la raiſon que
les femmes ſoient maîtreſſes dans la
maiſon.

Mais ſi l'Auteur les prive d'un
avantage qui leur paroiſſoit ſi naturellement dévolu; on peut dire qu'il
les en récompenſe avec la plus ma-
gnifique profuſion. Il eſt contre la
nature & la raiſon, que les femmes
ſoient maîtreſſes dans la maiſon ; *mais
il ne l'eſt pas, dit-il, qu'elles gouvernent
un Empire* ; & voici l'eſprit de cette
loi; car ce n'eſt rien de connoître la
loi, ſi on ne connoît le motif de ſon
établiſſement: c'eſt que *dans le premier
cas, l'état de foibleſſe où elles ſont, ne
leur permet pas la prééminence ; dans le
ſecond, leur foibleſſe même leur donne ordinairement plus de douceur & de modération, ce qui peut faire un bon Gouvernement, plûtôt que les vertus dures &
féroces.*

To. 1. p. 175.

L'Auteur appelle toute ſociété politique quelconque, *une grande famille*. Un Empire eſt donc une très
grande famille. Or ſi les femmes peu-

vent bien gouverner cette grande famille, par la raison que, qui peut le plus peut le moins, elles pourront bien en gouverner une très-petite. Si l'on n'admet pas cette conséquence, il faut que le principe soit faux.

En disant que la foiblesse des femmes ne leur permet pas la prééminence pour le gouvernement de la maison, la leur refuseroit-il sur les enfans & sur les valets? On ne le pense pas : elles peuvent donc gouverner cette partie de la maison. Si on veut dire que cette foiblesse ne leur permet pas la prééminence sur le mari, cette idée se trouvera fausse, dès que la femme aura de l'esprit & du talent, & que le mari manquera de l'un & de l'autre. Car alors la femme commandera, elle ordonnera, & le mari cessera de prétendre à un droit qu'il ne seroit pas en état d'exercer. C'est un événement domestique assez commun, pour qu'il eût dû paroître très-possible à l'Auteur.

Mais ce qui fort de l'ordre ordinaire des chofes, ce font les effets oppofés de cette foibleffe. D'un côté elle interdit à la femme le gouvernement de la maifon : de l'autre elle eft la caufe de fa grande capacité pour le gouvernement des Empires. Faut-il donc l'union & le concours des quatre vertus cardinales, pour conduire un petit ménage ? La foibleffe & l'imbecillité fuffiront-elles pour gouverner l'Univers ?

Dans les Indes, on fe trouve très bien du Gouvernement des femmes.

To. I.
p. 175.

Dans les Indes & par-tout ailleurs on fe trouvera très bien du Gouvernement des femmes, quand elles auront les qualités néceffaires pour bien gouverner ; & là comme ailleurs on s'en trouvera très mal, quand ces qualités leur manqueront ; & ainfi des hommes. La douceur & la modération font des vertus qui appartiennent à l'ame, & qui ne dépendent ni de la force, ni de la foibleffe du corps : les deux fexes y ont un droit égal.

On leur donne un certain nombre de To. 1.
perfonnes pour les aider à fupporter le P. 175
poids du Gouvernement.

Qui eft-ce qui leur donne ce certain nombre de perfonnes ? Si c'eft
le peuple ou les Grands, elles ne jouif-
fent donc pas de la plénitude de la
fouveraineté : le peuple ou les Grands
gouvernent donc fous leur nom ?
mais cela ne fe peut pas. L'Auteur
dit que tout eft Defpotique en Afie ;
qui feront donc ceux qui auront la
hardieffe de donner ce certain nombre de perfonnes à ces terribles Sou-
veraines, & pourquoi ne pas dire tout
fimplement que les Reines, comme
les Rois de l'Afie & de l'Europe ;
fe choififfent un Confeil compofé de
graves perfonnages, pour les aider
de leurs avis & expédier les affaires ?

Refufer aux femmes la capacité de
gouverner leur ménage, parce que
c'eft une fonction au-deffus de leurs
forces ; leur accorder celle de bien
gouverner les Empires, parce que

c'eſt un amuſement proportionné à
leur foibleſſe, la compenſation eſt
avantageuſe, elles auroient tort de
s'en plaindre; mais les dépouiller en
faiſant gouverner pour elles un certain nombre de perſonnes, c'eſt aller directement contre les principes
de la Juriſprudence, & contre cet a-
xiôme de droit : *Donner & retenir ne*
vaut.

T. 1. p.
175.

   Si l'on ajoute à cela l'exemple de la
Moſcovie & de l'Angleterre, on verra
qu'elles réüſſiſſent également dans le
Gouvernement modéré & dans le Gou-
vernement deſpotique. Comment con-
cilierons-nous ces ſuccès dans l'un &
l'autre Gouvernement avec ce que
nous liſons à la page 42. tom. 1 ?

Ibid.

   Dans le Gouvernement Deſpotique,
ſi-tôt que le Prince ceſſe un moment de le-
ver le bras, quand il ne peut pas anéan-
tir à l'inſtant ceux qui ont les premières
places, tout eſt perdu.

   Si les femmes conſervent leur
douceur & leur modération, après
être montées ſur le trône, tout ſera
donc

donc perdu ; fi elles ne la confervent pas , elles feront donc incapables de gouverner : car ce n'eft qu'à
la faveur de ces vertus bienfaifantes
que l'Auteur leur a diftribué des couronnes. Comment fortir de là ? ce
n'eft pas notre affaire.

Quoique ce qui concerne le Gouvernement domeftique & politique
des femmes, fe trouve divifé en différens chapitres dans l'Efprit des Loix,
il nous a paru que ces deux parties a-
voient entre elles un rapport fi inti-
me , que nous n'avons pas crû devoir
les féparer ; & nous retournerons
maintenant fur nos pas , au fujet de
deux inéxactitudes que nous avons
trouvées chemin faifant. Voici la
première.

Marfeille fut la plus fage des Répu- To. 1.
bliques de fon tems ; les dots ne pou- p. 173.
voient paffer cent écus , & cinq en ha-
bits , dit Strabon , livre 4.

Si l'Auteur avoit pris la peine de
lire ce qui fuit dans Strabon , il auroit vû qu'il leur donne encore cinq

I. *Partie.* Z

écus en ornemens d'or, pour fervir à la parure de l'époufée. Pourquoi leur faire ce retranchement? elles n'avoient rien de trop. La feconde inéxactitude tombe fur le paffage fuivant.

Les Samnites avoient une coutume qui dans une petite République, & furtout dans la fituation où étoit la leur, devoit produire d'admirables effets.

To. 1. p. 174.

L'Auteur s'eft trompé. Il a pris les Sunites, peuples de la Sarmatie, pour les Samnites peuples de l'Italie. Stobée les appelle Σύνιται, *Sunitæ.* Ortélius & Procope parlent de ces peuples. La Martinière les nomme *Suniti.* L'Auteur a donné un Errata; il a oublié d'y comprendre cet article.

CHAPITRE VIII.

Sur la corruption des principes des trois Gouvernemens.

SI ce que nous avons dit sur les principes des trois Gouvernemens, prouve qu'ils ne sont pas tels que l'Auteur les suppose, il semble qu'il seroit inutile d'examiner ce qu'il dit sur la corruption de ces mêmes principes. Cependant comme nous y trouverons de nouvelles preuves de leur insuffisance, nous n'avons pas crû devoir le passer sous silence.

La corruption de chaque Gouverne- To. 1. *ment commence presque toujours par* p. 176. *celle des principes.*

C'est là tout le chapitre & pour être court, il n'en est pas plus intelligible. De quelle corruption s'agit-il ? Est-ce de la corruption des mœurs, ou de la corruption des principes politiques de chaque Gouvernement ?

Si c'eſt de la corruption des mœurs, il n'y a point d'impoſſibilité que le principe politique de tout Gouvernement quelconque ſubſiſte avec des mœurs plus ou moins bien réglées : par exemple, dans le Gouvernement que l'Auteur appelle deſpotique, & auquel il donne la crainte pour principe ; tant que les ſujets de ce Gouvernement redouteront la puiſſance deſpotique, tant que le Deſpote *aura le bras levé*, comme parle l'Auteur, pour anéantir ſes ſujets, ce Gouvernement jouira de la tranquillité & de tous les autres avantages qui lui ſont propres, indépendamment des mœurs du Deſpote ou de ſes Sujets. S'il entend, par la corruption du principe, la corruption de la vertu, de l'honneur ou de la crainte, qui, ſelon lui, ſont les trois principes fondamentaux qui donnent l'être & l'éxiſtence à la Démocratie, à la Monarchie, & à la Deſpotie ; ces principes ne ſont pas ſuſceptibles de corruption.

Il peut s'introduire des vices dans l'adminiſtration politique ; ils peuvent ſe multiplier, ils peuvent devenir ſi nombreux qu'ils empêchent l'effet des principes, qu'ils faſſent taire les loix. Mais ni les loix, ni les principes ne ſeront corrompus pour cela : qu'on ceſſe de leur faire violence, qu'on leur rende la liberté, on trouvera les loix auſſi juſtes, & les principes auſſi ſains & auſſi entiers qu'ils étoient auparavant : c'eſt peut-être ce qui fait que l'Auteur appuye ſi légèrement ſur cette idée, & qu'il ſe hâte de faire intervenir d'autres cauſes de corruption.

Le principe de la Démocratie ſe corrompt, dit-il immédiatement après, *non-ſeulement lorſqu'on perd l'eſprit d'égalité ; mais encore quand on prend l'eſprit d'égalité extrême.*

T. 1. p. 176.

Voilà donc deux ſortes d'égalités, une ſimple, c'eſt-à-dire, apparemment une égalité qui n'eſt pas tout à fait égale, & une extrême qui eſt apparemment une égalité très égale.

Z iij

On convient qu'il peut y avoir différentes égalités ; mais c'eft en tant qu'elles fe rapportent à différens objets ; car pour le même, l'égalité ne fçauroit admettre ni des plus , ni des moins , ni des extrêmes ; c'eft une parité , une exacte reffemblance , & une jufte proportion entre les chofes & les perfonnes. L'auteur va nous expliquer ce que c'eft que l'égalité extrême : pour l'égalité fimple il nous laiffe ignorer quelle eft fa nature, quoiqu'il eût été néceffaire de la connoître , pour prévenir les attaques de la corruption ; car c'eft par l'égalité fimple qu'il la fait commencer.

T. 1. p. 176. *L'égalité extrême eft lorfque chacun veut être égal à ceux qu'il a choifis pour le commander.*

Cela eft encore difficile à entendre. Dans le Gouvernement populaire , ceux qui obéïffent & ceux qui commandent, ceux qui élifent , & ceux qui font élus, font égaux ; ils ont également voix active & paffive dans les élections ; mais cette égalité cefse, au moyen des dignités dont sont revêtus ceux en faveur de qui les suffrages se font réünis, & si comme l'Auteur le dit : *Le peuple ne pouvant* *souffrir le pouvoir même qu'il confie,* *veut tout faire par lui-même, délibé-* *rer pour le Sénat, exécuter pour les Ma-* *gistrats, & dépouiller tous les Juges ;* alors ce n'est plus une égalité extrême qui en résulte, mais une anarchie extrême : dans ce moment le Gouvernement touche au terme fatal de sa dissolution, & cette situation malheureuse n'appartient pas plus à la Démocratie, qu'à l'Aristocratie & à la Monarchie ; car toutes les fois que dans ces autres Gouvernemens le peuple voudra être égal à ses supérieurs, & commander à ceux auxquels il doit obéir, le Corps politique sera détruit, parce qu'aucun Gouvernement ne peut exister sans loix, sans chefs, sans l'obéissance düe aux loix & aux chefs, quelque soit son principe. Que devient après cela l'énumération des conséquences

T. 1. p. 176.

Z iiij

réfultantes de l'égarement dans lequel l'Auteur fuppofe le peuple foumis au Gouvernement démocratique ?

To. 1.
p. 177. Les Magiftrats ne font plus refpec-
tés. *Les délibérations du Senat ne font*
plus péfées ; on n'a donc plus d'égards
pour les Sénateurs, & par conféquent
pour les Vieillards. Si l'on n'a plus de ref-
pect pour les Vieillards, on n'en aura pas
non plus pour les pères ; les maris ne mé-
ritent pas plus de déférence, ni les maî-
tres plus de foumiffion .... Les femmes,
les enfans, les efclaves n'auront de fou-
miffion pour perfonne ; il n'y aura plus
de mœurs, plus d'amour de l'ordre, enfin
plus de vertu.

Si les loix font en vigueur, fi l'o-
béïffance eft entretenuë, la forme du
Gouvernement fe maintiendra, l'ordre fubfiftera dans toutes fes parties ;
chaque état & chaque condition
jouira des droits & des avantages qui
lui font affignés. Mais fi chacun veut
y être maître, ce ne fera plus que
confufion, & cet état de confufion

une fois fuppofé énonce toutes les calamités enfemble, & réduit à un pléonafme cette multitude de confé-quences, qui au refte, comme nous l'avons dit, n'appartiennent pas plus à la Démocratie qu'aux autres efpè-ces de Gouvernement.

La vertu, dont l'égalité extrême a-voit occupé la place depuis le com-mencement de ce chapitre, revient & termine les nombreufes confé-quences de l'Auteur : *Enfin*, dit-il, *plus de vertu.*

Quand ces fortes d'événemens ar-rivent, c'eft toujours au grand regret des Citoyens fages, tranquilles & vertueux. Perfonne n'aime l'anar-chie, que ceux qui font impunément leurs volontés, & qui exercent leurs cruautés & leurs vengeances à l'abri du défordre & de la confufion. Mais les bons Citoyens ayant à craindre pour leur vie, & pour leurs biens, n'ofent s'oppofer à la témérité, à l'in-folence & à la fureur des efprits fac-tieux & turbulens : un petit nombre de méchans l'emporte fur un grand nombre de gens de bien.

N'y avoit-il plus de vertu à Rome, du tems de Marius & de Sylla? N'y avoit-il plus de Citoyens vertueux dans la République de Hollande, qui vient de paffer de la Démocratie à une Dictature perpétuelle? Y a-t'on manqué de refpect pour les Vieil-lards? A t'on vû les enfans infulter leurs pères & les domeftiques mal-traiter leurs maîtres? La fociété poli-tique du Gouvernement démocrati-que peut donc fe diffoudre, quoique la plus grande partie des Citoyens foient encore vertueux.

To. 1.
p. 179.   *Syracufe effuya des malheurs que la corruption ordinaire ne donne pas. Cette Ville toujours dans la licence, également travaillée par fa liberté, & par fa fervi-tude, recevant l'une & l'autre comme une tempête, & malgré fa puiffance au dehors, toujours déterminée à une révo-lution, par la plus petite force étrangère, avoit dans fon fein un peuple immenfe, qui n'eut jamais que cette cruelle alter-*

native, de se donner un Tyran, ou de l'être lui-même.

On ne peut pas dire que cela ne soit fort élégamment écrit; mais pourquoi s'attacher uniquement & opiniâtrément à Syracuse? Aristote d'après lequel l'Auteur dit qu'il parle, n'a pas eu plus particulièrement Syracuse en vûë, qu'une infinité d'autres Villes & Etats qu'il nomme, & dont il rapporte les révolutions, par forme de supplément au chapitre précédent, *ad fusiùs explicandum seditionum causas.* C'est une espèce de traité *ex professo*, de toutes les séditions qui lui étoient connuës, des causes qui y avoient donné lieu; & les mouvemens divers de Syracuse n'y tiennent pas plus de place que ceux d'Argos, d'Athènes, de Rhodes, de Thèbes, de Mégare, de Tarente, de Lacédémone, de Trézène, de Chio, & d'une multitude d'autres villes que nous passons sous silence, & qu'on peut voir dans les politiques d'Aristote, liv. 5. chap. 3.

L'Auteur dit dans la même page, que *la paſſion de deux jeunes Magiſtrats, dont l'un enleva à l'autre un jeune garçon, & celui-ci lui débaucha ſa femme, fit changer la forme de cette République* (Syracuſe.) Et il cite le livre 7. ch. 4. des Politiques d'Ariſtote. Nous avons eu beaucoup de peine à vérifier cette citation. Enfin nous avons reconnu qu'il falloit rapporter ce trait au livre 5. chap. 4. des Politiques du même Philoſophe, à l'endroit où il prouve que les ſéditions naiſſent ſouvent de peu de choſe: *Seditiones non de parvis, ſed ex parvis rebus oriri.*

To. 1. *La victoire de Salamine ſur les Per-*
p. 181. *ſes corrompit la République d'Athènes.*

L'Auteur cite encore Ariſtote politique livre 5. chap. 4. Ariſtote dit feulement que cette victoire rendit plus fort le Gouvernement du peuple : *propter hanc maritimam potentiam, Democratiam robuſtiorem ac validiorem reddidit.* Ariſtote ne pro-

diguoit pas ainſi le terme de *corruption* : il ne le plaçoit qu'où il devoit raiſonnablement ſe trouver.

L'Ariſtocratie ſe corrompt, lorſque le To. 1.
pouvoir des Nobles devient arbitraire. Il P. 181.
*ne peut plus y avoir de vertu dans ceux
qui gouvernent, ni dans ceux qui ſont
gouvernés.*

Un pouvoir arbitraire eſt une puiſſance qui n'eſt bornée & déterminée
ni par le droit, ni par la loi. Or toutes les fois qu'un pouvoir de cette eſpéce ſera exercé, ſoit dans une Ariſtocratie, ſoit dans une Démocratie,
ſoit même dans une Monarchie, la
forme de ces différens Gouvernemens ſera altérée, dénaturée, corrompuë; mais, nous le répéterons,
cet accident n'eſt pas plus particulier
à l'Ariſtocratie, qu'à la Démocratie,
& à la Monarchie. Qu'alors il n'y ait
plus de vertu *dans ceux qui gouvernent*, à la bonne heure, l'abus du
pouvoir ne s'aſſocie pas volontiers
avec la vertu; mais ce n'eſt pas la
même choſe pour *ceux qui ſont gou-*

vernés. Si la vertu doit abandonner les Tyrans, elle ne doit pas abandonner les victimes de la tyrannie, sur-tout dans le moment où ils en ont le plus de besoin, pour supporter les injustices auxquelles ils sont exposés. Il seroit difficile de sortir de-là sans le secours de l'Auteur : mais il dit ailleurs, que les sujets de l'Aristocratie

To. 1. font *à l'égard des Nobles, comme les*
P. 34. *sujets de la Monarchie sont à l'égard du*
Idem.
P. 36. *Monarque, & que dans la Monarchie*
l'Etat les dispense de toutes les vertus.

Au moyen de ces deux propositions il est facile de sentir que, quand l'Aristocratie se corrompt, les sujets de cet Etat ne peuvent perdre leur vertu, puisqu'ils n'en ont point, ce qui leve toute difficulté.

To. 1.   *Quand les familles régnantes obser-*
P. 182. *vent les loix, c'est une Monarchie qui a*
plusieurs Monarques..... mais quand
elles ne les observent pas, c'est un Etat
despotique qui a plusieurs Despotes.

Quand les familles régnantes observent les loix, c'est une Aristocra-

tie & non une Monarchie. L'obſer-
vation des loix dénote & confirme le
caractère d'un Gouvernement, & ne
le dénature pas, ſans quoi on ſeroit
en droit de dire, que quand le Monarque obſerve les loix, c'eſt une
Ariſtocratie qui n'a qu'un Ariſtocrate.
La Monarchie eſt le Gouvernement
d'un ſeul ; & quand l'Etat eſt gouverné par pluſieurs, ce n'eſt plus une Monarchie.

L'Etat deſpotique qui a pluſieurs
Deſpotes, eſt encore moins admiſſi-
ble. Le Deſpote conſidéré dans le
ſens de l'Auteur, eſt un Monarque abſolu, qui ne connoît d'autres loix que
ſon caprice, qui n'admet ni conſeils,
ni remontrances, qui dévaſte tous
les pays qui l'environnent, & qui
ſur le plus leger ſoupçon répand avec
profuſion le ſang de ſes ſujets. Il ſeroit beau de voir deux ou trois mille
hommes de cette eſpèce gouverner
un Etat !

Regarder le corps des Nobles, qui
obſervent les loix comme pluſieurs

Monarques, n'eſt-ce pas reconnoître l'eſprit de ſoumiſſion, dans le corps du peuple, pour un des principes du Gouvernement ariſtocratique ? Dire que ces Monarques ſont liés par les loix, n'eſt-ce pas convenir que ce qui compoſe l'Ariſtocratie, eſt le principe de la Démocratie uni à celui de la Monarchie ? Dire enfin, par une double ſimilitude à la Monarchie, que ſi les Nobles n'obſervent pas les Loix, c'eſt un Etat deſpotique qui a pluſieurs Deſpotes, n'eſt-ce pas dire que ce qu'on appelle Deſpote, n'eſt autre choſe que le Monarque qui abuſe de ſon pouvoir, en gouvernant capricieuſement & arbitrairement ? Tant il eſt vrai que la prévention eſt toujours obligée de rendre hommage à la vérité !

L'eſprit de ſoumiſſion étant le principe de la Monarchie, ce principe ſe corrompt, quand cette ſoumiſſion n'eſt plus telle que la nature du Gouvernement l'exige. En entrant dans la ſociété civile, l'homme perd ſon indépendance

indépendance & sa liberté naturelle ; il renonce au droit d'occuper par force ce qui lui convient ; il transfère à celui à qui il s'est soumis, tous les droits & tout le pouvoir qu'il avoit dans l'état naturel ; il se dépouille de tout ce qu'il avoit de force & de puissance , & le Prince la réünit en lui.

C'est cette union de volontés qui constituë le corps politique , qui est la plus puissante de toutes les sociétés : c'est par le moyen de cette union que l'Etat est censé vouloir tout ce que veut son Chef ; c'est par cette union que les sujets se font soumis à l'obéïssance du Souverain , & à l'aider de leurs personnes & de leurs biens ; c'est par cette union enfin qu'a commencé le pouvoir que les Rois & les Princes de la terre se font successivement transmis. Et tant que l'esprit qui a dirigé cette union , qui n'est autre chose que l'esprit de soumission, ne sera point altéré , la Monarchie subsistera ; & cette soumisfion eſt également néceſſaire dans toute eſpèce de Gouvernement, toutes les fois que l'on y parle au nom de la Souveraineté.

To. 1.
p. 183. *Comme les Démocraties ſe perdent lorſque le peuple dépouille le Sénat, les Magiſtrats & les Juges de leurs fonctions, les Monarchies ſe corrompent lorſqu'on ôte peu à peu les prérogatives des Corps, ou les priviléges des Villes. Dans le premier cas, on va au Deſpotiſme de tous : dans l'autre au Deſpotiſme d'un ſeul.*

Le peuple étant le Souverain & le Légiſlateur dans la Démocratie, il peut dépouiller le Sénat, les Magiſtrats & les Juges de leurs fonctions, quand il lui plaît : c'eſt de lui qu'ils tiennent ce qu'ils ont d'autorité, il peut la reprendre & en revêtir d'autres, s'il croit que ce ſoit pour ſon avantage ; & loin que l'exercice de la puiſſance ſoit un affoibliſſement de la puiſſance, il eſt au contraire la marque la plus certaine de ſa plénitude.

Le Monarque réünissant dans sa personne toute la puissance de la société, il en peut user, à cet égard seul, comme le peuple réüni en use dans la Démocratie : car quoique les diverses révolutions des Empires en ayent changé & multiplié les formes, la Souveraineté n'en a point été altérée, quant au fond des droits qui lui appartiennent, soit qu'elle ait été réünie dans la personne d'un seul, soit qu'elle ait été divisée entre plusieurs, parce qu'elle est une, simple & indivisible.

Si les Corps & les Villes jouissent de prérogatives & de priviléges usurpés, arrachés par la force des circonstances ; s'ils en abusent, s'ils sont onéreux aux autres parties du Gouvernement ; qui doute que le Souverain n'ait le droit de les révoquer, ou de les réduire ?

Comme les biens & les avantages d'un Etat sont communs à tous les Sujets dont il est composé, les Sujets doivent également en supporter les charges. Dans les Gouvernemens les mieux policés, les priviléges ont toujours été fort rares : ce font autant d'infractions contre la loi, & d'efforts qui attaquent & renverfent cette proportion fi recommandable dans un Etat, & entre les membres d'un Etat.

Au refte les actes d'autorité qui fuppriment ou modifient les priviléges, font fort éloignés de donner atteinte au principe de la Monarchie, quand ils ont pour but la juftice & le bien public ; & s'ils en excédoient les bornes, ce feroit alors le Monarque qui abuferoit de fon pouvoir ; mais ce n'en feroit pas moins une Monarchie, & cette Monarchie n'en fubfifteroit pas moins, en fuppofant que fon principe, qui eft l'efprit de foumiffion, ne fût point altéré.

Quant à la Démocratie qui, en fe perdant, va au Defpotifme de tous, ce Defpotifme, exercé par toute une Nation, préfente une idée fort fingulière.

Qu'on s'imagine les deux grandes Républiques de Rome & de Carthage corrompuës en même tems ; ç'auroit été, selon l'Auteur, le cas du Despotisme de tous, c'est-à-dire, qu'il y auroit eu autant de Monarques abusant de leur pouvoir, que de Citoyens. Ainsi la surface de la Terre auroit été couverte de Monarques qui n'auroient eu de règle que leur caprice, & qui auroient exercé une infinité de cruautés.

Reste une difficulté. Voilà un monde de Souverains & pas un Sujet. L'Auteur y pourvoira sans doute ; en attendant, voyons les autres causes de la corruption du principe de la Monarchie. Elles ont été puisées dans les livres Chinois.

Ce qui perdit les Dynasties de Tsin & To. 1. *de Soüi, c'est qu'au lieu de se borner à* p. 184. *une seule inspection générale, seule digne du Souverain, les Princes voulurent gouverner immédiatement par eux-mêmes : ce qui, suivant la remarque de l'Auteur Chinois, explique la cor-*

ruption de toutes les Monarchies.

Nous avons cherché fi, dans ce paragraphe, l'Auteur n'auroit pas eu intention de dire fimplement que les Souverains devoient négliger les petits détails, dans la crainte qu'ils ne nuiffent aux grandes parties de l'adminiftration ; mais le texte ne fçauroit fe plier à cette fuppofition : il porte expreffément que ce qui caufa la ruine des deux Dynafties Chinoifes, *c'eft que les Princes voulurent gouverner immédiatement par eux-mêmes.* Cependant les Rois qui ont vécu jufqu'à ce jour, croyant que la plus noble fonction qui fût au monde étoit d'être prépofé par fon état, pour faire le bonheur des hommes, ils avoient imaginé que le meilleur & le plus fûr moyen de parvenir à cette fin heureufe, étoit de voir tout par eux-mêmes, & de faire précifément pour le bonheur de leurs Empires les chofes aufquelles l'Auteur en attribuë la perte.

Les peuples ont toujours redouté

les Miniſtres uniques & abſolus, les minorités & tout ce qui pouvoit ſe placer entre le Trône & eux : mais ce que nous avions regardé juſqu'à préſent comme une perfection dans le Gouvernement monarchique, eſt regardé par l'Auteur comme la cauſe immédiate & certaine de ſa corruption, comme quelque choſe qui explique en même tems la corruption de tous les Gouvernemens de cette eſpèce ; & il dit, qu'il a puiſé cet axiôme politique dans une compilation d'ouvrages faits ſous les Mings rapportés par le Père du Halde, dans ſon Hiſtoire de la Chine. Sur quoi il ſe préſente pluſieurs obſervations.

1°. Le véritable nom de l'Auteur de ces ouvrages n'eſt point Ming, mais bien Meng ou Mencius. Les Ming ſont une race ou pluſieurs races d'Empereurs de la Chine : il y en a eu cinq de ce nom ſous différentes Dynaſties, dont on trouve l'Hiſtoire dans le Père du Halde, depuis la page 395 juſqu'à la pag. 424. du tom. 1.

Meng ou Mencius, appellé Meng-Tſée ou le Docteur, étoit un Philoſophe de grande réputation, parent du Roi de Lou, & diſciple de Tſé-Sſeë petit-fils de Confucius. C'eſt lui qui a écrit le quatrième livre claſſique ou canonique du ſecond ordre des Chinois, qui, entre autres choſes, contient la manière de bien gouverner ; & c'eſt ce livre que l'Auteur appelle *compilation d'ouvrages faits ſous les Ming*, confondant le nom d'un Philoſophe avec celui de pluſieurs Empereurs qui ont regné ſur la Chine.

2°. En diſant que ces ouvrages ont été faits ſous les Ming, il entend ſans doute que celui qui les a écrits, vivoit du tems de ces Empereurs. Or le Docteur Meng ou Mencius naquit 381 ans avant J. C. & le premier des Empereurs du nom de Ming, qui fut le quinzième de la Dynaſtie des Han, vivoit dans le quarante-unième Cycle Chinois, qui revient à l'an 64 de Jeſus-Chriſt ; par conſéquent anachroniſme de plus de quatre ſiècles.

3°. A l'exception de Eul-Chi troifième Empereur de la quatrième Dy-
naftie, qui abandonna les affaires à
fon Colao, ou premier Miniftre, ce
qui lui coûta l'Empire & la vie, tous
les autres gouvernèrent par eux-mêmes.

4°. Loin que Mencius dans fes
écrits & dans fes converfations ait
confeillé aux Souverains de fe borner
à une infpection générale, & de ne
pas gouverner immédiatement par
eux-mêmes, il ne donne que des avis
abfolument oppofés. C'eft ce dont on
pourra fe convaincre en lifant le Père
du Halde, T. 2. depuis la p. 3 3 4. jufqu'à
la page 3 6 3. Il feroit trop long de rapporter ce qu'il dit au fujet du Philofophe Mencius. Mais on pourra juger
de ce Philofophe & de fon efprit par
les deux traits fuivans pris au hazard.

Dans un entretien qu'il eut avec
le Roi de Guei, il lui recommande
expreffément l'adminiftration perfonnelle de fon Etat. » Un bon Prince,
» dit-il, doit foigneufement veiller à

» l'agriculture , & à ce que fon
» Royaume abonde en toutes chofes
» néceffaires,comme le moyen le plus
» fûr de multiplier fon peuple ; il doit
» être modéré dans les châtimens , &
» dans l'impofition des tributs , faire
» inftruire la jeuneffe , ériger des éco-
» les , établir de bonnes loix , & ga-
» gner le cœur de fes fujets par fa dou-
» ceur , fa piété & fon équité.

» Que penferiez-vous, difoit-il, en
» parlant au Roi Siven-Vang , fi ce-
» lui qui eft à la tête d'un tribunal fu-
» prême de la Juftice,n'avoit pas l'œil
» fur la conduite des fubalternes ; s'il
» ne s'informoit pas de la manière
» dont les Magiftrats adminiftrent la
» Juftice ; s'il permettoit qu'on cha-
» tiât les innocens , & que l'on ren-
» voyât les criminels abfous ? Je le
» dépoferois , lui répondit le Prince.
» Et fi un Roi néglige le foin de fon
» Royaume, s'il ne fonge pas à inf-
» truire fes peuples, s'il n'a pas com-
» paffion de leur mifère , s'il ne pro-
» tége pas les malheureux & ceux

» qui font fans appui, qu'en penfe-
» riez-vous ? »

Cet apologue auroit dû plaire à un
bon Roi ; il ne plut pas à celui-ci.

Tout ce livre eft plein de cette morale & de ces confeils. Eft-ce là dire
que ce qui perdit les Dynafties de
Tfin & de Soüi, *ce fut parce que les
Princes voulurent gouverner immédiatement par eux-mêmes ?*

Il y a encore plufieurs autres caufes de corruption par rapport à la Monarchie, fur lefquelles le lecteur fera
fes réfléxions. Nous ne les entendons pas affez pour en dire notre fentiment : c'eft par exemple : *Lorfqu'un
Prince eft plus amoureux de fes fantai-
fies que de fes volontés ; lorfqu'il appelle
l'Etat à la Capitale ; la Capitale à la
Cour, & la Cour à fa feule perfonne ;
lorfqu'il méconnoît fon autorité & fa fituation; lorfque les premières dignités font
les marques de la première fervitude ;
lorfque le Prince met, comme les Empereurs Romains,une tête de Medufe fur fa
poitrine ; lorfqu'il prend cet air mena-*

T. 1. p.
184. &
fuivan-
tes.

çant & terrible que l'Empereur Commo-
de faisoit donner à ses statuës.

Quel malheur que la Monarchie, qui passe parmi les politiques pour une des meilleures formes de Gouvernement, soit une aussi frêle machine, & sujette à toutes les infirmités dont on vient de parler !

To. 1.
p. 188. *Le principe du Gouvernement despotique se corrompt sans cesse, parce qu'il est corrompu par sa nature.*

Ce ne sera pas sans peine que l'on parviendra à concevoir ce que c'est qu'une chose qui se corrompt sans cesse, parce qu'elle est corrompuë par sa nature ; car si elle est corrompuë par sa nature, elle est parvenuë par cet état au dernier période de la corruption, & ne peut se corrompre ni davantage, ni sans cesse, ni de quelqu'autre manière que ce soit.

Si on pouvoit lire dans la pensée de l'Auteur, on seroit en état de porter un jugement sur cette proposition ; mais faute de connoître l'esprit, on est forcé de s'en tenir à la lettre; & sur cette lettre, il femble que l'on peut raifonner ainfi.

Suivant l'Efprit des Loix, la crainte eft le principe du Gouvernement def-potique; le principe du Gouverne-ment defpotique eft corrompu par fa nature; la corruption ne peut-être le principe d'aucun Gouvernement; donc le Gouvernement Defpotique n'a point de principe.

Les autres Gouvernemens périffent, parce que des accidens particuliers en vio-lent les principes; celui-ci périt par fon vice intérieur lorfque quelques caufes ac-cidentelles n'empêchent pas fon principe de fe corrompre. To. 1. p. 188.

Si les autres Gouvernemens périf-fent, parce que des accidens particu-liers en violent les principes, ce n'eft donc plus, comme l'Auteur le difoit il n'y a qu'un moment, à la corrup-tion des principes qu'il faut s'en pren-dre, mais à la violence que leur font ces accidens particuliers.

On nous parle ici d'un pouvoir def-tructif dans les accidens particuliers,

& d'un pouvoir confervatif dans les caufes accidentelles. Comme il paroît qu'il doit y avoir une forte d'affinité entre les deux, quel bonheur, quel avantage pour tant de Royaumes & de Républiques, fi on pouvoit parvenir à concilier l'accidentel avec l'accident ? Et qui en eft plus capable que l'Auteur, lui qui a *examiné cette infinie diverfité de loix & de mœurs; lui qui n'a pas tiré fes principes de fes préjugés, mais de la nature des chofes.* (a) Cependant il paffe fous filence les moyens que l'on pourroit employer contre les effets deftructifs des accidens particuliers des autres Gouvernemens, & il ne nous parle que des effets confervatifs des caufes accidentelles du Gouvernement defpotique,

To. 1. *quoiqu'il femble que la nature humaine* 100. *dût fe foulever fans ceffe contre ce Gouvernement.*

Tom.1. *Il fe maintient,* dit-il, *quand des cir-* p. 188. *conftances tirées du climat, de la Religion, de la fituation ou du génie du*

(a) Préface de l'Efprit des Loix.

peuple , le forcent à suivre quelque ordre & à souffrir quelque règle ; ces choses forcent sa nature , sans la changer ; sa férocité reste , elle est pour quelque tems apprivoisée.

Comment le climat, la religion, la situation, le génie du peuple peuvent-ils forcer la nature d'un Gouvernement qui a été établi sous ce même climat, sous cette même religion, sous ce même génie ? Il faudroit que ces différentes choses eussent elles mêmes changé. Cependant la Turquie, la Perse, le Mogol, la Chine sont encore sous le même degré de la sphère ; les peuples y suivent le même culte ; ils ont les mêmes mœurs & les mêmes manières qu'ils ont euës dans tous les tems. Si on en doute, il n'y a qu'à lire le chapitre 4. du livre 14. de l'Esprit des Loix, tome 1. page 367. qui a pour titre : *Cause de l'immutabilité de la Religion, des mœurs & des manières dans l'Orient.*

On y verra que dans ces pays rien n'est assujetti à l'altération & à la va-

riation, même les chofes qui paroiffent indifférentes ; comme la façon
de fe vêtir, qui y eft aujourd'hui telle
qu'elle étoit il y a mille ans. Comment la nature du Gouvernement,
qui eft bien d'une autre importance,
peut-elle donc être tantôt en règle,
tantôt en défordre, tantôt féroce,
tantôt apprivoifée ? Comment ces vi-
ciffitudes peuvent-elles fortir de cette fource qui produit l'immutabilité ?

T. 1. p. *Lorfque les principes font une fois*
189. *corrompus, les meilleures loix devien-*
nent mauvaifes & fe tournent contre
l'Etat. Lorfque les principes en font
fains, les mauvaifes ont l'effet des bon-
nes. La force du principe entraîne tout.

A ce fujet l'Auteur cite l'infurrection des Crétois, & il fait confifter
cette infurrection dans le fouleve-
ment d'une partie des Citoyens contre l'autre qu'elle met en fuite. On
imagineroit d'après ces termes que ce
feroit une efpèce de jeu, mais Ariftote, qu'il a traduit, s'exprime bien
différemment.

Ils

Ils ont coûtume, dit ce Philofophe, d'exciter des féditions, & de
combattre entre eux à main armée.(*a*)
Mais Ariſtote eſt fort éloigné d'approuver un tel uſage, puiſqu'il dit
qu'il eſt ridicule, fort oppoſé aux
conſtitutions d'un Etat policé, & tyrannique.

L'Auteur convient qu'une telle
inſtitution devoit renverſer quelque
République que ce fût ; cependant
qu'elle ne détruiſit pas celle de Créte, & il en donne la raiſon : c'eſt
qu'on ſe réüniſſoit toujours d'abord
contre les ennemis du dehors, ce qui
s'appelloit *Syncrétiſme* ; raiſon tirée,
dit-il, des œuvres morales de Plutarque, page 88.

Voici ce que l'on trouve dans Plutarque. Il dit que les Crétois étoient
fort agités de guerres civiles, que les
guerres étrangères les réüniſſoient,
& qu'ils ſuſpendoient leurs diviſions
domeſtiques, lorſqu'ils étoient atta-

(*a*) *Conſueverunt ſeditionem excitare, & inter ſe
digladiari & decertare, &c.*

I. Partie.　　　　　B b

qués par des ennemis étrangers. Mais Plutarque ne dit pas que ce fût la raiſon pour laquelle l'Inſurrection ne détruiſit pas la République de Créte : il ne dit pas que cette ceſſation de guerres inteſtines, cette réünion d'intérêts, à l'approche d'une Puiſſance étrangère, fût plus particulière aux Crétois qu'aux Romains ou à d'autres peuples. Dans de pareilles circonſtances, les uns & les autres, crainte de perdre la vie, les biens & la liberté, ont preſque toujours mis à quartier leurs diſſenſions domeſtiques, d'où il réſulte :

1°. Que l'Inſurrection n'offre rien de remarquable & d'utile dans l'eſpèce propoſée par l'Auteur.

2°. Que la réünion des Citoyens contre les forces étrangères, indiſtinctement pratiquée par toutes les Nations, ne corrige aucunement le vice redoutable & particulier de l'Inſurrection.

3°. Que quand la citation de Plutarque feroit exacte, elle ne prouveveroit pas que l'Insurrection ait été un bon reméde politique dans le Gouvernement de Créte.

Les loix de Pologne ont aussi leur Insurrection : mais les inconvéniens qui en résultent, font bien voir que le seul peuple de Créte étoit en état d'employer avec succès un pareil remède.

To. 1.
p. 189.

N'est-ce pas abuser du nom de Loi, que de dire que, dans aucun Gouvernement, même dans celui de Créte, il ait éxisté des loix pour la révolte, la sédition, les guerres civiles, le meurtre & le carnage des Citoyens ? Il y a des loix dont l'abus peut conduire à de tels excès. Mais qu'il ait été fait des loix pour y conduire, pour les autoriser, c'est ce qui ne fut & ne sera jamais.

La Noblesse de Pologne a des privilèges ; la souveraineté réside dans l'ordre Equestre ; l'unanimité est nécessaire pour former une décision ; un seul Noble qui s'oppose, suspend l'activité des Diétes, parce qu'il est une partie de la Souveraineté, & que

Bb ij

fans lui elle eft incomplette. La haine, la jaloufie, l'intérêt, l'infidélité
s'oppofent quelquefois aux plus falutaires avis, aux règlemens les plus utiles; les bien intentionnés s'élèvent
contre la perfidie; de-là des querelles, du fang répandu, & quelquefois
des guerres civiles. Mais eft-ce la
loi qui l'ordonne? N'eft-ce pas, comme nous l'avons dit, l'abus de la loi:
& dans quel Gouvernement n'en a-
bufe-t-on pas? Il y a des loix qui en
font plus fufceptibles les unes que les
autres : mais un abus eft-il une loi? Et
d'ailleurs en Pologne, comme en Créte, n'a-t-on pas vû la nation faire trè-
ve à fes querelles domeftiques pour
courir à la défenfe de la patrie?

To. I.   *Ce furent les Lacédémoniens & les*
P. 190. *Crétois, dit Platon, qui ouvrirent ces*
Académies fameufes (de la Gymnaftique)
qui leur firent tenir dans le monde un rang
fi diftingué. La pudeur s'allarma d'a-
bord; mais elle céda à l'utilité publique.

Il y a lieu de croire que l'Auteur
donne ceci pour une traduction litté-

rale, puisqu'il y a mis des guillemets. Cependant voici le passage de Platon d'après la traduction latine de Marsile Ficin :

» Lorsque les Crétois,& après eux
» les Lacédémoniens,commencèrent
» à se livrer à ces sortes d'exercices ,
» il étoit sûrement permis aux honnê-
» tes gens de blâmer toutes ces cho-
» ses. Ne le croyez-vous pas ? Sans
» doute ; mais selon mon avis, après
» que ceux qui s'y adonnoient eurent
» trouvé plus commode de combat-
» tre à corps nu qu'habillés , il ar-
» riva que ce qui avoit paru le mieux
» à la raison, cessa de paroître ridi-
» cule aux yeux. » (a)

Quel est ici le dessein de Platon ? Il le déclare formellement, c'est de prouver que par l'usage & par l'ha-

(a) *Quando primùm exercitationes hujus modi ag-*
gressi fuerunt , in primis quidem Cretenses , deinde
etiam Lacedæmonii , licebat profectò urbanis viris
qui tunc erant , hæc omnia carpere. An non putas ?
Equidem. Verum , postquam , ut arbitror , utentibus
visum est commodiùs nudato corpore quàm operto
exerceri , factum est ut , quia optimum id fuerat ra-
tione judicatum, oculis ridiculum minimè videretur.

bitude, on s'accoutume & on se familiarise avec les choses les plus extraordinaires ; & il ajoute que, si les femmes s'étoient adonnées à ces sortes d'exercices, on les auroit vuës insensiblement avec la même indifférence que l'on voyoit les hommes. Ainsi le passage, traduit par l'Auteur, ne ressemble au texte de Platon ni par l'esprit, ni par la lettre. Et ce passage n'a d'ailleurs aucune sorte de rapport avec l'objet que l'Auteur présente à ses lecteurs, qui est la corruption des mœurs : *Lorsque les Grecs dit-il, n'eurent plus de vertu, ils ne descendirent plus sur l'arène pour se former, mais pour se corrompre.*

To. I.
p. 190.

Ce n'est point là ce que Platon avoit en vuë, il n'étoit pas question des mœurs, il cherchoit seulement par cet exemple à prouver que, par la force de l'habitude, on s'accoutumoit à ce qui paroît le plus extraordinaire & le plus *ridicule*, comme il l'appelle lui-même.

Plutarque nous dit que de son temps

les Romains penſoient que les exercices de la Gymnaſtique avoient été la princi-pale cauſe de la ſervitude, où étoient tombés les Grecs. C'étoit au contraire la ſervitude des Grecs qui avoit corrompu ces jeux. Les parcs où l'on combattoit à nud, & les jeux de la lutte rendoient les jeunes gens lâches, les portoient à un amour infâme, & n'en faiſoient que des baladins ; mais du tems d'Epaminondas l'exercice de la lutte faiſoit gagner aux Thébains la bataille de Leuctres.

To. Ia
p. 190.

Plutarque, à l'endroit cité par l'Au-teur, recherche le rang que l'on doit aſſigner au pugilat, à la lutte & à la courſe. Il les compare à trois fonc-tions militaires ; tirer l'arc, pourſui-vre l'ennemi, & combattre corps à corps. » La lutte répond, dit-il, à » ce dernier ; & comme les Thébains » étoient bons lutteurs, ils vainqui-» rent les Spartiates à Leuctres. Mais » peu-à-peu & ſans s'en apercevoir, » les Grecs perdirent l'habitude de » manier les armes, & ils aimèrent » mieux paſſer pour bons & adroits

Bb iiij

» lutteurs, que pour bons fantaffins
» & bons cavaliers. »

Plutarque dit que la Gymnaftique
& la Paleftre portèrent l'oifiveté dans
les Villes, & affoiblirent la vigueur
des jeunes gens; ce qui amollit les
courages & produifit la fervitude.
L'Auteur dit que ce fut au contraire
*la fervitude des Grecs qui corrompit ces
jeux*. Il renverfe le fens de Plutarque, en faifant de la caufe de la fervitude, l'effet de la fervitude.

Les Thébains, lors de la bataille de
Leuctres, n'avoient probablement pas
perdu l'habitude de manier les armes; les Lacédémoniens l'avoient
probablement perduë; c'eft un mal
qui gagna fucceffivement toute la
Grèce. Epaminondas avec peu de
monde, mais illuftre par fes vertus,
par fon courage & fon habileté dans
l'art de la guerre, battit, avec une armée inférieure, Cléombrote médiocre Général, que les Thébains étoient
en poffeffion de battre.

Les Thébains confervèrent la dif-

cipline militaire plus long-tems que
les Athéniens & les Lacédémoniens ; ils les vainquirent ; mais leur
tour arriva , ils furent vaincus par
Philippe de Macédoine. Telle eft
l'inconftance des chofes humaines ,
trop générale pour en faire des applications particulières ; & ces vieilles
anecdotes de la Grèce , bonnes pour
l'hiftoire , font fort indifférentes à l'u-
tilité publique , au tems , aux mœurs ,
aux loix & à l'adminiftration des Gouvernemens préfens : *Elles n'éclairent ni
les peuples , ni les Magiftrats ; elles ne
les guériffent point de leurs préjugés ; elles n'inftruifent point les hommes à pratiquer cette vertu qui comprend l'amour de
tous :* objets qui , fuivant que l'Auteur
le déclare dans fa préface , ont déterminé fes recherches & fes travaux.

A la fuite de ce que nous venons
de dire , on trouve un chapitre qui a
pour titre : *Effet du ferment chez un peuple vertueux* , & dans ce chapitre
l'obfervation qui fuit.

Lorfque le peuple voulut fe retirer fur   To. 1.
p. 193.

*le mont sacré, il se sentit retenir par le ser-
ment qu'il avoit fait aux Consuls de les
suivre à la guerre. Il forma le dessein de
les tuer ; on lui fit entendre que le serment
n'en subsisteroit pas moins. On peut juger
de l'idée qu'il avoit de la violation du serment par le crime qu'il vouloit commettre.*

Si l'on veut examiner de près ce
discours, on trouvera dans tous ses
points la plus grande inéxactitude.

1°. Les soldats ne faisoient point
alors de serment en forme ; ce n'étoit
qu'une simple promesse d'être obéïs-
fans aux Chefs de l'armée, & cet usage subsista jusqu'en l'année 538 de
Rome, que l'on y ajouta le serment
que Tite-Live livre 22. appelle *Jus-
jurandum* : la promesse s'appelloit *Sa-
cramentum.*

2°. Quoique les soldats déserteurs
ou rebelles fussent punis de mort sans
appel, en vertu de cette promesse
ou serment, cependant l'un & l'autre
n'obligeoient que celui qui l'avoit
fait, & ne l'engageoient pas pour autre chose.

3°. Comme faifant partie du peu-ple, le foldat pouvoit avoir fait une autre promeffe ou ferment : mais ce fecond ferment ne le lioit pas plus comme foldat, que celui qu'il avoit fait, comme foldat, ne le lioit comme peuple.

4°. Le peuple ne faifoit le ferment que dans certaines occafions, & il y avoit pour lui un formulaire affecté, dicté par Numa, (a) & différent du ferment militaire.

5°. Ce furent feulement deux lé-gions, c'eft-à-dire, toutes les forces que Rome avoit alors, qui, excitées par un certain Sicinius Bellutus, fe re-bellerent & vinrent camper au-delà de l'Anio, à trois milles de Rome, fur une montagne qu'on appella de-puis le Mont facré.

6°. Loin que ce fût le peuple de Rome qui voulut fe retirer fur le Mont facré, comme l'Auteur le dit,

***

(a) Il confiftoit à lever la main droite en jurant par quelque Divinité, ou par les foudres du Ciel : *Per quicquid habent telorum armamentaria Cœli.*

le peuple au contraire étoit renfermé dans la Ville, où, inquiet du fort de ſes concitoyens, de ſes parens, de ſes amis, il cauſa pluſieurs déſordres.

7°. Le peuple ne forma point le deſ-ſein de tuer les Conſuls pour être dé-livré du ſerment : il ne l'avoit pas fait, ce furent les ſoldats des légions qui parlèrent de commettre ce crime.

8°. Ces ſoldats ne formèrent point le deſſein de tuer les Conſuls ; on dit qu'ils mirent ſeulement en délibéra-tion s'ils les tueroient : *Et primò agi-tatum dicitur de cæde Conſulum*, dit Tite-Live : il y a de la différence en-tre une délibération, (ſur-tout une délibération dont on parloit ſeule-ment dans le monde,) & un deſſein formé.

9°. En ſuppoſant avec l'Auteur que les ſoldats des légions, au lieu d'une ſimple promeſſe, avoient fait aux Conſuls un ſerment ſolemnel, quel effet produiſit-il chez ce peuple ver-tueux ? Il ſe révolte contre ceux à qui il avoit juré d'obéïr, il les chaſſe ; le bruit courut même qu'il avoit projetté de les affassiner ; il enléve les enseignes militaires, il se donne un Chef, il crée de nouveaux Officiers.

Si on juge de ce peuple par la conduite qu'il a tenuë dans cette occasion, & de laquelle l'Auteur tire ses exemples & ses modèles de vertu, il y apparence que le jugement des lecteurs ne répondra pas à ses intentions.

CHAPITRE IX.

Sur les moyens très-efficaces pour la conservation des trois principes.

TEl est le titre du chapitre;& voici le chapitre en entier :
Je ne pourrai me faire entendre, que lorsqu'on aura lu les quatre chapitres suivans.

T. I. I. 8. c. 15. p. 195.

L'Auteur craint de n'être pas entendu, avant que d'avoir parlé. S'il avoit dit : on trouvera ce que je veux faire entendre dans les quatre chapitres suivants ; mais je crains de ne pas réüssir à me faire entendre , cela auroit été plus exact pour l'entrée & pour la sortie : mais sans nous amuser à chicaner sur la forme , voyons le fonds.

Il ne s'agit plus, dans ces chapitres, dont on recommande la lecture , de vertu , d'honneur , & de crainte : on s'est détaché de ces principes, apparemment par la difficulté de les mettre d'accord avec les différens Gouvernemens pour lesquels ils ont été créés , & on leur en substituë de plus dociles.

Le moyen infaillible destiné à la conservation perpétuelle du principe Républicain , Démocratique , ou Aristocratique , ou de telle autre forme qu'une République puisse le prendre, car l'Auteur ne fait point de distinction, est de *n'avoir qu'un petit territoire*. Sans cette précaution, l'Auteur assure qu'il *ne peut guères subsister* ; peut être parce que la vertu étant le principe de ce Gouvernement , elle doit

To. 1.
p. 195.
Ibid.

être humble, modeſte ; elle doit chercher la retraite & la ſolitude.

Dans une grande République il y a de grandes fortunes, & par conféquent peu de modération dans les eſprits. C'eſt pourquoi la vertu y eſt dans un danger perpétuel. *Dans une petite,* cette vertu eſt bien moins expofée, *le bien public y eſt mieux ſenti, mieux connu, plus près de chaque Citoyen.* Dans les grandes *il dépend des accidens ;* dans les petites, elles ne courent aucun riſque; *les abus y ſont moins étendus,* & *par conféquent moins protégés.*

On ſent bien que cela doit être ainſi ; car, géométriquement par-lant, l'extenſion de ces abus ne peut ſe faire qu'en raiſon de l'eſpace don-né ; mais ſi quelque jour la phyſique prenoit la place de la géométrie, ne pourroit-il pas arriver, à l'égard des paſſions échauffées, ce qui arrive à l'égard de l'air raréfié, qui ſe dilate avec d'autant plus d'effort & d'impé-tuofité, qu'il a été plus reſſerré & plus contraint : en ce cas le remède indi-

T. 1. p. 195.

Ibid.

To. 1. p. 196.

qué par l'Auteur, pourroit caufer bien du défordre.

Il eſt difficile, que tout autre Gouvernement que le Républicain puiſſe ſubſiſter dans une ſeule Ville....... Un Prince d'un ſi petit Etat ſeroit aiſément opprimé par une force étrangère, ou même par une force domeſtique : quand il eſt chaſſé de ſa Ville, le procès eſt fini; s'il a pluſieurs Villes, le procès n'eſt que commencé.

T. 1. p. 196.

Tout nous paroît égal ici : il n'y a pas plus de difficulté à un petit Prince, qui ſe comportera ſagement avec ſes voiſins, de ſe maintenir dans ſon Etat, qu'à une petite République qui ſe comportera ſagement, de ſe maintenir dans le ſien ; ſi l'un & l'autre deviennent inquiets, hargneux, ils deviendront infailliblement la proie de quelqu'un plus puiſſant.

Quant à la force domeſtique, elle eſt également à craindre pour tous les deux. Le peuple d'une petite République peut-être ſéduit, comme celui d'une petite Principauté: la Grèce en

en fournit une infinité d'exemples.
Alors fi la République ou le Prince
n'ont qu'une Ville, le procès feroit
également fini pour tous les deux; &
s'ils en avoient plufieurs, il ne feroit
que commencé.

Nous ne connoiffons que deux Républiques de cette efpèce, Ragufe &
Saint Marin : & il y a un plus grand
nombre de Princes dont tout l'Etat,
comme celui de ces Républiques, ne
confifte que dans une Ville; cependant les uns & les autres fe foutien-
nent depuis long-tems; Ragufe par
un Tribut qu'elle paye au Turc, Saint
Marin par la protection du Pape, les
petits Princes, par celle des Princes
en état de les défendre.

D'ailleurs, dépendra-t'il toujours
de la volonté des petits Princes, ou
des petites Républiques, de fuivre les
préceptes de l'Auteur? Sans envie
de s'agrandir, fans paffion pour la
guerre, éloignés même de cet efprit qui la fait rechercher, peuvent-
ils être à l'abri des événemens? Tan-

I. Partie.   C c

tôt un Prince voisin, puissant & injuste pourra les engloutir ; tantôt un autre leur proposant de se déclarer pour lui contre ses ennemis, ils seront forcés de prendre parti pour éviter les écueils de la neutralité ; tantôt ils seront attaqués par des égaux ambitieux : s'ils sont vaincus, leur Etat est écorné, ou perdu; s'ils sont vainqueurs, leur Etat s'étend & sort des bornes prescrites par les loix de l'Auteur.

Tout Gouvernement, grand ou petit, dépend de l'enchaînement des circonstances : ceux qui en sont les Chefs ont besoin de sagesse, de prudence & de fermeté. C'est à eux d'employer tout ceci à propos pour maintenir & conserver leur puissance ; mais donner sur cela des préceptes généraux, prescrire des règles, tracer une route nécessaire, c'est vouloir assujettir la fortune, fixer l'inconstance des choses humaines, & rendre perpétuel ce qui est soumis à une vicissitude continuelle.

Pour appuyer son système, l'Auteur cite en preuve les Républiques Grecques, dont le territoire de la plûpart n'excédoit pas la banlieuë. Pour détruire ces preuves, nous citerons les immenses Républiques de Rome & de Carthage, dont la première a subsisté plus de cinq cens ans, & la seconde près de sept cens.

Selon l'Auteur, le principe conservateur de la Monarchie consiste, comme celui de l'Etat Républicain, dans une juste proportion du territoire.

Un Etat Monarchique, doit-être, dit-il, d'une médiocre grandeur; s'il étoit petit, il se formeroit en République: s'il étoit fort étendu, les principaux de l'Etat, grands par eux-mêmes, n'etant point sous les yeux du Prince, ayant leur Cour hors de sa Cour, assurés d'ailleurs contre les exécutions promptes, par les loix & par les mœurs, pourroient cesser d'obéïr, ils ne craindroient point une punition trop lente & trop éloignée.

To. 1.
p. 197.

Mais les exécutions promptes, les loix & les mœurs de Turquie & de

Cc ij

Perfe, ont-elles empéché les Bachas de Babylone, du Caire & autres de fe rebeller ? Ont elles arrêté les projets de Miriveys ? N'y a-t-il jamais eu de guerres civiles dans les Etats monarchiques de l'Europe ? N'y en a-t'il jamais eu *en France & en Efpagne*, que l'Auteur dit *être précifément de la grandeur requife*, pour être à l'abri de la fatalité de ces événemens ?

To. 1. p. 211.

Une autre preuve pour démontrer la néceffité de borner la Monarchie à un territoire de médiocre grandeur: C'eft que *Charlemagne eut à peine fondé fon Empire, qu'il fallut le divifer ; foit que les Gouverneurs n'obéïffent pas, foit que pour les faire mieux obéïr, il fût néceffaire de partager l'Empire en plufieurs Royaumes.*

To. 1. p. 197.

Après que Charlemagne eut fait la conquête d'Italie, il la partagea entre plufieurs. Il donna au Pape la Pentapole, les Duchés de Péroufe, de Rome, de la Tofcane ultérieure & de la Campanie : il donna à Aragaife la Duché de Bénevent ; à Hil-

debrand celle de Spolette ; à Rot-
gaud celle du Frioul ; & il retint pour
lui la Ligurie, l'Emilie, (a) la Véné-
tie, & les Alpes Cottiènes qu'il donna enſuite à ſon fils Pepin, & il fit
Louis Roi d'Aquitaine.

L'uſage & la loi étoient alors que
les enfans partageaſſent l'hérédité pa-
ternelle, & l'on peut regarder les
deux portions de Pepin & de Louis,
comme un avancement d'hoirie,
Charles leur ainé étant deſtiné à l'Empire.

Mais Pepin & Louis étoient plutôt les Gouverneurs des pays, que
Charlemagne leur avoit donnés,
qu'ils n'en étoient véritablement les
Rois. L'Empereur les mandoit toutes les fois qu'il en avoit beſoin pour
ſes guerres, ou ſeulement pour leur
faire rendre compte de leur adminiſtration, & les tenir toujours dans l'o-
béïſſance. (b)

(a Province qui renfermoit une partie des Etats
du Pape, de Parme, de Modène, de Mantouë, de
la Mirandole. Voyez Baudrand.

(b) Mezeray vie de Charlemagne.

Louis n'avòit que trois ans, quand on lui affigna le Royaume d'Aquitaine. Charlemagne fon père le tint long-tems à Orléans fous la tutelle d'Arnould ; il faifoit les réglemens qu'il croyoit convenir au Gouvernement de cet Etat, comme on le voit entr'autres par la grande réforme qu'il fit, l'an 810.

Enfin ce qui paroît abfolument oppofé au fyftême de l'Auteur, c'eft que le même Charlemagne par fon teftament de l'an 806 avoit établi en cas de mort une fubftitution entre fes trois enfans Charles, Pepin & Louis. Cette fubftitution eut fon effet dans la perfonne de Louis furnommé le Débonnaire, qui furvécut à fes freres, & réünit fur fa tête toute la Monarchie de Charlemagne.

Elle fubfifta cette Monarchie malgré les divifions inteftines qui agitèrent le règne de Louis ; & il l'augmenta encore par de nouvelles conquêtes, telles que la baffe-Bretagne, la Duché de Bénevent, une partie de la Dacie, &c. En forte que fous ce Prince l'Empire François s'étendoit du Nord au Sud, depuis le pays des Danois jufqu'aux Pyrénées, & du levant au couchant, depuis la Calabre & la Servie, jufqu'à l'Océan.

En fuivant l'ufage établi par fes prédéceffeurs, Louis le Débonnaire par fon Ordonnance ou Diplôme, de l'an 817. fit le partage de fes Etats entre fes fils Lothaire, Pepin & Louis, & par une autre Ordonnance de l'an 835. il fit un nouveau partage entre Pepin, Louis & Charles. (a)

Etoit-ce pour la confervation des principes de l'Auteur, que cet ufage avoit été établi dans la Monarchie Françoife? Etoit-ce pour empêcher que fes principes ne fuffent corrompus, que Charlemagne, Louis le Débonnaire & leurs fucceffeurs, partagèrent leurs Etats entre leurs enfans ou de leur vivant, ou à leur mort?

L'Auteur cite encore la divifion

(a) Dom Martin Bouquet, penfe que celui-ci fût fait en l'affemblée de Cremieu près de Lyon. *Recueil des Hift.* t. 6. p. 411.

C c iiij

de l'Empire d'Alexandre & des conquêtes d'Attila. Mais quelles confé-
quences peut-on tirer de l'une & de
l'autre ? Aridée, fils d'une Concubine
de Philippe & frere d'Alexandre, étoit
un imbécille. Ses Généraux gardè-
rent chacun la portion qui fe trouva
le plus à leur bienféance.

Attila n'avoit pas eu le tems d'af-
fermir fes conquêtes. Après fa mort
fes fils fe brouillèrent fur le partage
des Etats qu'il leur laiffoit , & la
guerre civile qui bien-tôt s'alluma
entre eux , fut pour les peuples fubjugués par le père, une occafion fa-
vorable de fecouer le joug qu'il leur
avoit impofé. (a)

To. 1.
p. 198.
　　*Le prompt établiffement du pouvoir
fans bornes eft le reméde qui dans ces cas
peut prévenir la diffolution ; nouveau
malheur après celui de l'agrandiffement.*

(a) *Magna primùm inter filios ejus certamina de
obtinendo regno exorta funt. Deinde aliquot gentium
quæ Chunis parebant, defectus fecuti caufas & oc-
cafiones belli dederunt , quibus ferociffimi populi
mutuis concurfibus conteruntur.* Profp. Faft. ad An.
453.

Les Républiques de Rome & de Carthage furent très-grandes, & ne trouvèrent pas que, pour remédier au malheur de l'agrandiffement, il n'y eût d'autre remède que d'établir le pouvoir fans bornes: dans leur état d'agrandiffement elles furent, comme elles l'étoient auparavant, foumifes à leurs loix fondamentales & à leurs anciens ufages : elles ont pris fin, parce qu'il n'y a rien d'éternel dans le monde.

Si Charlemagne n'avoit point eu d'enfans, fi la coutume des partages n'avoit pas été introduite, fon vafte Empire auroit fubfifté, fous la forme de Gouvernement modéré, autant de tems qu'il auroit plû à la Providence.

L'agrandiffement d'un Etat par conquête, peut être un malheur pour les anciens Sujets, obligés de faire tous les frais de la conquête & de la confervation de cette conquête; mais un agrandiffement produit par des droits fucceffifs, qui réüniffent des parties démembrées, n'eft point fu-

jet à ces inconvéniens : ce n'eſt
point l'agrandiſſement qui eſt un malheur, c'eſt la manière dont il ſe fait ; &
de quelque manière qu'il arrive , on
ne reconnoit aucune néceſſité d'é-
tablir le pouvoir ſans bornes, pour prévenir la diſſolution d'un Empire.

De tout ceci , l'Auteur conclud
T. 1. p. que, *les Fleuves courent ſe mêler dans la*
198.   *Mer , & que les Monarchies vont ſe*
perdre dans le Deſpotiſme.

Conſéquence qui n'eſt pas déduite
des principes , & qui d'ailleurs ne
convient pas plus à la grande Monarchie qu'à la petite , & à une grande
République qu'à une petite. Le pouvoir ſans bornes , la Tyrannie , l'A-
narchie & tous les maux qui déran-
gent les ſociétés civiles , peuvent s'y
introduire , quelle que ſoit leur forme politique, quelqu'étenduë qu'elles aient, grande , médiocre ou petite. *Ainſi les propriétés diſtinctives de la*
Monarchie que l'Auteur fait conſiſter
d'une part dans la grandeur du terrain , & de l'autre dans le paſſage du

pouvoir limité au pouvoir fans bornes, quand ce terrain excéde la proportion qu'il lui affigne, ne caraûé-
rifent pas plus la Monarchie, que la
Démocratie & l'Ariftocratie.

Ceci concerne la queftion générale, & fi l'on confulte les faits particuliers, on trouvera que les grandes
Monarchies d'Alexandre & d'Attila,
que l'Auteur apporte en preuves, loin
de s'être perduës dans le Defpotifme, s'en font au contraires éloi-
gnées, & que ces grandes Monarchies fe perdirent dans des Monarchies moins étenduës : ainfi la conclufion de l'Auteur feroit, que les
Monarchies vont fe perdre dans les
Monarchies.

Quant à l'Etat que l'Auteur appelle Defpotique, il ne lui prefcrit
point de bornes ; bien entendu cependant qu'il doit être beaucoup plus
grand que l'Etat monarchique, fans
quoi il cefferoit d'être defpotique.

Un grand Empire fuppofe une auto- To. 1.
rité defpotique dans celui qui gouverne. P. 199.

Pourquoi ? Parce que les Empires de Turquie, du Mogol, de la Perse, de la Chine & de Ruſſie ſont très-grands ; c'eſt le ſyſtême de l'Auteur. Mais ne pourroit-on pas dire au contraire, qu'un petit Empire ſuppoſe une autorité deſpotique ? Pourquoi, dira peut-être l'Auteur à ſon tour ? Parce que vous avez dit vous-même

To. 1.
p. 421.

qu'il y avoit dans l'Inde une infinité de petits États deſpotiques, où il n'y a que quelques miſérables qui pillent, & quelques miſérables qui ſont pillés. Et parce que nous ſavons d'ailleurs qu'il y a, ſur la côte occidentale d'Afrique, un grand nombre de petits Etats deſpotiques qui ſubſiſtent depuis bien des ſiècles ; que ces Etats tous petits qu'ils ſont ont réſiſté à la fatalité des principes politiques que vous venez d'établir, & qu'ils ne paroiſſent pas avoir de diſpoſition à y ſuccomber ſi-tôt.

Si la propriété naturelle des petits Etats eſt d'être gouvernés en République, celle des médiocres, d'être ſoumis à un Monarque, celle des grands Empires d'é-

tre dominés par un Despote ; il suit que, *pour conserver les principes du Gouvernement établi, il faut maintenir l'Etat dans la grandeur qu'il avoit déja & que cet Etat changera d'esprit, à mesure qu'on retrécira, ou qu'on étendra ses limites.*

To. 1. p. 199.

Comme la première proposition de cet argument n'est qu'une supposition détruite par ce que nous avons dit, passons à la conséquence, qui éxige, pour la conservation de l'Etat, qu'il soit maintenu dans la grandeur qu'il avoit.

La vertu, l'honneur & la crainte, qui sont les principes de l'Auteur, n'ont, à ceque nous croyons, aucun rapport avec la grandeur ou la petitesse du terrain ; car on peut avoir de la vertu, de l'honneur & de la crainte, tout aussi bien dans un grand que dans un petit espace, dans l'étenduë de cent lieuës, comme dans celle d'une toise.

Pour maintenir l'Etat dans la grandeur qu'il avoit *déja*, il faudroit savoir fi la grandeur qu'il avoit déja n'étoit ni trop grande ni trop petite ; car le mot *déja* ne détermine ni le tems, ni les mefures, ni les proportions fur lefquelles les Souverains puiffent prendre le parti ou de s'étendre ou de fe refferrer, & c'eft les jetter dans l'embarras & la perplexité.

Cet Etat changera d'efprit, à mefure qu'on retrécira, ou qu'on étendra fes limites. Cette partie retombe encore dans celle qui précéde, c'eft-à-dire, dans l'ignorance des proportions, & l'on n'y peut remédier fans avoir une jauge certaine pour chaque Etat, relativement à ce qu'éxigent la vertu, l'honneur ou la crainte. D'ailleurs ces Etats pourroient fort bien changer d'efprit, fans intéreffer la confervation du principe : le principe eft unique, & l'efprit peut fe modifier en cent façons. Les peuples d'un Etat peuvent avoir l'efprit de commerce, de l'agriculture, des arts, des fciences, &c. & cet efprit peut changer fans que la vertu, l'honneur & la crainte en foient offenfés.

S'il nous eft permis de dire notre fentiment , il nous femble que la conclufion la plus jufte, la plus naturelle & en même temps la plus utile , auroit été , puifque l'Auteur n'a pas voulu déterminer lui-même la véritable étendue de chaque Gouvernement , de propofer l'établiffement de bons & fidéles arpenteurs , pour mettre en exécution *les moyens très efficaces* qu'il indique pour la perpétuelle confervation des trois principes, attendu que c'eft l'objet effentiel de fa differtation , qui , malgré les admirables expédiens qu'elle contient, deviendroit abfolument inutile fans le fecours de ces hommes néceffaires.

Ariftote, livre 5. chap. 11. de la République, dit que les Monarchies & fingulièrement les Royaumes fe confervent longtems , fi on peut les amener à la médiocrité. Ne feroit-ce point dans cet endroit que l'Auteur auroit puifé les proportions qu'il éxige? Voyons quel eſt en ceci l'eſprit d'Ariſtote.

Après avoir expoſé les cauſes de la deſtruction des Monarchies, qu'il attribuë aux querelles, aux diſſenſions, à la violence, à l'oppreſſion, à la tyrannie, &c. Ariſtote indique les moyens par leſquels cette eſpèce de Gouvernement peut être conſervée. C'eſt, dit-il, par la médiocrité. Mais qu'entend-t-il pas cette médiocrité ? Ce n'eſt pas celle du territoire, puiſqu'il met au nombre des bons Princes ceux qui ont étendu les limites de l'Empire par la conquête de grandes campagnes ou Provinces, tels que les Rois des Lacédémoniens, des Macédoniens & des Moloſſes. (a)

En quoi faiſoit-il donc conſiſter cette médiocrité? Dans la modération, dans l'exercice d'un pouvoir modéré. Moins l'Empire des Princes eſt abſolu, dit-il, plus leurs mœurs

(a) *Aut propagatis Imperii finibus, agriſque latis ac longinquis ſive Provinciis partis, quemadmodum Lacedæmoniorum & Macedonum & Moloſſorum Reges.* Ariſt. de Rep. lib. 5. cap. 10.

deviennent

deviennent douces, plus ils ont de penchant à l'équité & à l'égalité, moins les Citoyens leur portent envie; & pour appuyer ce sentiment il cite encore les mêmes Royaumes des Molosses & des Lacédémoniens, qui demeurèrent longtems sains & vigoureux; (a) & cependant, comme nous l'avons vû, il louë les Rois d'en avoir extrêmement étendu les limites par leurs conquêtes.

Si l'Auteur, pour ne laisser aux Royaumes & aux Républiques que l'étenduë qui convient à la conservation de leurs principes, a puisé dans les leçons d'Aristote, il ne paroît pas qu'il les ait prises dans le sens du maître. S'il est créateur de cette idée, il auroit dû pourvoir aux moyens de la mettre à éxécution ; sans quoi on

(a) *Quantò enim pauciorum rerum penès principes sit potestas, tantò diutiùs omnis principatus maneat necesse est : nam cùm ipsi minùs fiant dominorum in morem imperiosi, tùm moribus efficiuntur magis ad æquitatem, æqualitatemque propensi, tùm civibus minùs sunt invidiosi; propter hanc causam enim regnum Mollossorum diù incolume permansit & regnum Lacedæmoniorum.* Arist. lib. 5. cap. 11. de Rep.

I. Partie.   D d

n'en pourra recueillir aucun fruit.

L'Empire de la Chine inquiète beaucoup l'Auteur ; ce qu'il en a entendu dire ne s'accorde aucunement avec les chofes extraordinaires qu'il nous rapporte de cette quatrième forte de gouvernement qu'il a créée, c'eft-à-dire, avec le gouvernement defpotique ; il effaye en plufieurs endroits de fon livre de fe débarraffer de l'incommodité que la Chine lui caufe : tantôt il y a des raifons & des circonftances particulières & peut-être uniques qui demandent que cet Empire ne foit pas mis dans la claffe ordinaire ; tantôt c'eft un dérogatoire qu'il fait intervenir, pour exclure & rejetter ce qui l'incommode ; quelquefois il lui convient que le Gouvernement de la Chine foit modéré ; d'autres fois on y exerce la tyrannie la plus cruelle ; dans un endroit il fuppofe le peuple laborieux, attaché aux arts néceffaires, ennemi de la volupté ; dans un autre, il eft voluptueux. Mais ici nous allons voir un affem-

To. I. p. 160. & 201.

Ibid. p. 448.

Ibid. p. 449.

Ibid. p. 202.

Ibid. p. 161.

To. I. p. 449.

blage de chofes tout-à-fait incroya-
bles ; & pour les faire croire, il commence par infinuer qu'on ne doit pas
croire des hommes qui paroiffent cependant fort croyables.

Ne pourroit-il pas fe faire, que les To. 1.
Miffionnaires auroient été trompés par P. 201.
une apparence d'ordre ...... N'allant
à la Cour des Rois des Indes que pour y
faire de grands changemens, il leur eft
plus aifé de convaincre les Princes qu'ils
peuvent tout faire, que de perfuader aux
peuples qu'ils peuvent tout fouffrir.

Mais pourquoi les Miffionnaires
qui ont été fur les lieux, & qui les
ont longtems habités, fe feroient ils
plutôt trompés, que ceux qui n'y
ont jamais été, & qui ne connoiffent
ces pays que par l'idée qu'il leur plaît
de s'en former ? Pourquoi auroient-
ils cherché à convaincre les Rois des
Indes qu'ils peuvent tout faire, puifque ces Princes ne doivent pas plus
ignorer que l'Auteur, que *leur vo-*
lonté doit toujours avoir un effet infailli-
ble ? Quelle difficulté enfin auroient-

ils pû trouver à perfuader aux peuples
qu'ils doivent tout fouffrir, puifque
dans ces Etats, il nous a affuré qu'ils
n'avoient *en partage, comme les bêtes, que*
l'inftinct, l'obéiffance & le châtiment.
Et doit-on imaginer que des hommes
qui, par efprit de religion, abandon-
nent volontairement leur patrie, qui
facrifient leur liberté, leur fanté &
leur vie, s'oublient jufqu'à employer
des moyens bien plus capables d'irri-
ter le Ciel que de le fléchir ?

Tom.1.
p. 201.

Enfin il y a fouvent quelque chofe de
vrai dans les erreurs mêmes. Des cir-
conftances particulières, & peut-être uni-
ques, peuvent faire que le Gouvernement
de la Chine ne foit pas auffi corrompu
qu'il devroit l'être ; des caufes tirées la
plûpart du phyfique du climat, ont pû
forcer les caufes morales dans ce pays,
& faire des efpèces de prodiges.

Quel eft le vrai, quelles font les
erreurs qui concernent le Gouvernement de la Chine ? Il eft du devoir
d'un Auteur qui veut inftruire, de
diftinguer l'un d'avec l'autre. Il doit

préfenter à fes lecteurs des idées net-
tes & précifes, il doit rejetter ce qui
eft vague & confus, il doit chercher
la vérité & la faire connoître.

Quelles font ces circonftances
peut-être uniques qui appartiennent
fi particulièrement à la Chine, quels
font fes droits? Quel eft fon privilé-
ge pour jouir, exclufivement à toutes les autres nations, de l'incorrupti-
bilité de fon Gouvernement? C'eft le
phyfique du climat; mais ce climat
ne communique t'il pas fon influence à tous les pays renfermés dans la
circonférence de fon cercle? Et fi
cette influence a pû forcer les caufes
morales à la Chine, pourquoi ne for-
ce-t'elle pas les caufes morales dans
tous les pays compris entre le 20e. &
le 40e. dégré de latitude Nord? C'eft
qu'elle fait ici des efpèces de prodiges & n'en fait pas ailleurs. Implo-
rer le fecours des climats & des prodiges pour démontrer la vérité d'u-
ne propofition, eft-ce la bien démontrer?

Dd iij

To. I.
P. 203.
On a voulu faire régner les loix avec le Defpotifme.... En vain ce Defpotifme preffé par fes malheurs a-t'il voulu s'enchaîner ; il s'arme de fes chaînes & en devient plus terrible encore.

Nous affoiblirions la fingularité de ce langage , en voulant la faire mieux fentir. Il fe fuffit à lui-même , & n'a befoin ni d'interprétation , ni de commentaires.

La Chine eft donc un Etat defpotique ,
To. I.
P. 203.
dont le principe eft la crainte.

Parce que le phyfique du climat a forcé les caufes morales à la Chine , parce qu'on y a voulu faire régner les loix avec le Defpotifme , parce que le Defpotifme étoit fi preffé par fes malheurs , qu'il n'a pû réüffir à s'enchaîner , parce que la fureur l'a tranfporté , jufqu'à s'armer de fes propres chaînes , *la Chine eft un Etat defpotique dont le principe eft la crainte.* La conféquence répond parfaitement à fes prémiffes.

CHAPITRE X.

Du droit de conquête.

*L*A *conquête est une acquisition ;* T0. 1. *l'esprit d'acquisition porte avec lui* p. 219. *l'esprit de conservation & d'usage, &* 220.& *non pas celui de destruction. . . . . . . Les* 221. *Auteurs de notre Droit public . . . . ont supposé dans les Conquérans un droit, je ne sçais quel, de tuer . . . . . & du droit de tuer, ils ont tiré le droit de réduire en servitude ; mais la conséquence est aussi mal fondée que le principe.*

A la vérité notre Droit public n'est plus si rigide : les conquêtes que les Souverains font les uns sur les autres, ne sont pas suivies d'une dévastation totale & de l'esclavage ; il seroit donc plus supportable d'être maintenant conquis, qu'il ne l'auroit été autrefois ; mais c'est toujours un événement redoutable. Jamais un Conquérant ne paroît impunément, *Numquam spectatus impunè*, & le peuple

D d iiij

le plus éclairé fur fes avantages fera
toujours plus empreffé à éviter ce moment fatal, qu'à courir après les dou-
ceurs de la conquête & les bienfaits
du conquérant, quelque grands qu'ils
puiffent être. En voici une partie.

*On a vû des Etats opprimés par les
Traitans, être foulagés par le Conquérant, qui n'avoit ni les engagemens, ni
les befoins qu'avoit le Prince légitime;
les abus fe trouvoient corrigés, fans même que le Conquérant les corrigeât. Quelquefois la frugalité de la Nation conqué-
rante l'a mife en état de laiffer aux vaincus le néceffaire qui leur étoit ôté fous le
Prince légitime. Une conquête peut détruire les préjugés nuifibles & mettre,
fi j'ofe ainfi parler, une Nation fous un
meilleur génie, &c.*

To. I. P. 223.

Il eft vrai que le carnage & la fu-
reur ne durent pas éternellement; mais faut-il compter pour rien le fang
répandu? Faut-il n'avoir aucun égard
à la gloire & au nom de la Nation,
enfevelis fous les débris de fon Empire? Les miférables, les mauvais

Citoyens , ceux qui ne reconnoiſſent point de patrie , peuvent voir ces calamités d'un œil tranquille & indifférent : mais les véritables Citoyens les ſentent dans toute leur force , & leur poſtérité les ſent encore juſqu'à des tems fort éloignés.

Les grands avantages que les peuples peuvent trouver à être conquis , ont paru à l'Auteur de nature à devoir être encore rappellés dans ſon treizième livre. Comme ce qui y eſt dit à ce ſujet, a un rapport immédiat avec ce que nous venons de lire , nous avons cru devoir en rapprocher les objets.

Ce furent ces Tributs exceſſifs qui don- To. 1.
nerent lieu à cette étrange facilité que P. 353.
trouvèrent les Mahometans dans leurs conquêtes ; les peuples , au lieu de cette ſuite continuelle de vexations que l'avarice ſubtile des Empereurs avoit imaginées, ſe virent ſoumis à un Tribut ſimple , payé aiſément, reçu de même ; plus heureux d'obéïr à une Nation barbare , qu'à un Gouvernement corrompu dans lequel

ils souffroient tous les inconvéniens d'une liberté qu'ils n'avoient plus, avec toutes les horreurs d'une servitude présente. Et en note, au bas de la page, il y a : *Voyez dans l'histoire, la grandeur, la bizarrerie & même la folie de ces Tributs. Anastase en imagina un pour respirer l'air,* Ut quisque pro haustu aëris penderet.

Si dans cette histoire, à laquelle l'Auteur renvoye sans indication, il s'agit d'Anastase, on en trouve deux de ce nom ; le premier, dit le Silentiaire, fut successeur de Zénon. Il vivoit plus de quatre-vingts ans avant la naissance de Mahomet, & plus de neuf cens ans avant la conquête de l'Empire Grec par les Turcs. Le second fut successeur de l'Empereur Philippique Bardanes. Il régnoit en 713. ce qui fait encore plus de 700. ans avant cette même conquête.

Ce n'est certainement pas celui-ci qui fit des vexations, ni qui fut *subtilement avaricieux.* C'étoit un Prince sage, modéré, adonné à l'étude des sciences, chéri de ses Sujets, & qui n'occupa le trône que deux ans & neuf mois.

Si c'est Anastase I. il fut persécuteur de ses peuples & de leur religion. Ses Sujets se soulevèrent contre lui, ses voisins lui déclarèrent la guerre : mais ce fut à cause de ses cruautés & de ses perfidies, & non pour un Tribut, qui peut-être n'a jamais eu lieu, ou qui, au nom près, pouvoit être aussi naturel, & aussi simple que tout autre Tribut personnel.

Que l'on demande tous les ans à un paysan une contribution pour sa tête, ou pour l'air qu'il respire, le nom que l'on imposera à cette contribution lui sera fort indifférent ; il n'y a que la somme qui ne le sera pas. Et d'ailleurs que conclure de l'exemple unique d'un Prince odieux, dans un tems qui n'a aucun rapport au sujet ?

Il auroit été plus naturel de dire avec l'Auteur des *Confidérations sur les caufes de la grandeur des Romains*

» *& de leur décadence* » que le petit
» efprit étant parvenu à faire le carac-
» tère de cette Nation, les Sujets n'eu-
» rent pas feulement l'idée de fidélité;
» que ce ne fut plus que révoltes, fé-
» ditions, perfidies & héréfies; que
» l'on vit des troubles fans caufe, &
» des révolutions fans motifs; que les
» révolutions firent les révolutions,
» & que l'effet devint la caufe; que
» les Turcs faifoient proprement la
» chaffe aux hommes & des enleve-
» mens continuels de femmes; que
» les Généraux perdoient des Villes
» & des batailles pour une relique. »

On retrouve bien là à peu près le
même ftyle que dans l'Efprit des
Loix : mais on n'y trouve point que
l'excès des Tributs ait donné lieu à
cette étrange facilité avec laquelle les
Mahometans conquirent l'Empire
Grec. Etoit-ce à la faveur de l'excès
des Tributs, que les premiers Caliphes
avoient étendu cette Monarchie de
l'Orient à l'Occident, depuis la Tar-
tarie jufqu'aux Colonnes d'Hercule?

Eft-ce par l'excès des Tributs impofés par ces Conquérans, que leur formidable Empire fut démembré fous les Abaffides, & qu'une infinité de Provinces furent ufurpées par les Thahariens, les Soffarides, les Samanides, les Dilémites, les Gaznevides, les Gaurides, les Bovides, les Selginéides, les Ifmaëliens, les Khouarefmiens, les Atabeks &c ? Eft-ce enfin par l'excès des Tributs, que ces divers Souverains ont perdu leurs Couronnes, & que les révolutions ont formé les Empires du Mogol, de Perfe, de Turquie, les Royaumes de la côte d'Afrique, &c ? Non. C'eft l'effet d'une viciffitude continuelle des chofes de ce monde, aujourd'hui dans les nuës, demain dans l'abîme du néant.

Si cet excès de Tributs avoit été véritablement la caufe de la rapidité des conquêtes des Turcs, nous en trouverions particulièrement des traces dans les régnes des cinq derniers Empereurs Grecs, parce que c'eft dans les tems qu'un Empire eft ébranlé, & puiffamment attaqué, que l'on impofe les plus grandes charges, pour en empêcher ou du moins pour en retarder la ruine totale. Cependant, quoique le même Auteur des *Confidérations fur les caufes de la grandeur des Romains & de leur décadence*, ait écrit l'hiftoire de ces cinq derniers Empereurs, on n'y trouve rien de femblable ; & pour qu'on n'en doute pas, on va copier cette hiftoire, elle n'ennuyera pas ; car quoiqu'elle renferme une efpace d'environ cent cinquante ans, elle ne contient que quatre lignes.

» Sous les derniers Empereurs l'Em-
» pire réduit aux Fauxbourgs de Con-
» ftantinople, finit comme le Rhin
» qui n'eft plus qu'un ruiffeau, lorf-
» qu'il fe perd dans l'Océan. »

Mais comment concilier ce que l'Auteur nous dit aujourd'hui avec le caractère du malheureux Conftantin, qui périt dans le maffacre de la prife de Conftantinople ; Prince brave, généreux, compatiſſant, qui aimoit ſes Sujets, qui en étoit aimé, & qu'on ne peut accuſer de *vexation ni de ſubtile avarice ?*

Le Baron de Buſbec en parlant de Soliman II. dit : » Que c'eſt un foudre » qui brûle, qui conſomme, qui » diſſipe tout ce qui voudroit lui » faire réſiſtance ; que ſes troupes jet- » tent par-tout la terreur ; que des » Nations bien plus puiſſantes que les » Hongrois & les Allemans ſe voyant » ainſi harcelées, ont abandonné » leurs pays, qu'elles ont erré, & » que la peur leur a fait chercher des » établiſſemens loin de l'ennemi. » (a)

L'Auteur ne nous dit-il pas lui- même, tome 2. page 78. que *la reli- gion Mahometane ne parle que de glai- ve, & agit ſur les hommes avec cet eſ- prit deſtructeur qui l'a fondée ?* Et en rappellant ce que nous rapportions tout-à-l'heure de ſes *Conſidérations ſur les cauſes de la grandeur des Ro- mains & de leur décadence,* que les

(a) Buſbec tome 2. page 380.

Turcs faifoient proprement la chaffe aux hommes & des enlevemens continuels de femmes , comment concevra t'on que cette religion qui ne parle que de glaive , cet efprit deftructeur qui l'a fondée , cette chaffe que l'on faifoit *proprement* aux hommes, ces enlevemens continuels de femmes , qui fans doute fe faifoient auffi *proprement* , ayent pu porter ces hommes & ces femmes à aller au-devant d'un joug auffi formidable & à fe trouver heureux d'obéir plutôt à un Gouvernement cruel & tyrannique , qu'à un Gouvernement corrompu ?

Quelque corrompu que fût ce Gouvernement , ne devoit-il pas leur paroître préférable à une domination fi barbare , à une mort certaine pour les hommes & pour les femmes, aux fuites infâmes de ces enlevemens ?

Où étoit le peuple pour jouir du bonheur du Gouvernement Turc ? Etoit-ce dans ces campagnes défertes & abandonnées ? Etoit-ce dans Conftantinople

ftantinople qui fut livrée au pillage &
au maffacre pendant trois jours &
trois nuits, dont les Palais furent
détruits, les richeffes enlevées &
tous les habitans égorgés ; en forte
que le vainqueur fut obligé d'en tirer
d'ailleurs pour repeupler cette Ville,
qui à la réferve de quelques édifices
publics, reffemble encore aujour-
d'hui plutôt à un grand Village, qu'à
la Capitale d'un des plus puiffans Empires du monde ? Eft-ce la douceur
des Turcs qui a fait tomber fous leur
puiffance la Hongrie, la Bofnie, la
Valachie, l'Albanie, la Natolie, la
Syrie, la Bulgarie, l'Epire, Chipre,
Candie, Rhodes, l'Egypte, & tant
d'autres pays ?

Dans les chapitres 7 & 8 du livre
10. tome I. page 226 & 227. l'Auteur dit qu'il y a un inconvénient aux
conquêtes faites par les Démocraties;
que leur Gouvernement eft toujours
odieux aux Etats affujettis ; que ce
ce qu'il dit de l'Etat populaire, fe
peut appliquer à l'Ariftocratie ; &

I. Partie.   **E e**

pour exemple, il cite des Infulaires foumis à une République d'Italie ; c'eft-à-dire, l'Ifle de Corfe foumife à la République de Gènes.

To. 1.
p. 227. *Une République d'Italie tenoit des Infulaires fous fon obéiffance ; mais fon Droit civil & politique à leur égard étoit vicieux. On fe fouvient de ce Traité dans lequel on leur promettoit qu'on ne les feroit plus mourir fur la confcience informée du Gouverneur, ex informatâ confcientiâ. On a vu fouvent des peuples demander des priviléges ; ici le peuple demande, ici le Souverain accorde le droit de toutes les Nations.*

Suivant cet expofé, il femble que le Gouvernement Génois faifoit mourir fes Sujets fans formalités de Juftice, en les abandonnant au caprice de fes Gouverneurs. Pour nous en affurer, nous avons écrit à quelquesuns des principaux Magiftrats de la République. Voici mot à mot la réponfe de l'un d'eux ; elle eft du 15 May 1749. nous n'ajouterons rien à ce qu'elle contient.

» Il paroît, Monfieur, que l'Au-
» teur de l'Efprit des Loix, n'a aucu-
» ne connoiffance du Gouvernement
» de Corfe. *On fe fouvient, dit-il, de*
» *ce Traité dans lequel on promet aux*
» *Sujets qu'on ne les fera plus mou-*
» *rir fur la confcience informée du*
» *Gouverneur.* 1°. Nous n'avons ja-
» mais traité avec nos Sujets rebel-
» les; mais nous avons bien voulu,
» fous la médiation de la France, leur
» accorder certaines demandes, fous
» la condition de rentrer dans le de-
» voir; c'eft ce qui a donné lieu, non
» à un Traité, mais à une Conceffion,
» & Amniftie. 2°. Il n'a jamais été
» queftion de la peine de mort, ni
» dans la loi primitive, ni dans la
» conceffion qui l'a expliquée, fup-
» pofition d'autant moins excufable,
» que la pièce a été imprimée, & que
» l'Auteur auroit pû la confulter. 3°.
» Par l'expreffion de, *on fe fouvient*, il
» femble que ce feroit un événement
» éloigné, & il n'eft que de 1738; ce
» qui prouve qu'il n'a parlé que fur

» des ouï-dire. C'eſt de quoi on ſera
» pleinement convaincu par les ter-
» mes de la loi ancienne, & par ceux
» de la conceſſion, que je vais vous
» rapporter. Voici la loi :

1658. Die decima Maii.

» *Collata facultas Illuſtriſſimo Gene-*
» *rali Gubernatori Regni Corſicæ, &*
» *ſucceſſoribus in dicto Gubernio pro tem-*
» *pore, condemnandi ex informatâ con-*
» *ſcientiâ, in pœnam relegationis in do-*
» *minium Terræ firmæ, vel mancipa-*
» *tionis ad triremes uſque in triennium,*
» *illos qui inſolenter vivunt, quietem*
» *publicam turbando & debiliores oppri-*
» *mendo, cum declaratione quod in caſu*
» *recurſûs per condemnatos habendi,*
» *ſuſpendatur executio ſententiæ, quo*
» *caſu reſcribat, & referat quid ſibi*
» *occurrat, exprimendo qualitatem per-*
» *ſonæ & delicti.* »

　» On ne trouve rien dans cette
» diſpoſition qui autoriſe le Gouver-
» neur à faire mourir les Sujets à ſon
» gré & à ſa fantaiſie, comme l'Au-

» teur l'entend : il faut au contraire
» des preuves convaincantes ou la
» confeſſion du coupable : la nature
» des crimes & celle des peines eſt
» exprimée ; l'on n'y trouve point cel-
» le de mort , & ſi le criminel ſe
» plaint du Jugement , l'éxécution eſt
» ſuſpenduë par l'appel au Tribunal
» du Prince , où le Gouverneur eſt te-
» nu d'envoyer les charges & infor-
» mations.

» Toute la différence qu'il y a en-
» tre cette procédure , & celle de
» nos tribunaux ordinaires , c'eſt que
» les formalités & délais en ſont beau-
» coup plus courts ; ce qui avoit été
» ainſi réglé par les Séréniſſimes Col-
» léges , à la réquiſition de la plus rai-
» ſonnable partie de la Nation Corſe ,
» pour parvenir plus efficacement à
» arrêter les meurtres & les aſſaſſi-
» nâts , auſquels ces Inſulaires ſont ſi
» acharnés , que malgré les ſages
» précautions du Gouvernement, cet-
» te fureur en a détruit la plus grande
» partie.

E e iij

» J'ajouterai à ce que je viens de
» dire , qu'aux termes d'*ex informatâ*
» *conscientiâ* la loi a toujours sous-
» entendu *legaliter* , tellement que
» le Gouverneur ne peut pas faire usa-
» ge de ses notions particulières , &
» qu'il est borné à celles qu'il peut
» tirer de la procédure judiciaire ;
» ce qui est connu de tous ceux
» qui ont la moindre teinture du Droit
» de ce pays. Cependant les révol-
» tés ayant promis d'être plus modé-
» rés dans leurs querelles , & deman-
» dé la réformation de cette loi , à la-
» quelle la Sérénissime République
» n'avoit d'autre intérêt que leur
» propre conservation , elle y voulut
» bien consentir : c'est ce qui fut sti-
» pulé par l'article VI de la conces-
» sion de 1738 dont voici les termes:

» *Vietiamo al nostro Generale Guber-*
» *natore in detta Isola, di condamnare in*
» *avvenire solamente, ex informata con-*
» *scienza , persona alcuna nazionale*
» *in pena afflittiva. Potra ben si far ar-*
» *restare & incarcerare le persone che gli*

» *faranno fofpette , falvo di renderne*
» *poi a noi conto follecitamente.*

» C'eſt apparemment de ces ter-
» mes de *pena afflittiva & informata*
» *confcienza*, que l'Auteur, ſans con-
» noître la lettre, l'eſprit & la prati-
» que de la loi primitive de 1658 a
» conclu que le Gouverneur pouvoit
» faire mourir les Sujets ſans forme
» de procédure, & ſuivant ſon ca-
» price ; il ignore ſans doute que le
» pouvoir de procéder *ex informata*
» *confcienza*, à l'occaſion de certains
» délits, eſt accordé par les loix de
» Gènes à d'autres tribunaux qu'à
» ceux de Corſe ; mais cette manière
» de procéder n'a jamais exclu ni en
» Corſe, ni ailleurs, la néceſſité d'in-
» ſtruire un procès par écrit, & d'y
» obſerver toutes les formalités ordi-
» naires ; la différence ne conſiſtant
» qu'à éxiger plus ou moins de preu-
» ves, ou à en diſpenſer, mais jamais
» pour les peines de mort.

» D'où il ſuit que les Corſes n'ont
» point été dans le cas de demander ,

» ni la République dans le cas d'ac-
» corder le Droit de toutes les Na-
» tions, & que l'Auteur n'auroit pas
» dû dire que le Droit politique &
» civil, à l'égard de ces Insulaires,
» étoit vicieux. A-t-il dû penser que
» l'excès de cruauté & de barbarie
» d'une telle administration, qui n'é-
» xiste dans aucun lieu, pût être cel-
» le d'un Gouvernement sage & mo-
» déré? Je sçais qu'on lui en a écrit,
» & qu'il a promis de se corriger dans
» une seconde édition. Je suis &c.

Fin de la première Partie.

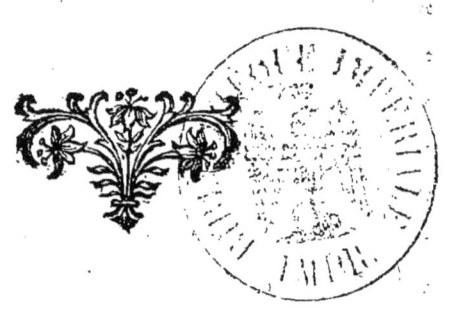

TABLE
DES MATIERES
contenues dans la première Partie.

Fin de la Table des Matieres.

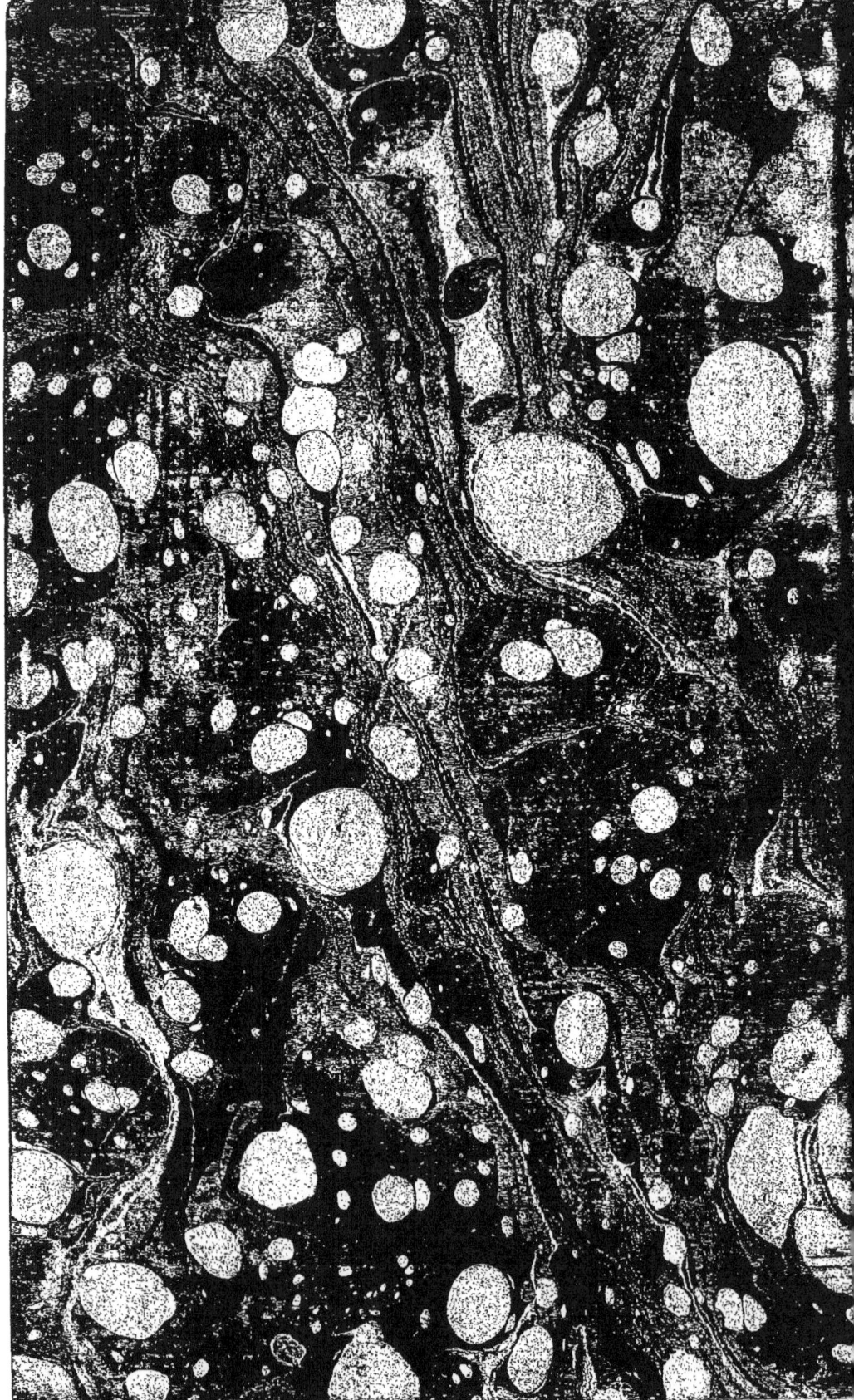

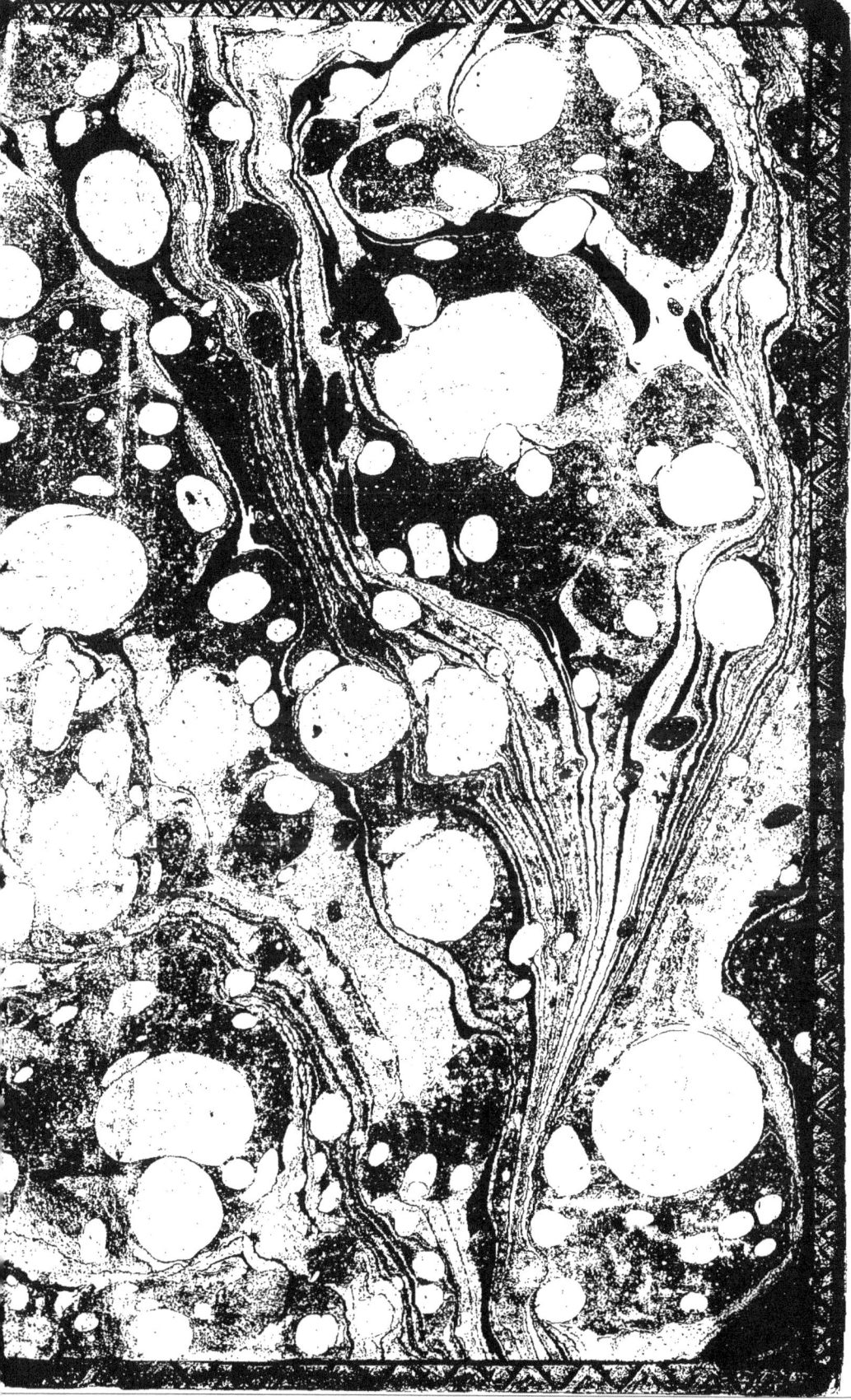

INV. RESERVE
*E 502

www.ingramcontent.com/pod-product-compliance
Lightning Source LLC
Chambersburg PA
CBHW061033030726
47504CB00002B/354